《女神探希娃》系列悬疑推理小说 17

The Brading Collection

致命贪念

[英]帕特丽夏·温沃斯 **著**

侯强强 **译**

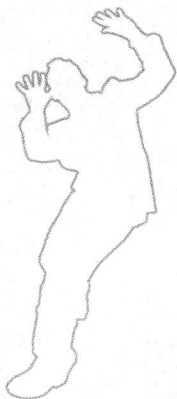

贵州出版集团
贵州人民出版社

图书在版编目（CIP）数据

女神探希娃·致命贪念 / [英]帕特丽夏·温沃斯著　侯强强译—贵阳：贵州人民出版社，2018.8

ISBN 978-7-221-14708-0

Ⅰ.①女…　Ⅱ.①帕…②侯…　Ⅲ.①推理小说–英国–现代　Ⅳ.①I561.45

中国版本图书馆CIP数据核字（2018）第181100号

女神探希娃·致命贪念

[英]帕特丽夏·温沃斯/著　侯强强/译

出 版 人　苏　桦
总 策 划　陈继光
责任编辑　陈继光　潘　媛
特约编辑　Echo
封面设计　源之设计
出版发行　贵州人民出版社（贵阳市观山湖区会展东路SOHO办公区A座）
印　　刷　长沙鸿发印务实业有限公司（长沙市黄花工业园3号）
版　　次　2018年9月第1版
印　　次　2018年9月第1次
印　　张　10.75
字　　数　215千字
开　　本　880mm×1230mm　　1/32
书　　号　ISBN 978-7-221-14708-0
定　　价　34.00元

她来了，女神探希娃小姐

《女神探希娃》（中文版）系列悬疑推理小说序

日本"侦探推理小说之父"江户川乱步曾说过："要写出堪称一流的文学作品，却又不失去推理小说的独特趣味，是非常困难的事情。但是，我并不完全否认成功的可能性。"不得不说，这种可能性在《女神探希娃》系列悬疑推理小说中得以完美实现。

众所周知，第一次世界大战和第二次世界大战之间这段时期，被称为是西方侦探小说的"黄金时代"。当时，仅英美两国，就出现了数以千计的侦探小说。阅读侦探故事已不仅仅是有钱阶级的一种消遣，下层阶级的人也竞相阅读起来，这无疑刺激了侦探小说作家们的创作热情。于是，密室杀人等罪案侦破题材被大家争相追捧，"谋杀案"逐渐成为每一部小说必不可少的元素。人们热衷的不仅仅是善恶的斗争，罪犯的作案手法和动机才是被关注的重点。在那段时间里，侦探小说作家们绞尽脑汁，创作出了一部部令人拍案叫绝的优秀作品，不少别具一格的侦探形象也由此而诞生，并流传于世。

《女神探希娃》系列小说的作者帕特丽夏·温沃斯，一生亲历两次世界大战，历尽人间疾苦。她的丈夫在第一次世界大战的军舰沉船中丧生。为了养活三个儿子和一个女儿，帕特丽夏拖着病弱之躯，开始废寝忘食地进行创作，没想到一举成名，家喻户晓，成为英国密室杀人小说的开山鼻祖。是她，将密室杀人小说的模式发扬光大，使它成为最引人注目的一种推理类型。帕特丽夏也因此成为英国推理小说界的代表人物，与"侦探小说女王"阿加莎·克里斯蒂双姝并列。《女神探希娃》是帕特丽夏最为成功的系列小说，故事情节惊险曲折，引人入胜，构思令人拍案叫绝，赢得了英国民众的喜爱，在英国媒体《每日电讯》和犯罪文学协会举办的公众评选投票中名列前茅。不仅如此，该系列小说在美国、德国、法国、荷兰、意大利、葡萄牙等国家也广为流传，并跻身于各国畅销书排行榜前列。

希娃小姐是帕特丽夏塑造得最为成功的一个人物形象，说她的影响力不亚于"神探福尔摩斯"也不为过。初次拜读该系列的原版小说时，我便对小说中那个优雅老练、有点另类还带点神经质的女侦探希娃小姐的形象产生了莫名的好感。希娃小姐只是一名普通的退休家庭女教师，却干起了私人侦探的工作。她为人彬彬有礼，讲话时总是爱引用丁尼生勋爵的诗句，看起来弱小而又无害，这恰恰成为她与受害人亲属打成一片的便利条件，情报总是来得异乎寻常的轻松。她心思极其机敏，但外表波澜不惊，喜欢在倾听与案件相关的描述时有条不紊地摆弄针线活，而往往在她眼神流转之间，案情便已见眉目。这种平和安静的气场，却暗藏着出其不意的震慑力，让她自如地奔走于警察局以及名门大宅之间。不管是谎言、伪装、杀机，还是试探，在她面前都无处遁形。

生活的百般苦难使帕特丽夏洞悉了生而为人的种种原罪——贪婪、傲慢、怨恨、残暴……因而造就了她笔下人物的血肉灵性。

如果说阿加莎·克里斯蒂是心理博弈与气氛营造的大师，那么帕特丽夏·温沃斯则是剖析人性与密室设计的专家。《女神探希娃》系列悬疑推理小说，记录了种种离奇的谋杀案件，它的主角常常是柔弱的女子，身处亲情、爱情、友情的种种旋涡之中，挣扎、徘徊、抗争。小说的背景往往设置为英国的上流社会，涉案人物大抵有着复杂的身世，特权阶层中的尔虞我诈、钩心斗角，金钱腐蚀下人性的贪婪与不堪被帕特丽夏刻画得入木三分。财富与亲情，孰重孰轻？爱情与婚姻，是否等价？情感与金钱的矛盾，人性与智慧的较量，均在作品中表现得淋漓尽致，令人读时兴致盎然，读后意犹未尽。

《女神探希娃》系列悬疑推理小说，全套共32册，由于种种原因，一直湮没在历史的长河中，未曾整体翻译引进到中国内地，实为憾事。此次，应广州原典纪文化传播有限公司之邀，我主持翻译了《女神探希娃》系列小说中文版，并得到了贵州人民出版社策划部主任陈继光老师的大力支持，在此深表谢意。同时，也要感谢参与本书翻译的诸多译者，感谢他们为全球华文读者奉献了一套风格迥异、独具特色的推理小说典范。

让我们在美好的阅读时光中，记住这位神奇的女侦探：莫德·希娃！

郑榕玲

二〇一八年五月于广州

目 录

第一章
初次会面

扫码听本章节
英文原版朗读音频

　　莫德·希娃小姐正在用一些零零碎碎的羊毛线织一条彩色的围巾，这些零碎的羊毛线都是从她侄女艾舍尔·博克特的手织连衫裤、博克特家里男孩们的袜子、羊毛连衣裙以及小约瑟芬的羊毛衫里拆出来的。她认为自己编织的是一件非常高雅的"艺术品"。她现在正在织柠檬色的那一段，她的手放得很低，手里拿着欧洲大陆流行的织针。她抬头看了一眼刚进来的客人。这个男人中等身高，身材笔直偏瘦，头发灰白，她判断这个男人应该55岁左右。他穿着一身昂贵的西装，头发很短，眼神冷淡，他看起来并不像身体有恙，但是头上的白发却清晰可见。一只像鱼一样的小虫子爬到了希娃小姐身上，这才让她放下了手里的针线。男人递上来的名片此刻正躺在她手肘处的小桌子上。

　　"路易斯·布雷丁先生

沃恩屋

莱顿"

莱顿镇位于雷德灵顿镇和大海之间。希娃小姐对该郡的各个地方都很了解。兰道尔·马奇，她以前的一个学生，现在就是该郡的警察局局长。在迷上侦探以前，她是一位女家庭教师。她和马奇一家的关系很好，相互之间很亲密。

她现在住在赖歇尔市。她听说过布雷丁这个人，但是两人并没有什么交集，她也没有刻意去关注过这个人。希娃小姐猜到，此刻他肯定跟许多其他客人一样，心里非常后悔来这儿。她善于观察，经验老到，虽然她无法判断布雷丁先生的不自然是否完全出于这个原因，但是他内心的尴尬以及犹豫不决全都被她轻易地察觉到了。

她目前的职业是"私人调查"，这份工作经常会让她陷入一些危险的境地，不过工作收入不菲，这也让她住上了舒适的蒙塔古公寓。她公寓里孔雀蓝的窗帘是她的顾客买给她的，地毯有磨损的迹象，应该有些年代了。她的顾客还送给她一些照片，它们都堆放在壁炉架、书架，以及其他任何可以放东西的架子上。这些架子上摆放的其他东西都是老式的，比如说，天鹅绒或银制的工艺品等，但是这些照片都是现代的。照片里大多都是婴儿，有些照片里也会有年轻的母亲、女孩以及青年，但是很少有年长的人的照片。这些照片都是别人为了表达对她的感激而寄给她的，也正是由于她的帮助，这些人才过上了安全幸福的生活。如果不是因为她，这些婴儿可能都不会出生。

路易斯·布雷丁的内心果然被她猜中了。他现在多么希望自己没来啊。这个房间让他想起了他小时候去看他婶婶时的场景。两个房间的布置非常相似。黄色的胡桃木椅子，椅腿弯曲，雕工拙劣；壁纸都是老式的——上面的图画都是《灵魂觉醒》《幽谷君王》这种类型的；照片也同样乱七八糟地摆放着。这是一个典型的老处女的房间。她把整个房间的状态完好地保存了下来。

此时此刻，作为一个收藏家，他来了兴趣。虽然他并不是专业人士，但是如果他看到一个古董，他一眼就可以认出来。她身上的衣服都是老式的，她穿着厚厚的长筒袜，脚上的鞋子跟他年老的表姐的鞋子类似，鞋子的脚尖有珠状图案。她还戴了个胸花，胸花上面有一个希腊勇士的头颅。她所有的这些穿着打扮和房间的布置都传达着同一个信息：她过时了。看到这一幕，他内心的尴尬感瞬间就被优越感取代了，他说：

"希娃小姐，我听说了很多关于你的事。"

他内心的变化还是被察觉到了。希娃小姐从布雷丁先生那不友好的声音中听出了一丝傲慢，但是她并不在意。她轻轻咳嗽了一下，说：

"是吗？布雷丁先生。"

"是马奇告诉我的，你应该对他很熟悉。"

"确实很熟悉。"

她的眼睛仍然盯着布雷丁先生的脸。他现在对兰道尔·马奇以及自己目前的处境有点儿儿生气。不是马奇让他来的——他赶紧在心里提醒自己。

"他并不知道我要来见你。希望你也不要告诉他，我会非常感激的。你知道，他是我们的警察局局长。前两天，我和他一起吃了个晚饭，期间我们聊到了侦探这个话题，他说他认识的最好的一个侦探是个女人。他并没有提起你的名字，但是饭桌上的其他人提到了。我们谈起了你一直在办的一个案子——梅尔谋杀案。我对你非常感兴趣，就记下了你的名字，然后在电话录里查到了你的住址。"

他说他也记不清兰道尔·马奇都还说过什么。但是这次谈话确实让他印象深刻。

莫德·希娃小姐若有所思地看着他。

"你既然很想见我，你现在也确实来了，那么我能为你做些什么呢，布雷丁先生？"

他突然向前走了两步。

"我的名字难道没能给你传达一些信息吗？"

她犹豫了一下。

"当然传达给我了一些信息，但是就目前来看——当然，我本该立刻记起来的——布雷丁藏品。"

她的声音非常缓和，以此来弥补她一时的记忆流失。

他骄傲地说道："没错。"

希娃小姐已经织好了柠檬色的那部分，现在她正在把深蓝色的羊毛接上。弄好后，她说：

"是我太愚蠢了，竟然没能立刻想到你。你的珠宝藏品相当著名。要是能看到它们的话，我应该会很感兴趣。珠宝有一段很长的历史，它打开了一个非常宽阔的领域。"

"确实是这样。我有一些著名珠宝的复制品，但是因为它们有可能被用于犯罪，所以这类藏品很大程度上被与珠宝相关的法律条款所限制。考虑到家族利益，我签了免责条约。"

她抬头看着他，手里的活依然没有停下来。

"你的那些珠宝藏品一定很值钱。"

他发出一阵刺耳的笑声。

"我在它们身上花了大量的金钱，我有时候也会很疑惑，自己为什么要这么做。如果我死了的话，没有人会再重视它们。"

希娃小姐说：

"这种情况会经常发生。每一代人都有自己的兴趣。但是我认为你的这种收藏爱好也只是为了取悦你自己而已，并不是为了你的孩子们。"

他突然严厉地说道：

"我没有孩子———我也没有结过婚。我现在的继承人是我的表弟查尔斯·福利斯特。我可以想象到，假如我死了，他会立刻把那件价值连城的藏品卖了。"

希娃小姐的针吧嗒吧嗒地在响，彩条围巾在不停地转动。她说：

"你有一点儿焦虑，对吗？你可以告诉我，说不定我可以帮你。"

直到这一刻，他仍然没有下定决心。他还没想好要怎么告诉她，但是他接下来说：

"我可以信任你吗？"

"当然，布雷丁先生。"

马奇说她是正义的化身。他皱起了眉头，

"我也不知道该如何告诉你。我确实是有点儿焦虑，而且我也知道我为何会感到焦虑，原因不算多。我想我最好还是从我是如何储存这些藏品的说起。"

希娃小姐头稍微前倾。

"你愿意告诉我，我很高兴。"

他坐得很直，看起来有点儿僵硬。他放在椅子上的右手一直在动，要么就是指尖沿着椅子上雕刻的叶形图案来回移动，要么就是指尖轻轻地敲打着椅子。他继续说道：

"在此之前，我一直是沃恩屋的主人。它位于沃恩村的旁边。沃恩村很小，离莱顿镇只有三英里远。当我开始痴迷于珠宝收藏的时候，我就思考要怎样储存一件有价值的收藏品。最终，我决定在这所房子里建一个保险库，我请了一个这方面的专家，在19世纪末的时候，那个保险库建成了。它并不是直接建在沃恩屋里面的，而是通过一段30英尺长的玻璃通道与其相连在一起的，玻璃通道里还装上了灯。附属建筑旁边是一座山丘，它的一部分就建在了山丘里面。保险库都是用混凝土和钢建造的，绝对防盗。附属建筑没有窗户，原本窗户的位置种了一种可以很好调节空气的植物。附属建筑只有一个入口，沿着玻璃通道走到尽头，有一个防盗门，那就是入口。打开防盗门后，里面是一个小的休息室，这个休息室里还有一个门，这个门打开后，你就算真正进入保险库了。我说得还算清楚吧？"

"非常完美，布雷丁先生。"

她的意思是他很有讲师的风范，但是很幸运的是，他讲的东西很有趣，不像讲师那样，讲的全都是无聊的东西。

他把手指合在一起，继续进行他的"演讲"。

"当你真正进入那个附属建筑后，你会发现它的布局设计非常简单。里面有一个很大的房间，那里放着我那些珠宝藏品。进入房间后，左手边有两扇门，那是我秘书的卧室和浴室。在你的对面，会有另一扇门，门后面是一个走廊，走廊里有三个房间，分别是我的卧室、浴室和实验室。我正在用宝石做一些有趣的实验。整个结构就是这样了，我认为它固若金汤。"

希娃小姐一直在织着围巾。她说：

"你为什么要告诉我这些，布雷丁先生？"

他又把手放在了叶形图案上。

"因为我想让你知道一切防盗措施。"

"你还没说完，对吗？"

他声音很小，说：

"我想应该是这样的。"

"请继续说下去。"

"我已经采取了一切安全措施。在战争期间，我把那件收藏品转移到了更加安全的内陆地区。我自己在审查机构工作，精通多种语言。当战争结束后，我发现我对沃恩屋失去了兴趣，我不想要了。对我来说，这个房子太大了，还要雇人打理。总之，我不想要它了。有人建议我把它改成一个乡村俱乐部，于是我就联系了一个商业财团，把房子卖给了他们，然后我就搬进了附属建筑。我占有俱乐部的一部分股份，并且我还保留了我以前的书房，它就位于那个玻璃通道门的右侧。我和我的秘书都在这个俱乐部里吃饭，并且我保留着我的书房，但是收藏品被存放在附属建筑里，我们晚上也都睡在那里。一个女人会来俱乐部打扫卫生，但是我从来不让她一个人单独待在里面，我的秘书会在旁边监督她。"

希娃小姐已经习惯顾客们花费大量的时间讲述一些没有必要讲的事情，因为他们不想说那些令他们不愉快的事，尽管这些事最后还是要说。深蓝色条带也织完了，她又换上了柠檬色的羊毛。

"布雷丁先生，你头脑非常清楚。你已经详细地描述了你采取的保护措施，但是我认为仍然还有不安全的因素——人。虽然你也住在附属建筑里，离你的收藏品并不远，但是实质上，它们和你还是隔离的。而且在隔离期间，你和另外一个人住在一起。我的关注点是这个人，他是谁，他之前是干什么的，他已经和你在一块儿多久了？"

路易斯·布雷丁靠在椅子上，跷起了二郎腿。他轻轻笑了一下，说：

"你的问题恰到好处。好吧，他叫詹姆斯·莫伯利，今年39岁，小时候家庭条件不是很好，他得过奖学金，从事过化学实验，还卷入过一起诈骗案。"

希娃小姐惊讶地说："哇！"然后又继续织起了那条围巾。

路易斯·布雷丁的手指开始在叶形图案上轻轻敲了起来，听起来还稍微有点儿旋律。虽然他没有笑，但他确实很高兴。

"他曾经的老板是个诈骗犯，进行了一系列的诈骗犯罪活动。后来在战争期间，整个事件都被曝光。主犯是一个法国人，他在巴黎暗中操控着一切。当法国崩溃的时候，这个人就消失了。我在审查机构刚好经手这个案子，然后我就跟进了它。詹姆斯·莫伯利之后去军队中服役——我不认为他能成为军事基地的一员，所以我一直和他保持着联系。在他退役的时候，我就给了他一份工作，让他做我的秘书。这令你感到意外吗？"

希娃小姐严肃了起来，说："我认为你是刻意要去聘用他的，你很希望他为你工作。"

他尴尬地笑了笑。

"确实是这样。现在我告诉你原因。詹姆斯·莫伯利拥有特殊的资历，那正是我的实验所需要的。这些资历可能和你所想的普通资历不太一样。他为诈欺犯工作过，用的是泊松这个名字，他的犯罪同伙都叫他'泊松的四月'。我认为这种叫法很不合逻辑，因为他绝对不是一个傻瓜。"

希娃小姐听懂了这个典故。她以一种家庭教师表扬学生的方式小声对他说：

"泊松的四月，当然，在法语中的意思就是在愚人节被人愚弄的人。"

他有一种被责骂的感觉，但是他不相信那是她真正的意图。希娃小姐仍然温柔地注视着他，继续询问。他接着说：

"除了莫伯利特殊的资历以外，我认为他的经历可以让我很好地控制他。他之前从没有被控告过，如果他工作期间表现良好的话，他就不会被控告，但是如果他敢犯错，滥用他的职权，那么他将会被暴露，然后被起诉。"

希娃小姐再一次说："哇！"她停下手中的针，说道："在我看来，你目前的处境很不妙。"

他扬起眉毛，笑了起来。

"他是不会谋杀我的。"他说，"你一定会为我的这点小智慧称赞我。如果我发生了意外，詹姆斯·莫伯利的案卷就会落在我表弟查尔斯·福利斯特手里，他是我的遗嘱执行人。如果詹姆斯不老实的话，他的案卷就会被送到警察手里。我留有一封信，这些事我都在信里面交代清楚了，詹姆斯·莫伯利自己也知道这封信的存在。"

希娃小姐的针又动了起来。她并没有发表任何看法。了解她的人都知道，她这种态度说明她是不赞同的。

布雷丁先生没有意识到这一点儿，因为他根本没想到会有不赞同这种情况出现。实际上，他对他自己以及他采取的这些手段非常满意。他甚至期待着希娃小姐为他鼓掌。

"这难道不是一个很好的做法吗？我握有他的把柄，他自己也知道。只要他老老实实做好他的工作，他就不会有事，而且我还会给他相当高的薪水。自身利益，你明白的，那可是一个强大的驱动力。况且他付出的代价仅仅是老实地为我工作而已。对他来说，没有比这更划算的了。"

希娃小姐又织完了一行。她非常严肃地说：

"布雷丁先生，你目前的处境真的非常危险，我想你自己也应该意识到了，否则，你现在也不会出现在这里了。说吧，你为什么来找我？"

他突然皱起眉头。

"我也不知道，我该怎么说呢，可能我是鬼迷心窍了，对，就是鬼迷心窍。"他又强调一遍，"我总感觉我背后有一些事情在悄悄地进行。不是因为我紧张，也不是因为我想象力丰富，我仅仅就是有那种感觉。如果你可以帮我找到一些证据，我就知道我背后到底发生了什么。如果找不到，我也算放心了。"

希娃小姐说：

"除了感觉外，你有没有其他依据？"

她看出了他在犹豫。

"我不知道，可能没有了。我认为……"他突然停了下来。

"布雷丁先生，请你对我实话实说，你想到了什么？"

他起初惊讶地看着她，接下来突然显得有点儿紧张。

"我感觉有几次我睡得比平常要死，而且当我醒来后，我总感觉好像发生过什么事。"

"这种情况发生过几次？"

"两三次吧，我也不太确定。我感觉到好像有其他人进入了附属建筑。"他突然又停了下来，摇了摇头，"不行，这已经说得太详细了。我不能再讲下去了，我只能说它是一种可能性。"

希娃小姐稍微移动了一下，几乎让人察觉不到。她并没有摇头，但是任何一个熟悉她的人——比如说，伦敦警察厅的巡视员阿博特——都知道，她现在很不满意。她轻咳一声，然后说：

"布雷丁先生，我没有明白你为什么来咨询我，还请你原谅我。"

"没有明白？"

她似乎已经经过了深思熟虑，她立刻又重复了一遍：

"没有明白。你似乎有些模糊的猜疑，并且我认为这些猜疑直指你的秘书。"

"我没有那样说。"

她放下手里的针织品，凌厉地说：

"是的，你并没有那样说。但是你说只有你和莫伯利先生住在附属建筑里。我可以认为，他跟你一样，也有一把钥匙吗？"

"没错，他也有一把钥匙。"

"然后你要说的就是——你怀疑他给你下药，然后带别人进入附属建筑。"

"我并没有说这些话。"

"你已经暗示了这些。请问，当你让我看到你的时候，你心里是怎么想的？你认为我可以为你做些什么？"

他仍然在笑。他举起了一只手，然后又放了下去。

"我心想，让你知道莫伯利这个人并不是一件坏事。"

希娃小姐又拿起了她的针织品。她现在正在织灰色条纹，这个条纹比柠檬色以及蓝色的都要宽。她的眼睛越过这些针，正注视着布雷丁先生以及他脸上的笑容。

"我恐怕没有办法帮助你。我不擅长这类案子。不过我可以给你一些建议，但是在此之前，"她停顿了一下，"我想先问你一个问题。"

"什么问题？"

"你的秘书莫伯利先生，有没有请求过你让你放了他？"

"他确实请求过我。"

"最近吗？"

"是的。"

"很迫切吗？"

"可以这样说。现在，可以告诉我你的建议了吗？"

"建议就是放他离开。"

他又一次举起那只手。

"恐怕不行。"

她急切地说：

"布雷丁先生，让他走。我不知道你把他留下来的目的是什么，但是你正在让一个人违背他自己的意愿，你正在威胁他。这不仅仅是错误的，而且是危险的。这一点儿我之前就已经说过了，我现在为什么又重复一遍，那是因为我认为我有责任警告你。愤怒可能会逐渐演变成仇恨，一旦变成仇恨，什么事都有可能发生。我认为你应该把你的那些收藏放到博物馆里，然后过正常的生活。"

"真的吗？就这些吗？"

她一直在看着他。

"他的敌对让你束手无策，对吗，布雷丁先生？这也是你来找我的原因吧？如果真是如此，我真的很遗憾，我帮不了你。"

她把手里的针织品放到旁边的桌子上，站了起来。

　　路易斯·布雷丁也只能跟她一样起身。他礼貌性地向她告别，然后离开了。虽然他的目的没有达到，但此次拜访仍然给他留下了深刻的印象。

第二章
史黛西的艰难抉择

　　史黛西·梅因沃林正站在窗前向外望。她现在坐立难安，因为她正在盼着一个客户的到来，她非常想先通过窗户看到那个客户。有时候，你可以通过一个人走路的方式、行为举止以及处事的方式准确地判断他是一个什么样的人。当两个人见面的时候，在某种程度上，两个人是相互影响的，他们各自的行为举止也必然会受到影响。现在，史黛西就非常想在见面前先看到她。

　　她住在三楼，通过窗户向下看，刚好看到伦敦街道。中午的太阳火辣辣地炙烤着大地，现在外面极其炎热。这条街道很安静，旁边老式的高楼大多被租了出去，它们被改成临时公寓，以此来满足许多人的住宿需求。史黛西租住的公寓有两个房间和一个浴室。大部分人都仅仅有一个房间，就算这样，他们就已经感到很幸运了。

　　她顺着街道看去，想看看前面那个穿着外套的女人是不是米歇尔夫人。尽管外面气温达到了 32 摄氏度，这个胖女人仍然穿着皮衣，裹着下巴。如果这个女人在 10 号公寓前停下来，史黛西打算拒绝见她，但是事实上，她并没有真正下定决心。自从米歇尔夫人打电话预约后，她就一直努力想要做出决定自己到底要不要见她，但是直到现在，她都依然拿不定主意。每次当她快要做出决定的时候，她就突然止步不前了。赖歇尔市是一个很大的城市。就算你在这里生活很多年，你也有可能永远都遇不到查尔斯·福利斯特，甚至有可能连认识他的人你都遇不到。不过，在雷德灵顿镇就完全不同了，说不定哪天你就在雷德灵顿大街上碰到他了，或者在一个鸡尾酒会上听到正在讨论离婚话题的人们谈起他。"我听说查尔斯·福利斯特被那个女孩甩了。她叫什么名字？名字很特别，但是我忘了是什么"……如果史黛西要去赖歇尔市下面的城镇给康斯坦丁老夫人制作一个微型画像，她可能会听到人们说起这些。

　　她现在正紧紧地握着右手。听到这些又能怎样？如果你做过这些事情，那就不要怕人们谈论，如果他们谈论，你只需要习惯就好了，你习惯了也就无所谓了。她和查尔斯离婚了。她已经三年没见过他了。离婚后，她生活得很艰难，一直靠着她的微型画维持生计。她想要靠着她的微型画出名，所以她没有理由不去赖歇尔给康斯坦丁夫人画像。事实上，她有充分的理由去那里，那个老东西可是个名人，为她画像可是一件非常值得夸耀的事，况且她也需要这笔钱。现在，伦敦就像一个火炉。突然，她感到自己再也忍受不了了，她转过身，向一排灰色的房子看去。她紧握的右手也慢慢放松了下来。如果她接下这个工作，她就能给自己建个花园，里面有草，有树，有树荫。那么是否会碰到查尔斯又有什么关系呢？或许碰到后也只是相互道声"你好！"而已。他们对彼此已经不再重要了。他们已经不再是夫妻了。

一辆出租车出现在了这条街上，在 10 号公寓前停了下来。一个个子很高的女人从车上下来。史黛西看到她戴着一顶黑色的小礼帽，身上穿着一件很薄很华丽的连衣裙。她从窗口退了回来，坐下来等着米歇尔夫人上来。毕竟，这第一眼什么都没看出来。

米歇尔夫人快步进入这个房间，就像一只满帆的船一样。如果她没有钱或者没有想到让一流的女裁缝为自己量身定做服装的话，那么她仅仅就是一个骨瘦如柴的普通女人。她看起来庄重而又动人，身高六英尺，一头蓬勃的黑发，五官也非常精致。在她面前，史黛西感到自己微不足道。

"梅因沃林小姐，你能见我，我真的很高兴。我认为通过书信交谈不是那么令人满意，电话里的谈话也总是很片面。"她坐了下来，没有一丝犹豫。她那双黑色的眼睛一直盯着史黛西，她继续说道，"你明白的，这不是一次普通的人物画像工作。我的妈妈一直都反对给自己画像。当然，当她登台演出时，她已经习惯了别人拍照，但那些仅仅是角色照而已，她从来没有拍过生活照，我妹妹和我自然是最担心的，我们怕……"她停顿一下，做了个小手势，"你应该懂我的意思。"

史黛西说："当然，我懂。"她的声音听起来很冷酷。三年前，她说话并不是这样的，她自己也听出了不同。她非常憎恨自己现在说话的语气，但是这种语气却带给她一种安全感。如果你不身披盔甲，你就会受伤，但是有时候，这件盔甲会束缚你，让你喘不过气。

米歇尔夫人继续说：

"我的妈妈在展览会上看到了你的一些作品。其中有一个老人的微型画像，上面画的是兰顿教授。她非常喜欢那件作品，回到家后她说，'你们一直都劝我让画师给我画一幅画像。好吧，如果你们能把那个年轻的女人请来，我就同意。'"她又做了个同样的小手势，"我希望你不要怪我说话太直接，事实上，我妈妈也是这样的性格，她说话就是这么直接。如果你认为为她画画像和为其他人画画像一样简单，那么你去为她画画像对你没有任何好处，因为她一直都跟别人不一样，而且永远也不会跟别人一样。"

史黛西笑了笑。

"看来我真的不应该去为她画画像。"

"你想为她画画像吗？反正我希望你去。"

"说实话，我很想去。"

"哦，太好了！这正是我希望的，我好不容易才找到这个可以给我妈妈画画像的机会。我妈妈真的对你的作品很感兴趣。她现在仍然精力充沛，如果你不同意去给她画画像的话，她完全有能力自己跑过来，坐在现在这把椅子上不走，直到你同意为止。所以，如果我们现在能达成一致的话，会省很多事。怎么样？你什么时候能来？"

　　史黛西嘴里说了些什么，"我不会……"

　　声音非常微弱，后面半句话刚一说完，就消逝在空气中了。其实她说的是"我不会犯傻的"，然而米歇尔夫人并没听到。当她和米歇尔夫人清算费用时，她感到一丝胜利的喜悦。她计划两天后到达伯登。

　　"伯登离雷德灵顿只有七英里，我们下午 3 点 45 分见。"

第三章
黑色梦境

当米歇尔夫人走后，史黛西下了楼。她从阿尔伯里上校家里借了一张赖歇尔市的地图。阿尔伯里上校就住在一楼，他有世界各地的地图。以前他有一辆汽车，他驾驶它走过了这些地图上大多数地方。现在他不能开车了，但是他每天仍然会研究这些地图，比如计算英里数，寻找一些可以节省汽油的下坡路等。史黛西可不想陪他计算这些东西，因此她找到阿尔伯里夫人，然后向她借来了地图。阿尔伯里夫人什么都没问，因为她正在为洗衣、做饭以及打扫卫生发愁呢，她并不擅长做这些，这些活占用了她所有的时间。

史黛西返回了她的房间，她拿出地图，把它放在那个白天当沙发，晚上当床的家具上。她确实有两个房间，可是她背后的那个房间又小又热，在里面根本无法入睡。

　　她把地图铺开，跪下来仔细地看了起来。地图上有雷德灵顿镇，与莱顿镇相距七英里远。在更远处，有一条波浪线，那代表着海岸。伯登并没有被标注出来，倒是有一个叫海莱的村子，距离雷德灵顿镇也是七英里远。突然，她发现了一个地方，就在莱顿镇的对面。她看着地图，深深地吸了口气。那个地方离海岸大约 14 英里，它位于海岸的右侧，没错，它就是沃恩村。其实就算查尔斯在那儿，她也可以愉快地去伯登，14 英里可是一段相当长的路程。而且，查尔斯为什么会在沃恩村呢？除非他没有钱住在盐碱滩了。

　　她停了下来，然后想起了那个位于古树之中的灰色的大房子。她在想那座房子是否已经被卖了，还被分成了几个公寓，如果真被卖了，查尔斯会不会介意。就算他介意，他也什么都不会说。

　　史黛西迅速站了起来。她合上地图，随意地扔到了椅子上。如果阿尔伯里上校看到这一幕，一定会大发雷霆。就算她天生就是一个傻瓜，她也不会傻到对着一幅地图伤感。查尔斯现在对她并不重要，他们已经离婚了。她将要去伯登给年迈的玛拉·康斯坦丁画一幅画像，而且伯登离沃恩有 14 英里远。

　　这一天接下来的时间里，她一直都很忙。她两天后就要动身离开了，她有很多事要干。她忙完一切后，整个人已经筋疲力尽，她躺在床上，刚一碰到枕头就睡着了。接下来，她偏偏就梦到了盐碱滩。

　　这是一个极其生动的梦。她正在峭壁小径上漫步。那里真的有一条峭壁小径。她非常讨厌它，因为下到海边的那部分路非常陡，而且还非常窄。在她的梦里，它仍然很窄，下降的那部分也依然很陡，然而，与现实中不同的是，在靠近陆地的一侧，并不是简简单单的海岸，而是矗立着一道长长的围墙。虽然有许多光线，但是她看不到大海，也看不到围墙的顶。她可以听到海浪拍打在沙滩上的声音，也可以听到海风撞击墙壁的声音，但是她看不到潮汐，也感受不到海风。她必须要一直走。她也不知道为什么必须要一直走——她是被迫的。这个围墙就是阿尔伯里上校的那张地图，并且所有城镇、道路、河流都在上面标了出来。这条峭壁小径也被标了出来。并且她每走一步，都会在地图上被标记出来。她已经通过了盐碱滩，这条小径现在正在把她带向沃恩村。这条小径的终点就是那儿，因为这个峭壁就是向这个村子倾斜的。马上就要下坡了，她将会看到保护着沃恩屋的那些古树以及村子里那些房子的房顶。突然，她感觉到有什么不对，这条小径好像在原地踏步，始终没有任何前进的迹象。这时，一个声音从她头顶上传来："史黛西，你要去哪儿？"她说："去沃恩。""不要去，我警告你，千万不要去沃恩。"然后，声音就消失了，她看到查尔斯正沿着这条狭窄的小径朝她走来。如果他们都不转弯的话，他们将会碰面。他们转不了身了，因为身后的路缩小了，小到连脚都放不下了。查尔斯就像以前一样对着她笑了笑，她突然摔了一跤，然后醒了过来。

此刻，她也不知道自己是在哪儿。她本该在有岩石、有大海的地方。现在这些都不见了，查尔斯也离开她了。这一刻，她也卸下了所有的盔甲，她把头埋在枕头里，哭了起来。

第四章
意外的变化

　　史黛西此刻正坐在火车上，她现在非常高兴。所有让她分心的事都已经完全湮没在脑海里，此时，她心里想的全部都是应该如何做好自己的事。她有快乐的权利。昨天早上，她还和伊迪丝·方特耶娜通了个电话，当她说她要去伯登给玛拉·康斯坦丁画一幅微型画的时候，伊迪丝感到非常惊讶，她喘息着说："亲爱的！！！！你不能去！"

　　"我为什么不能去？"

　　"亲爱的！！"伊迪丝仍然在喘着气，"好吧，如果你不……介意的话。"

　　"我要介意什么？"

　　"好吧，我原本以为……"

　　史黛西突然发怒了。

"不要那样以为！"她说，然后就砰的一声把电话挂了。

伊迪丝是她的表姐，或许是——因为她绝对是这个世界上最让人恼火的女人之一。她现在肯定想抓着史黛西的手说："相信我。"史黛西已经不是第一次这样匆匆地把电话挂断了，事实上，是很多次。通常每次事后史黛西都会感到很抱歉，因为当自己还躺在摇篮里的时候，伊迪丝就认识自己了，她的本意是好的。但是今天，她竟然有一丝胜利的喜悦，她把伊迪丝击倒了，因为她已经放下了自己心中的忧虑，以及那个该死的梦。如果你足够努力，你可以击倒一切。

有人曾经跟她说，行事草率是她最大的弱点。她记不起是谁跟她说的了，可能是伊迪丝的母亲——年老的库奇·阿加莎·方特耶娜。没错，就是她。史黛西还能想起来她说过——"你总是太草率了，宝贝。你一遇到自己喜欢的东西，总是想立刻拥有它。上周你过来时穿着的那件裙子——它一点儿都不合身，而且又不实用。但是你看到它的时候，想都没想，就冲进去买了下来。现在，婚姻也是，匆匆忙忙地就把婚结了，以后你就等着慢慢后悔吧。"

正如阿加莎·方特耶娜所说的那样，查尔斯就像那件裙子一样，既不合身又不实用。他收入低微，而且还贪图享受，这让史黛西很难忍受。她匆忙地嫁给了他，然而在蜜月结束前她就开始感到后悔了。

她现在满脸通红，有一腔怒火需要发泄。又是查尔斯！他竟然和阿加莎·方特耶娜一起出现在了她的脑海里！她想起了他们，但是她不得不笑着面对，她得重新让自己高兴起来。

火车到达了雷德灵顿，她从车上下来，看到站台上有许多人，一些人要出站，一些人要上车，因为这辆车要继续开往莱顿镇。在拥挤的人群中，米歇尔夫人看起来比在公寓的时候更加高贵。很快，她就看到了站在窗边的史黛西。两人在车门口相遇，她们寒暄了两句，然后米歇尔夫人就拉着史黛西又上了火车。米歇尔夫人找了个角落的位置坐了下来。

"我希望你不要介意，我们要去莱顿镇。我没有事先告诉你。"

史黛西感到非常意外，她也不知道该说些什么或者做些什么。这时，一个列车员帮着把两个手提箱推了上来，箱子上面还放着一篮水果。史黛西愣了一会儿说："莱顿？"她向外看了一眼，刚刚那个列车员此刻正在帮着三个孩子爬台阶，一个身上扛着行李的胖女人跟在孩子们身后。

史黛西尽可能向米歇尔夫人身边靠。她的嘴巴很干。然后接着又说了一遍，"莱顿？"接下来说的有点儿像"我不能……"

那几个孩子此时正在向各式各样的亲戚挥手告别。米歇尔夫人高声说道："我妈妈已经去了沃恩。"

这句话宛如一个噩梦。她不能去沃恩，但是火车离开车时间只剩不到一分钟，火车就要带她去那儿了。不，不对，火车只能把她带到莱顿，不可能更远了。她必须在那儿下车，然后返回。她甚至现在就可以下车。她突然从座位上站了起来，这时，一个列车员喊道："对不起，请让一下！"他用一只手打开车门，把孩子们推到另一边，给一个很瘦的中年女人腾了个位置让她上来。然后他直接关上车门，大声喊道："好了，乔治！"火车开始启动，孩子们叽叽喳喳地叫着，那个刚上来的女人挤到米歇尔夫人对面，坐了下来，快速地说：

"嗨，米莉。你要去哪儿啊？"

米歇尔夫人说：

"我要去沃恩。妈妈突然催我去的，你知道她这个人就是这样。"她然后转向史黛西，"这是梅因沃林小姐，我们请她来画一幅微型画。梅因沃林小姐，这是我的朋友戴尔小姐。"接着她又对戴尔小姐说，"我希望你也能了解一下梅因沃林小姐的作品。妈妈对她的作品非常欣赏，因此妈妈也想让她给自己画一幅。"

西奥多西娅·戴尔看了一眼史黛西。她不但知道她的工作，她还知道她所有的事情。她知道史黛西嫁给了查尔斯，然后又离开了他，他们俩现在已经离婚了。任何关于别人的八卦，她都很清楚。遗憾的是，史黛西在盐碱滩做福利斯特夫人的那段时间，她已经离开家乡了。如果她当时仍然在家乡，她肯定会知道为什么他们两人的蜜月会是以那么悲伤的结局收尾。很显然，大家认为是史黛西发现查尔斯·福利斯特出轨了——这不言而喻。但是，戴尔好像发现了别人似乎不知道的东西。她的确知道很多关于史黛西的事情，但她并不确信那些是否都是真的。至于有人说查尔斯出轨莉莲斯·格雷，这完全是胡扯！她可是查尔斯的姐姐，不过不是亲姐姐，是收养的。即使戴尔对查尔斯了解很少，她也敢打赌说，如果查尔斯真的爱上了莉莲斯，她就把自己的小毡帽吃下去。话说过来，查尔斯也是愚蠢，结婚后还让莉莲斯和他们一起住在盐碱滩，这一下关系就全乱了。他可能认为她们俩能够相处很好，可以成为亲密的朋友。男人啊！有时候就是这样，愚蠢得让人难以置信。

当她脑子里想到这些时，她又朝坐在对面的史黛西看了一眼。那几个孩子很没有教养，此刻正在抢一块巧克力，而且其中的两个孩子还大声叫嚷着。这个时候和史黛西讲话显然是不可能的，因为车厢实在是太吵了。戴尔小姐的头发很浓密，和她身上的花呢服装，厚厚的运动鞋，以及头上的帽子很相配。她现在就直直地坐在座位上，看着史黛西·福利斯特，不过现在史黛西已经不叫这个名字了，她称自己为梅因沃林小姐。

这几个孩子的吵闹声渐渐平息了，那个胖女人此刻正在拿着一副黑色的儿童手套对着自己扇风。她旁边的三个孩子每人手里都有了一块巧克力，此刻都正狼吞虎咽地吃着，弄得脸上到处都是巧克力。米歇尔夫人接着说了下去。

"妈妈就是那样，只要她想要某样东西，就得立刻要得到它。"接着她转向史黛西，"要是有时间的话，我肯定会告诉你我们的计划改变了，但是我真的没有时间了。我妈妈这个人总是心血来潮，她一会儿想要待在伯登，一会儿又想要呼吸一下海边的空气，因此她今天早上就带上行李去了沃恩。她事先都没有告诉我。我也是刚刚下楼的时候才发现她不见了，那时候给你打电话已经太晚了，于是我想我最好还是过来跟你乘同一趟火车去沃恩。"

史黛西感到很可笑，很生气，但与此同时，她又感到如释重负。她开口说道："但是……"米歇尔夫人突然打断她。

"不，不，其他的都没什么改变，你还是去给她画一幅微型画。

只不过我妈妈去了沃恩屋而已，她老是喜欢去那儿。"

史黛西的手突然抓紧了自己的大腿。路易斯·布雷丁的房子！而且她马上就要到那儿去给康斯坦丁夫人画画像，想必布雷丁现在也已经知道这件事了。她脑海里迅速出现了布雷丁的样子，很瘦，看起来有点儿苍老，当时他眼里似乎还透露着对自己的反感。但是，他当初还是拿出了一件他收藏的珠宝给自己看，那件珠宝是玛丽·安托瓦内特戴过的蓝宝石戒指。

西奥多西娅·戴尔身体稍微前倾了一下，冷淡地说：

"沃恩屋已经变成了一个乡村俱乐部。"

史黛西此刻心里想道："她一定认识我，如果她不认识我的话，她不可能这样说。"

米歇尔夫人接着说道：

"那房子原来是布雷丁先生的，他是我的一个朋友。但是后来他嫌房子太大，于是他就很明智地把它卖了。他留下了旁边的那个附属建筑，那是用来储存他的藏品的，而且他自己也住在里面，不过他吃饭是在俱乐部里面，那省去他很多麻烦。当然，那个附属建筑物相当保险，有钢铁门、钢铁窗，等等。因为他的那些藏品都非常值钱，都是些有历史的珠宝。这也是我妈妈要来沃恩的原因之一，她喜欢精美的珠宝，布雷丁的很多藏品都非常精美。那个附属建筑就像一个保险库一样。"

戴尔小姐轻笑了一声。

"岂止是像！我直接就称它为保险库！总有一天路易斯会被人谋杀，不知道他收藏那些垃圾到底对他有什么好处。"

米歇尔听到这些话，吓了一跳，她说："多思！"戴尔小姐把头向上一扬。

"收集邮票都要比那好得多，一个大男人竟然喜欢收藏珠宝。"

史黛西清了清她的嗓子，说：

"恐怕我不能为康斯坦丁夫人画画像了，因为这种工作在宾馆里是不可能完成的，"

她看到戴尔小姐的眼中闪过一丝冷笑。然后米歇尔夫人挽起她的胳膊。

"千万别这样说，完成这一切不会很困难的，让我给你解释一下。首先那不是一个宾馆，那是一个俱乐部。其次我妈妈有她自己单独的套间，你在里面完全就和待在私人住宅一样。"

西奥多西娅注视着她俩。这个女孩很想放弃这份工作，但是米莉不同意。如果米莉不能把这个不那么出名的艺术家带到沃恩，那么老玛拉绝对会责骂她。玛拉已经拒绝了太多要给她画画像的人，现在她突然想通了，而你却又把她中意的微型画家在最后一刻给弄丢了，后果可想而知。

她看到米莉正在安慰史黛西，这个女孩仍然在犹豫。不一会儿，火车到达了莱顿，她们走下了火车，玛拉·康斯坦丁夫人的司机此时正在站台上，他摘下帽子说："夫人，车就在外面。"

第五章
抵达沃恩屋

　　在汽车上，史黛西感觉自己刚刚就像一只被催眠的兔子，任人摆布。但是，话说话来，她究竟又能做些什么呢？总不能毫无理由地拒绝吧。而且她又不能解释她为什么不能去，毕竟在旁边还坐着一个爱八卦的西奥多西娅·戴尔，一个胖女人以及三个正吃巧克力的孩子。她急忙想出了一个弥补这一切的方法；她可以直接前往沃恩村，然后悄悄把自己的情况告诉康斯坦丁夫人，然后第二天赶一大早的火车离开。在路易斯·布雷丁的房子里过一晚上也对她造不成伤害，而且她也不必下楼吃晚饭。想到这，史黛西立刻感到轻松多了。

　　接着，米歇尔夫人说：

　　"我和多思是同学。她父亲是牧师。她在沃恩村有一所很小的老房子，她认识这里的每个人。我让她今天晚上过来，我妈妈也想了解一下这个村最近都发生过什么事。"

听了这些，史黛西也想不出该说些什么。

米歇尔夫人又接着补充道："在学校的时候，多思就这样，说话很刻薄，但是她心地还是很善良的。"

"她真的是世界上最好的朋友，不过她太八卦了，她想知道每件事情。她穿衣风格很奇怪，无论冬夏，她都是一件厚厚的外套加上一件半身裙，她从不穿其他类型的衣服，我也不知道她心里是怎么想的。我们马上就要到沃恩村了，车已经在下坡了。多么漂亮的一个村子啊。真是太可惜了，多思要在莱顿镇喝茶，要不然的话，我们可以捎她一程，不过也没关系，她可以坐公交，那也很方便。看，那就是沃恩屋，我们马上就要到了。这么热的天出远门真是太累了，你累不累？我们一会儿到了要先喝杯茶。"

史黛西感到一杯茶的时间似乎还到不了。路易斯·布雷丁是查尔斯的表哥，他以前一直住在沃恩屋。之前也是一个夏日的夜晚，查尔斯开车带着她，从盐碱滩过来和布雷丁一起吃饭，那个时候，车也是开到现在这个地方，查尔斯的一只手突然离开方向盘，轻轻抚摸着她的脸颊。

"高兴点，亲爱的，明天醒来一切都还是一样的。不过，我还是想知道你怎么了？"

"他不喜欢我。"

他脸上闪过一丝微笑，看起来有点儿顽皮，但却又那么迷人。

"他什么人都不喜欢。他的内心已经被他的那些珠宝塞满，再也容不下其他任何东西了。"

"太可怕了。"

他笑了起来，"高兴点！世界之大，无奇不有。"

整个画面在她脑海里闪过，他们俩那时候那么幸福开心，甚至还为冷落路易斯·布雷丁感到抱歉。那个画面真是令她印象深刻，因为仅仅两天后，史黛西也遭到了冷落，从那时起，她的心就像突然被冻住了一样，完全没有了温度。

"我们到了。"米歇尔夫人温柔地说，"我们直接去见我妈妈，她一直很想见到你。"

从康斯坦丁夫人的客厅可以看到整个大海，在万里无云的天空下面，整个大海一片蔚蓝。康斯坦丁夫人此刻正坐在窗边那个最大的单人沙发上，脚下还放着一个绣着花的脚凳。她的脚很漂亮，而且她还为此感到非常自豪，每次有人夸她脚很漂亮时，她都会说："这是我仅有的美丽，因此不足为奇。"史黛西一进门最先看到的就是她的脚——漂亮的高贵的脚，穿着一双漂亮的高贵的鞋。她的身形看起来很不协调，她的脸很丑，显得无精打采，不过看上去却是很精明。她下巴很大，嘴巴很宽，但是她那双眼睛却显得炯炯有神。

史黛西看到她的第一眼，就想到了一种动物，蛤蟆。她就跟蛤蟆一样，身体缩成一团，头部前伸，嘴巴很宽，不过眼睛倒不像蛤蟆那样凸出。康斯坦丁夫人的眼睛就像华丽的珠宝一样，闪闪发光。一个低沉的声音响起，这个声音宛如男人的声音。

"米莉？"然后接着说，"你好，梅因沃林小姐？"她伸出一只手，这只手是方形的，看起来很有力，"我就不起来了，因为这仅仅是一种形式。你快过来坐下，好好看看我。我是个丑陋的老家伙，但是我料想你也厌倦了给漂亮的女孩画画像。那些漂亮的女孩都长得差不多，尤其是现在，衣服、身材、肤色都是设计好的，她们穿衣打扮看起来都是一个样。对了海斯特，去要一壶茶来！"她挥了一下手。"这是我的女儿，海斯特。"然后她做了个鬼脸，"康斯坦丁小姐。"

史黛西和那个高高的，看起来有点儿柔弱的女人握了下手。她跟米歇尔夫人长得很像，只不过她整个人不施粉黛，看起来稍微老了一些。她看起来比较温顺，似乎很好欺负。史黛西看了她一眼，然后突然意识到当她妈妈在这个房间的时候，海斯特·康斯坦丁所做的工作就是端茶送水。要不是她穿着鲜红色的衣服，跟老玛拉的黑色衣服形成了鲜明对比，史黛西压根儿都不会注意到她。康斯坦丁夫人盯着她，说：

"怎么样？你打算要给我画画像了吗？"

正当她要解释说她不能待在这儿，在这儿是不可能完成这项工作的时候，玛拉·康斯坦丁已经直截了当地问是不是她太丑了，没法画。如果她这时候拒绝，说"我得回去了"，那不就等于说："是的，你就是太丑，我没法画。"况且这也不真实啊。她身子往前靠了靠，然后很坚决地说：

"我非常乐意！能为你画像真的是棒极了。"

玛拉·康斯坦丁咯咯地笑了起来。

"那就对了！现在我们要好好谈谈了。"她把头扭过去一会儿，"米莉，你和海斯特去休息室喝你们的茶。我和梅因沃林小姐现在要谈一谈。"

米歇尔夫人走过来,把手放在她妈妈的肩上,顺从地说:"好的,妈妈。"服务员把刚刚点的茶送了过来,她和她的妹妹就出去了。

康斯坦丁夫人身边放了很多吃的,她停下讲话的时候,就会津津有味地吃东西。无论是吃东西还是说话,她都是一气呵成,中间不带喘气的。

"现在茶一定沏好了。我喜欢喝茶,我也总觉得我应该喝茶。"她看了史黛西一眼,眼神里好像有一股恶意,"我是一个平凡的老女人,对吧?我可以说话很粗俗,如果我想的话,我也可以说话很好听。"她的声音和语气突然改变,"梅因沃林小姐,我知道路上很热,我们吃个三明治吧,顺便谈论一下天气。"她笑了笑,说话的方式又变了回去,"如果我愿意的话,我讲话可以跟米歇尔家一样。你知道的,我们是亲家。他们家是贵族,家里面的人都很有教养。米莉为了适应他们已经做了很多改变。'是的,妈妈。不,妈妈。亲爱的妈妈,您该休息了。'她模仿得非常好。"

玛拉·康斯坦丁提高了声音说:"米莉是一个好女儿,海斯特也是。我这个人啊,忍受不了无聊。"

她把那杯几乎滚烫的热茶一口喝了下去。她看着史黛西的脸,接着说:"你有什么好的呢?你会逗我开心吗?我现在也不知道,不过我一会儿就清楚了。"

她放下杯子,然后又把它倒满了。

"怎么样?你准备说些什么吗?"

史黛西说:"我的茶太热了。"她看到康斯坦丁夫人一脸迫切的样子，笑了笑，本还想说"没事，你先接着说"，但是她想了想，并没有说出口。因为康斯坦丁完全掌控着这个谈话，说不说那句话好像已经没什么关系了。

"好吧，你知道我是谁吗？"

"你是玛拉·康斯坦丁。"

"那又怎样呢？"

"你是最好的表演艺术家。"

玛拉点点头。

她说："你知道我出生在哪儿吗？一个贫民窟。我的父亲是个酒鬼，天天被人欺负。我的母亲很辛苦，因为她生了七个孩子。还好那个时候铅还没有被发明出来，要不然的话我母亲肯定服铅自杀了。可怜的妈妈。我们九个人就住在地窖里面，不管怎么说，我们几个孩子还是被拉扯大了。"她轻轻一笑，"如果米莉和海斯特出生在那样一个家庭，她们肯定要待在贫民窟一辈子。但是我走出来了，我成为了一个舞台剧演员。我第一次上台的时候，你都不敢想象，我竟然演一个小精灵。'那个小孩，你去站到后面！她太丑了，乌鸦见到她都会怕。'那个舞台经理就这样说。于是我就被安排站在后排，别的孩子都取笑我，我就对她们做鬼脸，就像这样。"说着，她做起了鬼脸。

"我现在还可以做。"玛拉·康斯坦丁骄傲地说，"我吓到了其中的三个孩子，他们大声叫了起来。于是管理人员就走过来把我拖了出去，他们问我刚刚干什么了，我就又做了一遍鬼脸。这个时候，奥尔德·西姆·普瑞刚好路过看见了这一幕。他把雪茄从嘴里拿出来说，'真该死，让她去演调皮鬼吧，她都不用化妆。'于是，他们就让我那样做了。我在台上跳一种像三级跳的舞蹈，并且还要做鬼脸。一段时间后，这种舞蹈竟然流行起来了，每次跳完，都博得全场观众的喝彩。这就是我最初的表演经历。在那里，我第一次认识到有时候长得丑未必就是坏事。"她停下来，叹了口气，然后语重心长地说，"我真是太丑了。亲爱的，再喝一杯吧。"

史黛西眼中的笑意清晰可见。她说："之后呢？"与此同时，把自己的杯子递了过去。

玛拉·康斯坦丁哼了一声。

"之后……那你可有的听了。"她说，"如果我要讲下去，我们的谈话怕是结束不了了。不说我了，为了公平，也说说你吧。你为什么要离开查尔斯·福利斯特？"

史黛西感到她好像给了自己一个响亮的耳光。"哦。""你知道的！"史黛西说的都是这类话。这种话一说出口，你自己都能听出来有多么愚蠢。她现在正端着加满茶的杯子，她必要把它放下来了，因为杯子在抖。

"我知道？"玛拉·康斯坦丁说，"我当然知道！我就是因为这才去看你的作品的。我对海斯特说，'对于一个女孩来说，离开查尔斯·福利斯特真的需要很大的勇气，我要去看看她的作品。'于是我就去看了你的作品，看了之后我很喜欢。你有一幅作品画了一个老人，他就像一只为了一根骨头疯狂咆哮的老狗一样。'画得很绝妙！'我立刻对海斯特说，'我想让那个女孩给我也画一幅。'她说，'好的，妈妈。'她总是这样说。于是我就给米莉打电话，告诉她让她来办这件事。我只要跟我的女儿们说我有什么事，她们就会帮我办好。现在，你打算告诉我你为什么要离开查尔斯了吗？"

史黛西尽量让自己平静了下来。她拿起了自己的茶杯。

"你以为我真的想离开他吗？"她说。

玛拉轻笑。

"你自己也没料到！"

史黛西的气势在上升，因为她现在很生气。

"如果我早知道你要来沃恩，我就不会来。我就应该从莱顿直接回去。"

"那你为什么没有直接回去呢？"

"戴尔小姐在，况且还有司机，我想着……"

玛拉看着她，黑色的眼睛里透露出一股嘲笑。

"接着说啊。"

"我想着到这儿跟你解释。"

"但是你却同意为我画画像了。"

"我被你的话套住了。"

她轻轻地鼓了鼓掌，一颗大钻石在她手指上闪烁。她张开那张大嘴巴，笑了起来。

"这就是我为什么可以走到今天这个位置，我可以牢牢套住观众，让他们为我着迷，这可比让观众避开你好得多。以前有一次表演，我才刚刚开始，就有人对我发出嘘声，说我是一个骗子。你知道我怎么做的吗？我跺跺脚说，'别傻了！我远比你想的好得多，我马上表演给你看！'然后我就给他们表演，我还没结束，他们就开始鼓掌喝彩了。"她说话的语气变得和蔼可亲起来，"好吧，你现在还打算离开吗？"

"我不知道我该怎么待在这儿。"

玛拉耸耸肩。

"按你自己的意思来。工作是个很好的理由，我来这儿也是自称为了工作。尽管你可能会感到恐慌，但是你来这儿也并没有什么不对啊，就跟别的客人一样，不是吗？"

史黛西又一次被玛拉说服了。她现在不想待在这儿，但她还是选择了待在这儿。她想要继续发火，但是那没有什么用。她现在非常想给玛拉·康斯坦丁画画像，这种渴望是那么强烈，比过去三年里任何一次都要强烈。她伸出手，说：

"这对我来说很不公平，按理说，我是应该回去的。但是我并不打算那样做，我已经决定要给你画画像了。"

第六章
再遇查尔斯

扫码听本章节
英文原版朗读音频

　　她们在楼下的一个宴会上吃了个晚饭，她们的桌子刚好靠着窗户。这个位置绝佳，视野非常好。向外看去，你可以通过树的间隙看到大海。顺着这个长长的房间看去，你可以看到所有东西，你可以看到每个人，有的在走来走去，有的坐在桌子旁谈话。没有人穿晚礼服，大家都穿着很轻便的夏装。

　　西奥多西娅·戴尔走了进来，和她们坐在了一起。她已经脱掉了那个黑色的小毡帽，但是她仍然穿着那件和她头发很相配的铁灰色的花呢外套，没有人说它和她很相称，但是那似乎已经成为了她的一部分，人们很难想象她穿别的衣服的样子。她曾经在这个房间里跳过舞，那时她穿着一件由玫瑰色薄纱做成的连衣裙，在这里翩翩起舞。这真的让人难以置信，你根本就想象不到。但是，那确实是真的，现在在场的很多人都记得，他们那时都认为她会成为路易斯·布雷丁的妻子，成为沃恩屋的女主人。他之前在这儿为她举办了一个舞会，在舞会上，他亲手为她戴上一条很著名的红宝石项链，那是他们的订婚信物。这是很久以前的事了。

她来到这个房间，对着其他地方点了点头，然后坐到了椅子上。她浏览了一下菜单，说："吃什么都无所谓，只要是凉的就可以。""龙虾蛋黄酱。"玛拉对服务员说，"除了康斯坦丁小姐外，其他每人一份。我也不知道她那虚弱的胃到底遗传自谁。感谢上帝，还好我可以吃我喜欢吃的东西。当我还是一个孩子的时候，根本就吃不到这种东西。住在一个地窖里，连面包都不够分，更别提享受龙虾的美味了。"

米歇尔夫人说："亲爱的妈妈，真让人心疼！"这时，路易斯·布雷丁进来了，他走到一个靠墙的小桌子旁。玛拉朝他挥了挥手，他看向她们，鞠了个躬，然后坐下了。

西奥多西娅·戴尔完全没注意到他。她正在剥龙虾壳。如果他过来的话，她应该会说："你好啊，路易斯！"然后接着剥她的龙虾壳。当你生活在一个小村子里的时候，你必须要克服这种尴尬感。

史黛西也不清楚自己是不是已经被认出来了。他平时是个冷漠又无聊的人，但是当谈起自己的收藏品的时候，他就完全变了一个人。他瘦瘦的，身材笔直，看起来很高贵，和查尔斯长得一点儿都不像。不过，他俩肤色倒很像，这一点史黛西不可否认，因为他俩都是黑种人。其实，福利斯特家族都是黑种人，路易斯·布雷丁的母亲也是福利斯特家族的人。但是，他母亲并没有把福利斯特家族人的魅力遗传给他，他整个人看起来就像一副冰冷的扑克，直挺挺的，显得很僵硬，没有一点儿魅力。他的眼睛扫过了史黛西，但是他什么反应都没有，好像她根本不存在。史黛西以为他会冲到她面前，然后说："史黛西，你为什么会在这儿？多么不可思议的一件事啊！"想到这里，她情不自禁地笑笑，嘴角带着一丝自嘲的意味。

玛拉·康斯坦丁在沙拉上浇满了蛋黄酱，然后她抬起头，咯咯地笑了起来。

"你们说可不可笑？他拥有全世界女人都梦寐以求的珠宝，他却一件都不能戴，只能把他们都锁起来，想起来还真是好笑。"

"亲爱的妈妈！"米歇尔夫人说。

海斯特·康斯坦丁只说过两次话，她一次说话是要放盐，另一次是要放醋。不得不说，她吃东西真的很挑，盘子里现在还剩很多东西。

西奥多西娅·戴尔倒讲了很多。她从出生讲到订婚，从结婚讲到死亡，讲到了人生的各个阶段。此外，她还讲到谁跟谁分手了，为什么，他们说过什么，做过什么，他们的朋友是怎么想的。

这时候，有四个人从她们左手边的门走了进来，向一个四人桌走了过去。他们是两男两女，其中的一个女人和一个男人史黛西并不认识。这个陌生的女人穿着黑色的裙子，一头红色的头发，脖子上挂着一串珍珠项链，她的肩膀很宽，上面还有一大片晒斑。另一个女人史黛西认识，高高盘起的亚麻色头发，娇弱的脸庞，精致的五官，那正是莉莲斯·格雷。在她的身后，是查尔斯，他又黑又高，身材非常不错，不过面貌却有点儿丑陋。莉莲斯穿着白色的裙子，看起来比三年前好看多了，她更会打扮自己了。她看起来很年轻，你绝不会猜到她比查尔斯还要大三岁。这一切现在在史黛西眼里都显得很模糊，距离还有点儿远，她看得不是很清楚。当他们走得更近的时候，史黛西看到了查尔斯。他看起来还是原来那个样子。史黛西感到很不可思议，他竟然看起来一点儿没变。

当他经过路易斯·布雷丁坐的那张桌子时，他说："你好，路易斯！"然后，他看到玛拉·康斯坦丁正在向他招手，他就朝着这边走了过来。

玛拉此时的说话声很大，整个房间的人都能听到。她说：

"你在这儿干吗？你不是在军队里工作吗？"

他说："不打仗的时候，我们偶尔也会有个短暂的假期。"这时，他看向史黛西，然后很自然地说："你好，史黛西！"

此刻，史黛西感觉自己陷入了玛拉·康斯坦丁设计的圈套里面。于是她非常生气，除了生气她此时再没有别的感觉了。她感觉自己真成了一只小兔子，一步步向陷阱走去。好吧，如果她们认为下一刻她们就能看到史黛西心胸狭隘的样子，那她们就错了。她看着查尔斯，相当平静地说："你好，查尔斯，最近怎么样？"

他说："挺好的。"然后他就转身离开，坐到了莉莲斯·格雷的旁边。

"真令人意外！"玛拉·康斯坦丁说。她看向西奥多西娅·戴尔，"多思，你事先知道他在这儿吗？"

戴尔小姐快速地点点头。

"他两天前来的，快要走了。"

玛拉朝着那个桌喊了起来，

"查尔斯，你现在住在哪儿？"

"住在盐碱滩，我在那儿还有一套公寓。"

玛拉说："也对，总要有个可以放自己东西的地方。"然后她的声音又回到了自己的这个小圈子，说，"这些住在盐碱滩公寓的人，都有一个很好的工作，他们有的住两室的公寓，有的住三室的，还有的住四室的，而且每套公寓都还配有一个小厨房。你付的钱越多，住的房子越好。"她突然又提高了声音，"查尔斯，你的公寓怎么样，两室的还是三室的？"

他脸上露出了微笑，这个微笑使他丑陋的面庞更具吸引力，甚至比面貌英俊的人看起来还要有吸引力。但是，此刻在史黛西的心里，这个微笑却显得很古怪。他以前也总是这样对着她微笑，但是此时这个微笑和爱、尊重甚至是喜欢都毫无关系，它只是一种本能的反应。它只属于查尔斯。

他大声回答道：

"两室的。不过里面很豪华，有单独的厨房和浴室。"

米歇尔夫人说："亲爱的妈妈！"

第七章
舞会

随后，在另一个房间里有一个舞会，那个房间以前是个藏书室。现在里面还有很多书，如《长臂猿的衰退》《罗马帝国的衰落》《大英百科全书》等。还有许多维多利亚时代的小说家写的小说，如特洛普、查尔斯·里德、狄更斯、萨克莱等这些小说家的书。尽管已经有将近50年没人到这里读书了，但是这些书上却一点儿灰尘都没有。

史黛西现在很想偷偷溜到楼上去，但是她和米歇尔夫人正扶着玛拉·康斯坦丁，两人一人扶一边，她没法溜走。倒是海斯特·康斯坦丁已经成功溜走了。玛拉重150磅，她并不是一个跛脚，但是当她自己站起来的时候，史黛西感觉她都快要跪到地上了。她想要去看舞会，她俩只能扶着她去。

这个房间的两边都有窗户，在书架中间，有舒服的座位。她

们正向玛拉·康斯坦丁选择的座位走去，这时迎面走来一个男人，
玛拉高兴地说道：

"莫伯利，见到你真是太高兴了，我一直想着要见你呢！你
这是要上哪儿去？"

他是一个很瘦的男人，腰稍微有点儿弯。他的脸有点儿黑，
而且两颊凹陷。五官倒是还算精致，但是眼睛和嘴巴上的线条很深，
这一点暴露了他的年龄——可能已经 30 或 35 岁了，也可能再大
5 岁。正常来说，40 岁的男人线条不应该是那样的。他说话很温和，
但是你可以听得出来，这种温和很勉强。

"康斯坦丁夫人，我能为你做些什么呢？"

"我正在占用梅因沃林小姐的手臂。你可以过来扶我坐下来
吗？我怕直接坐下去会把沙发压坏，就坐那里吧，那个地方更好。
米莉已经习惯怎么扶我坐下去了，但是梅因沃林小姐不习惯，这
是事实。"

莫伯利先生很熟练地完成了这一切。可能这也不是他第一次
干这种事了。当他直起腰时，玛拉拉住了他的衣袖。

"你要去跳舞吗？"

"福利斯特让我去参加他的聚会，但是我之前必须要帮布雷
丁先生处理一些事情。我刚刚看到了，他们已经有四个人了。"

"那个男人是最后才到的，他好像叫康斯特布尔。他们就坐
在我们旁边。你不必生气，查尔斯原以为他明天才会到。"

"我向你保证，康斯坦丁夫人，我没有生气。"

玛拉·康斯坦丁温和地笑了起来。

"你也不必这样。如果你需要一个舞伴的话，梅因沃林小姐在这里。"

史黛西亲切地说："我可不太会跳舞。"

玛拉说："去吧，你肯定不想整晚都坐在这儿和一个肥胖的老女人讲话。米莉和我当一对假花就行了。"

"亲爱的妈妈。"

玛拉没有理会她，接着说道：

"你可千万不要说我还没有好好给你介绍他。这是詹姆斯·莫伯利先生，他是路易斯·布雷丁的秘书。他了解所有的钻石、红宝石、绿宝石、蓝宝石以及珍珠。是不是很震惊？去和他跳舞吧！"

"如果你愿意的话，我会非常高兴。"詹姆斯·莫伯利说。

他短短的一句话让史黛西别无选择。她完全被激怒了，当他们去跳舞的时候，她突然有一种大笑的冲动。她抬起头，刚好与莫伯利四目相接，他眼里透露着一种谦逊，同时还有一种忧虑。

"梅因沃林小姐，你一直和康斯坦丁夫人待在一起吗？"

"我是来给她画画像的，我是画微型画的。"

"那一定非常有趣吧。"

莫伯利先生跳舞水平一般，不算很好，那种简单的浮跳舞姿他都完成不了。查尔斯正和莉莲斯在一起跳舞，查尔斯跳得很好，那种浮跳对查尔斯来说就是小菜一碟。"我比莉莲斯跳得好多了。"史黛西在心里嫉妒地对自己说。她又大声地向莫伯利询问了一些有关收藏的事，然后她得知了一些有趣的故事。

他们又一次经过了查尔斯和莉莲斯。不知道查尔斯刚刚说了些什么，他们现在正开心地笑着。他们一起跳舞，看起来很温馨。

史黛西对其他的一切都不感兴趣。她现在只想知道路易斯·布雷丁找没找到奥尔巴尼项链上缺失的那几节。詹姆斯·莫伯利很认真地告诉了他关于它的所有事情。当他认真讲起来的时候，他的舞蹈就完全走样了。

"我在一个乡下的珠宝店里发现了它们，它们就在一个托盘里，和一堆杂七杂八的东西放在一起。托盘上还贴了个标签——'里面每样东西一便士六先令'。我在里面看到了一个小的蝴蝶结和两节项链。你知道吗，那个项链有一个同心结的图案，也是蝴蝶结状的——正是那个蝴蝶结引起了我的注意。我当时走进那家商店，一个中年妇女站在柜台后面，我就问是否可以看一下这个盒子。那个店其实是她父亲的，她父亲死了后她就接手了。那些东西都是她父亲低价收购的废品。当然，我买下了那个蝴蝶结，那时候我还不知道那个蝴蝶结就是那个项链上面的。当我回去拿出来让布雷丁先生看的时候，他显得非常激动，'奥尔巴尼项链！'他立刻说，毫无疑问，那就是项链缺失的一部分。"他脚步有点儿乱，一下子踩到了史黛西的脚上，他赶紧说，"非常抱歉！"然后他又接着讲了起来。

这个漫长的舞蹈已经进入了尾声。不幸的是，他内心的冰已经被打破了，莫伯利先生很不愿和他的听众分开，他还想继续和她讲下去。这时，史黛西发现查尔斯·福利斯特又向他们走来，她开始有点儿忍受不了。

"你好，莫伯利！"他说，"就到这儿吧。我看史黛西一直很同情你。现在我们换换，你去那边和莉莲斯跳下支舞。杰克·康斯特布尔似乎已经结识了梅达。”他转向史黛西，“就是那个红头发的女孩，她叫梅达·罗宾逊。她刚搬到盐碱滩，就住在莉莲斯隔壁的公寓。听说她是个寡妇，但到底是不是真的我也不太清楚。詹姆斯，你可以试试去取代杰克·康斯特布尔。”

詹姆斯·莫柏利很耐心地走了过去。查尔斯盯着他的背影看了一会儿，低声说："继续跳舞，让快乐无极限。"然后转过身来。

"史黛西，要和我一起跳舞吗？"

这个舞会很明显已经重新洗牌了。她笑着说：

"我可不这么认为。"

他挑了一下眉毛。

"是脚疼吗？我看到他踩到你了。来一起跳舞吧，你想想看那些跳舞的人多么快乐。你也来散发出自己的愉悦吧！而且我不认为我们的舞步会比别人差。"

随着音乐响起，他把手放到了她的腰上。他们不知不觉地跟着旋律跳了起来。现在她正和查尔斯一起跳舞，就像以前一样。她离他那么近，甚至能听到他平稳的呼吸声。

"我们还真是合拍。你已经打败了其他所有人。"

她抬起头，严肃地说：

"你是指和你跳过舞的每一个人，对吧？"

他的嘴角动了一下。然后说：

"跟不同的人跳舞感觉不同。只有和你一起跳舞我才感到真实。"

"我认为，这也是你所谓的不同感觉之一。"

他摇摇头。

"不不，亲爱的。这是最原始的感觉。其他的都只是让我自己愉快。跟你一起跳舞是一种社会责任，我认为我做得很好。"

她说："哦，是吗？"她仍然是一幅很严肃的表情。

他们从房间的一端跳到了另一端。然后他说：

"你来这里干吗？"

她感到脸颊开始发烫。她希望这只是他由于无聊才问起的，然后她回答道：

"我在给康斯坦丁夫人画一幅微型画。当然，我以为她在伯登。实际上，我应该从雷德灵顿下火车的，然而，米歇尔夫人突然上了车，她对我说她妈妈突然心血来潮去了沃恩。"

查尔斯点点头。

"她经常来这儿。实际上，我认为她很可能握有这个俱乐部的大部分股份，因为现代人的经营模式不是这样的。很明显，这个地方要比伯登好得多，你算是来对了。"

"要是早知道来这里，我是不会来的。我不想待在这儿，但是在火车上我又没法解释，因为还有别人在旁边。当我见到康斯坦丁夫人的时候，我产生一种为了给她画画像，可以付出了一切的感觉。"

"她是一个很好的广告，为她画画像对你的工作有很大的好处。我这样想是不是很俗？"

她忍不住笑了起来。然后责备道：

"确实很俗。不过，得到这样一个机会确实很幸运。"她停顿了一会儿，然后说，"我没想到你会在这儿。"

"你可以把我的到来当作一个意外的奖赏。你很幸运，不是吗？既然现在你在这儿，我也在这儿，我认为我们应该好好谈一下。"

"我们之间没有什么可谈的。"

"你没有，但是我有啊。我们来个幽会吧。明天去雷德灵顿喝杯茶怎么样？那儿有个咖啡馆，那个咖啡馆仍然是按照十六世纪的风格装修的，里面虽然很阴郁，但是包厢相当好。如果你明天下午 2 点 15 分从这儿坐公交车，然后在莱顿站的下一站下车，我就刚好可以接到你。如果你不愿意那样的话，你可以邀请我到这儿来找你，当然，这样的话更加方便，但是不太像一个幽会。"

她听了后吓坏了，脸色都变了。

"不不，我是不会那样做的。"

"你怕有流言蜚语？好吧，亲爱的，如你所愿。就莱顿的下一站吧。"

史黛西的面色恢复了正常。

"我可不是那样想的。我认为我们之间没有什么可说的。"

"我的宝贝，我们可是一直在说话，而且都没有停下来喘口气。就我而言，我还可以接着跟你说一个月，而且内容丝毫不重复。你没有必要非要拒绝我。所罗门不是说过吗？'沉默的女人就像放在银架上的金苹果。'。"

"不，他没说过！"史黛西愤怒地说，"那是你编的！"

"或许吧，但是事实就是这样。你什么都不用说，你就坐在那儿，吃着面包听我说就行了。那是多么惬意的事啊！"

"不！"

"好吧，但是我认为你最好还是答应。我真的有事跟你谈。我会在莱顿的下一站等你。"

音乐停了下来。史黛西有一种被打劫的感觉。他们本应该好好跳舞，不应该说话，她以后再也没有机会和他跳舞了。他们两个人虽然离婚了，但是舞步却还没有"离婚"，在最后沉默的几分钟里，他们的舞步依然还是那么协调流畅。她突然说：

"我现在要上去了，我不想再跳了。"

查尔斯把他的手放在她的手臂上。

"好吧，但是你必须要给杰克·康斯特布尔一个机会，他不能一个人霸占着梅达，我也想和梅达跳支舞。我一直都很迷恋红头发的女人，她真的很迷人，不是吗？我对她也不是很了解，你去把杰克的手拿下来，给我一个弄清她身份的机会。顺便问一下，你叫你自己什么？我怎么听玛拉叫你'梅因沃林小姐'？"

"恐怕是这样的！"

查尔斯说："真是愚蠢！"他低头看看她的左手，发现戒指不见了，"你把戒指也摘下来了？"

"三年前就摘下来了。"

他拉着她的手，穿过了空荡荡的地板。他们来到红发的梅达和杰克·康斯特布尔身边。查尔斯的一只手仍然拉着史黛西，他把另一只手放到杰克·康斯特布尔的手臂上，说：

"杰克，我向你介绍一下，这位是史黛西·梅因沃林。她跳舞跳得非常好。梅达，下支舞和我跳如何？"

第八章
可疑的夜晚

扫码听本章节
英文原版朗读音频

杰克·康斯特布尔很热情，他是一个大胆的舞者。

"看这儿，我将向你展示一种新的舞步，你可以跟着我做。这种舞步相当有趣，我是在智利学会的。我在当地的一个舞会上跟一个美女学的，她的男朋友看到后非常生气，直接捅了我一刀。"

史黛西说：

"那你一定认为沃恩很无聊，没有新的舞步，也没有带着刀的男朋友。"

"但是这里有一块更好的地板。"

刚说完，他突然意识到他好像说错话了，他应该说"这里有一位更好的舞伴"，但是他已经错过了这个机会。他们敏捷地避开了两对舞者，杰克·康斯特布尔说：

"我刚刚似乎错过了一些暗示，对吗？我现在重新说。你真的是一个更好的舞伴。"

史黛西情不自禁地笑了起来，但是此时，她认为她可能需要注意一下自己的脚步。她说："谢谢。"但是声音里带有一丝冷淡。她又接着说：

"你和查尔斯认识很久了吗？"

她之前从没有听说过他，如果他和查尔斯很久之前就认识的话，她为什么会没听说过他呢，这很奇怪。

他们似乎是在沙漠战场认识的，就像托布鲁克、阿拉曼之类的战场。听起来他似乎非常了解查尔斯，他跟史黛西讲了许多查尔斯的故事，其中还包括她三年前轻易爱上查尔斯那件事。

"真是个潇洒的家伙。他总是会说些逗你笑的东西。不过倒是可怜了那个跟他在一起的女孩。"

史黛西说：

"可能女孩总会被人可怜。"

他笑了起来，说：

"好吧，查尔斯会喜欢这句话。她并不是第一个，也不会是最后一个。"

她和杰克·康斯特布尔对话的主题似乎一直不停地改变。她适当地提高了一下自己的情绪，然后问他是否也住在盐碱滩。看来他真的住在盐碱滩。

"我前几天在镇子上碰到了查尔斯，然后我也就顺便住到了盐碱滩。他很擅长把住宅改造成公寓，幸运的是，他有资本做这件事。"史黛西的心突然一沉。她知道他并没有资本，他一点儿资本都没有。这件事有蹊跷。她说：

"我还以为他把盐碱滩卖了。"

杰克·康斯特布尔摇摇头。

"没有卖，他做得比那好多了，他把盐碱滩的房子改造成了公寓。他卖掉了家族里的钻石之类的东西，然后将那笔钱用于改造公寓。他改造得非常好，你没去那里看看吗？"

史黛西说："我今天下午才来。"然后，她又跳到了另一个话题，"说起钻石，你见过布雷丁先生的收藏吗？"

他笑了笑。

"那些东西听起来很贵，现在似乎很少人能买得起。布雷丁是谁？他的收藏怎么了？"

于是她就给他讲起了布雷丁的收藏，一直到这支舞结束。

结束后，她就离开了。离开前她向康斯坦丁道了晚安，她俩还进行了一个很简短的交流。康斯坦丁夫人本想让她再在这里待一会儿，不过，她最后还是说：

"好吧，你去吧，好好休息！明天又会是新的一天，不是吗？当年我进行巡回演出的时候，钢琴手是个德国犹太人，她经常用德语说，'明天又会是新的一天。'听起来是不是很有趣？好了，亲爱的，去休息吧！明天你就可以为我画画像了。如果你方便的话，我们就十点半开始吧。"

史黛西离开前又回头望了一眼，她看到杰克·康斯特布尔正和莉莲斯跳舞，查尔斯正挽着那个红发女孩的手臂，而路易斯·布雷丁正坐在墙边看着他们。

她的房间位于康斯坦丁夫人套房的最里面，它是一个很小的房间，事实上，它就是隔壁大房间的更衣室。海斯特·康斯坦丁就睡在隔壁那个大房间，她的对面是玛拉的卧室和更衣室。客厅紧挨着玛拉的更衣室，刚好在史黛西对面。史黛西的房间面向附属建筑的一侧，它依山而建，路易斯·布雷丁的藏品就保存在那里。它和沃恩屋通过一个 30 英尺的玻璃通道相连，通道里面装有灯，整夜都会亮着。

当史黛西准备上床的时候，她又拉开了窗帘，向外望去。天还有半小时才会黑，她并不急着睡觉。她向附属建筑看去，整个建筑已经被茂密的树木围了起来。那个建筑没有窗户，里面有电灯和一种可以调节空气的植物，它们可以满足自然光和新鲜空气的需求。三年前，史黛西还无忧无虑，但是，当她看到这个建筑的时候，她仍然感到一丝恐惧。那时，路易斯·布雷丁还不住在那里。现在，他住在里面了，准确地说应该是睡在里面，他和他那个毫不幽默的秘书都睡在里面。那个秘书刚刚还踩到了她的脚，"唉，这个聚会真的太糟糕了！"她心里感叹。

她脑海里一直在想路易斯·布雷丁，因为她不想让查尔斯出现在她的大脑里。从表面上看，他们两人现在好像互不喜欢，她很想知道这是为什么。大多数人都很喜欢她，查尔斯也爱过她。也许查尔斯根本没爱过她，也许她从来不是真正的主角，她仅仅是查尔斯用来玩弄的对象。但是，无论如何，他没有和其他人结过婚……"上帝啊，你为此而自豪吗？之前你可是认为，和他结婚是你做过的最坏的决定。既然你已经想清楚了，那么现在，你为什么又要重新梳理和他之间的感情问题呢？"杰克·康斯特布尔的声音突然出现在她的脑海里——"他很擅长把住宅改成……他把家族中的钻石卖了。"这时，她的眼前迅速闪过一个可怕的画面：查尔斯手里正拿着那些钻石。

她不敢再想了，她赶紧拿起那本她在火车上买的书开始大声地读了起来。当你默默地阅读的时候，你还可以思考，但是当你大声朗读的时候，你是不能思考的。这个方法是她三年前发现的，她好久没有这样做了，但是今晚她必须要这样做。她站在灯光下，微风从打开的窗户吹来。可以听到她的朗读声单调乏味，毫无情感，不过，它也不需要有任何情感，它仅仅是思想的拦路虎而已。

终于，她放下书，然后深深地叹了口气。从窗口吹来的海风让人神清气爽，她穿着薄薄的睡衣，感觉到有点儿冷。她的脚底冰凉，整个人已经筋疲力尽。太晚了，不能再读了。整个玻璃通道都已经亮了起来。她钻进被窝，用被子盖上自己的下巴，很快就睡着了。

她不知道自己要睡多久，也不知道什么会吵醒她。这一刻她睡着了，完完全全地睡着了，然后不知道过了多久，她突然就枕着自己的胳膊，完全清醒了过来。她就那样躺着，仿佛在认真地听别人讲话。过了一会儿，她从床上下来，走到了窗前。风很凉，外面一片漆黑。但是外面不应该是漆黑的啊。为什么不应该呢？没有月亮，天空是黑的，山丘和树木也都是黑的。附属建筑由于没有窗户也是黑的。但是那个玻璃通道不应该是黑的啊，它应该是亮着的啊。玛拉·康斯坦丁之前说过——'那个通道是进入附属建筑的唯一一条路，在通道的远端，有一个防盗门，小偷想进去比登天还难。'当然，她三年前就知道了。路易斯·布雷丁布置的这些防盗措施几乎是公开的，大家都知道。越公开就越安全，窃贼们知道后就会放弃偷盗的念头。

史黛西站在黑暗中，皱起了眉头。她上床睡觉的时候这个通道还是亮着的，现在它却不亮了。这时，她好像听到有非常轻微的声音从脚下传出来。她认为这是关门声，她听得很清楚，是门闩发出的那种咔嗒声。她很确定就是那种声音，不可能是其他的声音，而且她还确定声音来自玻璃通道和沃恩屋之间的那道门。有人刚刚把那扇门打开了，然后当把门闩插回去的时候，声音从她的窗户下面传了过来。这时，玻璃通道里的灯突然亮了起来，但是里面却空无一人。

当灯亮起的时候，史黛西感觉附属建筑上的那个防盗门好像移动了。但是这次她不确定，她没有看清，她没有那么确定。她认为那扇防盗门正在被关上。但是她不确定。

第九章
画像的开始

扫码听本章节
英文原版朗读音频

　　第二天，绘画工作进行得很顺利。早晨的阳光不算太坏，玛拉·康斯坦丁看起来精神状态也很好。这个自传首先以九个人开始，随后一个生动的贫民窟地窖出现在画纸上。有时候史黛西停下来认真地听她讲话。有时候史黛西忙于勾勒她那些丑陋的面貌特点，无暇听她讲话，她就喃喃自语。她黑色眼睛中透露出的刺眼的邪恶，瞬息的好酒色，极度的享受，这些都依次在画中展现了出来。每一次眼神的改变，史黛西都想喊："保持住！"她看着她的眼神，心里想，"要是我也能像她这样随性该多好啊。"

　　"很可惜我的女儿们都跟我长得不像。当我对汤姆·哈顿说这些话的时候，他说，'她们为什么要长得像你？你想让她们看起来像小恶魔吗？'然后我说，'好吧，汤姆。尽管你拥有好看的皮肤，但是我余生会过得更好。'他因酗酒致死……你知道的，他不是孩子的父亲。我17岁结婚，从那时起我就有了专门的名称，康斯坦丁。锡德是一名办公室职员，他是个非常有教养的年轻人，但是他很穷，身体也不是很好。在我20岁前，他就因风寒死去，留给我两个孩子。海斯特跟他简直一模一样。"

她现在显得很悲痛。史黛西就坐在那儿看着她。片刻过后，她突然大声地笑了起来，然后她目露凶光，说：

"从那以后，我就再也没有结过婚。如果他们想要知道为什么，我就会对着他们笑，然后告诉他们我是一个良家妇女，而且我非常感激他们记住了这一点。"她斜着头轻轻地笑了笑，"当然，这并不能阻止他们，你知道吗，有一个人让我跟他一起离开这里去巴黎，你知道他是谁吗？算了，我最好还是不要告诉你了。但是他一直都在我身后，这是事实。"

史黛西举起一只手。

"康斯坦丁夫人，如果你能保持那个表情的话……"

几乎在她说出这句话的同时，那个表情就结束了。她张开嘴巴笑了笑。

"好吧，亲爱的，我不能。我现在真想让你看看自己的表情！你不会以为那个人是你的查尔斯吧？"

史黛西也笑了起来，但事实上她心里藏着一团怒火。

"如果你想要他的话，那很容易，他现在完全自由。"

"亲爱的，谢谢你，不过并不是这样的，那个人不是他。你使用自由这个词是什么意思？他仍然还喜欢着你，从他看你的眼神里就完全可以看出来。"

"查尔斯看任何人都是那样。那代表不了什么。你可以问问他，他肯定也会这样说的。"

"随你的便吧，"玛拉·康斯坦丁说，"如果你不愿相信我，也不必勉强，但是我对这种事真的从来没有看错过。我记得亨利·米歇尔第一次来拜访我的时候，我就对米莉说以后他会向她提很多要求，她说他肯定不会。'好吧，不过你最好还是要有个心理准备，'我说，'他将会冻结你，束缚你，让你完全适应他的家族，我认为那并不是个美满的生活，但选择权还是在你，你最好还是好好考虑一下，如果那就是你想要的生活，你就嫁给他。'她也确实嫁给她了。"她猛地一下抬起了头，"天啊，要是让我过那种生活，不出一周我就得死掉。这一点她跟锡德非常像，跟我完全不像，她很喜欢那种生活。她现在遇到的唯一麻烦是她没有男孩，她只有两个女儿，都住在寄宿学校。"接着，她又面无表情地说，"是的，外祖母；不，外祖母。"她耸了耸肩，"虽然她俩跟锡德不是同一血统，但是她们说话却像极了他，都是那么礼貌。就这样吧，就像我经常说的那样，只要你高兴，其他的都无所谓。"

史黛西的工作可以说还算顺利。但是史黛西对自己画的这些转瞬即逝的表情，突如其来的面部表情的变化，似乎不太满意。她已经画了十几个草图了，但都不合心意，然后她又画了十几个。玛拉倒是对她画的这些很满意。

"我是不是个丑陋的老恶魔？画得真是惟妙惟肖，就这些了是吧？你再接着画下去就会发现，你画的就是个丑陋的老恶魔。好了，今天就到这里吧，剩下的时间你可以出去转转。"

史黛西还没来得及接受这个建议，就有人过来叫她接电话。她有点儿儿惊讶，她想不出来还有谁知道她在这儿，除非是查尔斯。

不是查尔斯，从声音可以听出来对方是个带着牛角框眼镜的有知识的人。

"是梅因沃林小姐吗？"

史黛西立刻就听出了是谁。事实上，大部分人都能听出来他是谁，因为那个声音正是经常通过电台向他们播报通知的广播员的声音。

"安东尼！你怎么知道我在这儿？"

安东尼·卡勒斯特先生叹了口气说：

"亲爱的，很简单。你说过你要去伯登，然后我就查到了那里的电话，当我打电话过去的时候，那边的人说你们去沃恩屋了。所以我就打电话过来了。"

"你现在在哪儿呢？"

"我有一个姑妈住在莱顿镇。我有三天的假期，我现在正住在她家。你今天晚上和我一起吃饭吧。我知道在雷德灵顿有一家饭店，他们那的菜很合你的胃口。"他说话很慢，声音很温和，他咳嗽了几声，然后接着说道，"我7点给你打电话怎么样？"

史黛西犹豫了一会儿。

"安东尼，你真是太好了。听我说，我下午要出去一趟，我不知道什么时候可以回来，而且我回来以后还要打扮一下。我认为你最好推迟半小时。"

"就这么说定了。"

"好的。"

然后她挂了电话，转过身准备离开。正在这时，电话又响了。可能是别人的电话，但是也可能还是安东尼。她拿起听筒，听到莉莲斯说：

"我能跟……梅因沃林小姐讲话吗？"

她在名字前稍微停顿了一下。史黛西下意识地后退了一步，然后冷漠地说：

"请讲。"

"哦，我是莉莲斯·格雷。"

"你好，莉莲斯。"

"哦，你好。"

莉莲斯的声音高低起伏，很明显她现在很紧张。她的声音越来越高。

"亲爱的，昨天晚上一句话都没跟你说上。在晚餐的时候显然是不可能的，晚餐过后，你就不见了。但是我真的很想见你一面，和你分享我们对盐碱滩做了什么。"

"我们"好像一把暗箭，射到了史黛西的心脏上。然后史黛西也回击一支暗箭，

"我已经知道了，查尔斯昨天和我说过了。"

"你都知道了？我们能成为朋友，这也是一种解脱，不是吗？你不觉得吗？这样可以简化很多事情，大家也会更加舒服。这也是为什么我可以这样给你打电话。我确实想让你来看看我的公寓，看看我们在这里所做的一切，因此，我想问你今天下午是否可以

过来一趟，我们一起喝个茶。"

"今天下午恐怕不行，我要出去一趟。"

"和查尔斯一起吗？当然是，我太蠢了！那么星期六怎么样？那天他不会在这里，他要处理一些无聊的业务。但是如果你可以容忍仅仅和我……"

电话这头，史黛西就像个生气的孩子一样，然后说：

"那样很好。"

"那么我们 4 点半见吧。你知道在哪里下车。节假日期间公交车每 20 分钟一班。"然后她就把电话挂了。

史黛西跺了跺脚，她看着这个听筒，感觉它仿佛是一条伪装的毒蛇。随后，她以一种鄙视的方式把它挂了起来。莉莲斯可能是一条毒蛇，也可能不是。不过可以确定的是，她爱上了查尔斯，但这并不能证明她就是一条毒蛇。不管她是不是被收养的，反正她一直都爱着查尔斯。他们在盐碱滩都拥有各自的公寓。而且莉莲斯还说了"我们"。但是史黛西到底为什么要答应去那儿和她一起喝茶？如果在这个世界上有那么一个地方她必须远离，那个地方一定是盐碱滩。如果你已经被按在了刑架上，你肯定不会愿意去刑讯室喝茶的。那么她为什么要去呢？事实上，答案很简单，她还没有勇气说出"我再也不想看到那个地方"或者"再也不想看到你"。莉莲斯已经目睹过她当初有多么痛苦。莉莲斯那时候是什么心态呢？幸灾乐祸？同情？懊恼？史黛西也不知道，而且她永远也不会知道。但是现在这些都不重要，重要的是莉莲斯已经在那里等着她了。

　　她明天就要去盐碱滩了，莉莲斯会向她说"看看我们对这里做了什么"，而那个所谓的"这里"之前差一点儿就成为她和查尔斯的家。真是太荒唐了，为什么要去呢？

　　一个声音从她心底蹦了出来，"因为我是个傻瓜，因为我放不下他。"

第十章
赴约

扫码听本章节
英文原版朗读音频

　　史黛西在 2 点 15 分的时候乘上了去莱顿的公交车。她穿了一条印花的灰蓝相间的亚麻裙子，头上除了一头浓密的棕色秀发以外，什么装饰都没有。棕色的头发微卷，在阳光下闪闪发光，看起来非常漂亮。事实上，她身上最动人的就是她的头发了，这一点毋庸置疑。她自己也知道，她五官不出众，面容也不是那么好看。严格意义上来说，她称不上美女。但是她皮肤很好，而且还有一双很好看的灰色眼睛。其他的像鼻子、额头、下巴也没有什么可说的，它们就在那里，一个鼻子、一个额头、一个下巴，没什么特别的。她的嘴倒是值得一说，嘴唇很红，嘴巴不算太小，当她微笑的时候，会露出洁白的牙齿。

　　上车后，她突然有一种心烦意乱的感觉，她感到自己就是个傻瓜，竟然要去见查尔斯，而且她无法阻止自己。

　　她在他们之前说好的车站下了车，她感觉到自己膝盖有点儿发软。查尔斯之前一定跟着那辆公交车，她刚走了十几步，他就追了上来。他打开他的车门，说：

　　"嗨，亲爱的！"

　　那不是他们度蜜月时的那辆破车了，那是一辆在战后新出的阿姆斯壮。就像杰克·康斯特布尔昨晚说的那样，查尔斯现在做得很好。此刻他看起来好像正站在海浪的顶端。突然，她感觉自己好像也和他并肩站在了一起，他俩都站在海浪顶端，沐浴着温暖的阳光，非常惬意。海风吹过她的脸庞，她感觉他们两个仿佛在大海中遨游。当然，这些都不是真的。那只是现实生活的一个小插曲，是对现实生活的一种逃离。他们说过什么或者做过什么都不重要，因为那不是真的，那只是一个幻想而已。但是刚刚这一切已经让她卸下了身上的重担，她此刻感到很轻松。

　　查尔斯·福利斯特说：

　　"我们可以把车停到上面，然后下去，去'醒人湾'，因为去海里游泳比较危险，而且去那儿的路也比较陡，所以那儿的人应该比较少。"

　　路非常陡，他们走得磕磕绊绊，突然她脚下滑了一下，查尔斯赶紧拉住了她，他们俩都笑了起来，然后他责怪道：

　　"你走路也不看着脚下。"

　　"我看着呢！"她生气地答，"都怪这双白痴的鞋子。我不知道要来海滩，你说去雷德灵顿的。"

　　查尔斯把手放在她的肩膀上，轻轻地晃着她说：

"男人都是骗子！"

不一会儿，她们就走到了海滩。放眼望去，除了可以看到些贝壳和鹅卵石外，一个人都看不到。查尔斯说：

"正事第一，其次才是玩乐。我要和你谈谈离婚赡养费的问题，我在'老鼠爱上猫'订了包厢，我们去那儿谈。"

史黛西坐在一块脊形的石头上，她把手伸进石缝里，拿出了几个贝壳和一些半透明的小石头。其中的一个贝壳就像一顶紫色的小帽子一样。她皱着眉头，盯着它说：

"真是无稽之谈。"

查尔斯懒洋洋地笑着说：

"亲爱的，你再重新考虑一下。中心词是离婚赡养费，你刚刚一定没听到它。这个话题就像是一条没有尽头的林荫大道，有太多需要讲的。"

史黛西还在盯着那个紫色的贝壳。

"我对那一点儿都不感兴趣。"

这时他小声地哼唱了起来：

"'不，我不愿走路，不，我不愿讲话。

不，我不愿走路也不愿与你讲话。'

来，让这个幸运的词——离婚赡养费来说服你。"

她的脸涨红了，非常生气地说：

"根本不存在任何赡养费的问题！你并没有抛弃我，是我主动离开你的。"

"你还是和以前一样，那么容易冲动。现在你先冷静下来，我们重新开始。我现在靠盐碱滩赚了很多钱。那里的公寓已经流行了起来，人们都在争相抢购。一切都进行得很顺利，利润非常可观，我不用再为财产税发愁了。我并不是同情你，我只是想让你参与进来，让你也可以有一个成功的机会。"

史黛西坐直了身子，她此时容光焕发，说：

"你是不是失忆了？我们已经离婚了。"

查尔斯脸上露出了一个令她很不安的表情。

"你总是提醒我！现在，我们谈正题吧，我想让你每年得到三百美金。"

"不，查尔斯，我是不会要的！"

他立刻严肃地说：

"如果你接受的话，我心里会舒服很多。"

史黛西用右手把那个小贝壳合上，然后把它弄碎了。

"你心里应该很清楚，我是不可能接受的！"

他面带微笑。

"继续说，把心里话都说出来！其实你还有很多其他的话要说，我心里都清楚，你肯定还想说'我不用你帮助，我可以养活自己！我就算饿死，也不会拿你的钱。'"

"哦！"她极其愤怒。

查尔斯脸上依旧挂着他那典型的迷人的笑容。

"这所有的一切在情景剧里都相当有效，但你并不适合出演情景剧。因为情景剧的女主角都有明亮的眼睛和高高的鼻梁。而你只有一个糟糕的小鼻子。"

"我的鼻子没有那么糟糕！"

"当然。我并不是说你的鼻子有什么不好，你知道的，我很喜欢它，我认为它很讨人喜欢，是一个很适合演喜剧的鼻子。"

她的嘴抽搐着，一个酒窝在她脸上出现。突然，她爆发出愤怒的笑声。

查尔斯说："很遗憾你扮演了一个错误的角色。可能你不需要我提醒，但是你必须要看清自己。"

"是吗？查尔斯！"

"当然，我的宝贝。如果你不愿意把这笔钱称之为赡养费，我们可以换个名称。我们可以叫它津贴，这个词很少在离婚法庭上听到。我会按季度把钱打到你的账户上。"

"不，我不会要的！我没有开玩笑，我不可能拿这笔钱。"

查尔斯正抱着膝盖端坐着。他以责备的口吻说：

"好极了，你万万不可拿钱开玩笑。我做梦的时候都不敢拿钱开玩笑。如果你知道在他们允许我把盐碱滩改造成公寓之前，我熬夜填了多少表格，你就更不会拿钱开玩笑了。我在建设部门耗费了大量的精力，包括巨大的精神压力。你知道的，在行政部门的密室里填写政府表格十分消耗时间。"

"查尔斯，我还是不打算接受。"

他放下膝盖。突然走到她面前，抓住她的手腕。

"现在你要听我说！"

"查尔斯，你弄疼我了，你不抓着我我也可以听清。"

"钱会按季度打到你的银行账户。你可以拿着它吃喝玩乐，可以把它扔到滑铁卢大桥上，把它捐给贫苦的人们，你也可以让它在银行里睡大觉，这些我都管不了。但是你阻止不了我把钱打到你的账户里。我不会以牺牲内心的平静为代价来锻炼你的自尊。如果你的微型画流行起来，区区的三百美金根本不值一提。但是如果哪一天你的绘画无人问津，我想让你知道你还有鲱鱼和面包片。"

"查尔斯，放开我！"

他猛然松开了手，然后笑着说：

"亲爱的，不会受伤的。好了，现在我们谈些其他的吧。"

她摇了摇头。

"我阻止不了你把钱打进我的账户，是吧？"

"非常正确。"

"但是我不会动那些钱的。"

"那是你的事。我们不说这个了，来说说我吧。告诉你个消息，我的继承权马上就要被剥夺了。"

"怎么可能？"

"哦，不是指盐碱滩，那可是我的命，我的前程就靠它了。路易斯正在考虑结婚的事。"

"他这个年龄还结婚！"

"哦，他也仅仅才 55 岁，你知道的，他只是看起来显老。他在二十年前就和西奥多西娅·戴尔订过婚。当我正满怀期待地参加他们的婚礼时，我被告知他们已经分手了。当然，里面有玛拉·康斯坦丁的原因，他们两人之间传出过绯闻。你千万不要告诉我，你在那里待了将近 24 小时，她都没有告诉你这件事。他无耻地向她求过婚，而且他还策划了一个非正式的巴黎蜜月之旅。但是她没有同意，她告诉他，她现在已经 50 多岁了，他十年前应该就已经知道她是一个良家妇女。他听了这些话后仍然请求她嫁给他，然后她大笑，说如果她想要再婚的话，在过去的 30 多年里，她每年可以结二十次婚。他们现在依然还是好朋友，那件事也成了一件值得玛拉骄傲的事。路易斯是那种会心怀怨恨的人，但是她并没有让他产生怨恨。"

"他现在正在向谁求婚？"

"你昨天晚上看到那个红头发的女孩了吗？"

"我当然看到她了。你不会想说……"

他点点头。

"她叫梅达·罗宾逊。如你所见，她的头发是红色的。她的眼神极具杀伤力，时时刻刻都散发着'到我这里来吧'的信息。她已经或多或少地控制了路易斯。其实，在昨天晚上之前，她的身份一直是个谜，但是在我和她跳第三支舞期间，她向我真诚地吐露她一年前和他分手了。因此，她失去了继承路易斯财产的正当理由。"

"但是昨天晚上，他们并没有互相注意对方。"

"亲爱的，那只是恋人之间的吵架。你昨天应该看到了她一直含情脉脉地看着我。"

"她为什么要那么做？"

"她是在向路易斯表明'天下何处无芳草'。梅达对自己的东西了如指掌。路易斯其实早已做好了和她跳舞的准备，他只是在等她一声令下而已。他可以爱慕她，她也可以爱慕他的收藏。我只希望当她要求戴上马斯登红宝石项链的时候，他可以有足够的意志力拒绝。她肯定非常想戴，因为红头发的女人总是贪图深红色。况且戴尔曾经戴过，想必有人告诉过她这件事。和戴尔订婚的时候，路易斯在舞会上亲手为她戴上的。那个红宝石项链被认为是不吉利的。在法兰西第二帝国统治时期，有一个叫丽莎·凯勒奈特的女孩戴着它跳舞的时候被刺杀了。12 年后，马斯登把它买了下来，他的妻子戴了 20 年，然后在车祸中丧生。接下来她的女儿戴上它，在一次空袭中丧生。再之后，这个项链就被放在了一个银行里，直到路易斯把它买下来。正中间的那块红宝石品质非常好，而且关于这个项链的故事也很吸引他。"

"查尔斯，那件东西很值钱吗？"

他笑了笑。

"相当值钱！但跟我们没关系了。"

当他说'我们'的时候，她感觉到自己的心好像被触碰了一下。其实，他并不是在暗示什么，他没有任何别的意思。她接着听他说道：

"仅仅上面的那些红宝石，价值就相当大。况且还有许多像路易斯那样的疯子，愿意为了一件有故事的东西付一个相当昂贵的价格。"

史黛西好像想到了些什么，她说：

"收藏那么多东西难道不是很危险吗？"

查尔斯皱了一下眉，然后说：

"这么多年来，每个人都这样说，但是什么事都没发生。当然，在战争期间，那些东西不在那里，但是战争过后，他又很快把它们放回去了。整个附属建筑真的就是一个保险库，没有窗户，只有一个入口，和沃恩屋相连的玻璃长廊彻夜亮着灯。它应该足够安全了。"

史黛西立刻说："昨天晚上灯灭了。"

"胡说！"

"查尔斯，它真的灭了。"

她告诉他：

"我听到了关门声，然后我看向窗外，那个通道一片漆黑。"

"你确定吗？"

"我很确定。然后当我看到灯再一次亮起来的时候，我感觉到附属建筑的门正在被关上。门还在移动。"

"那时候是几点？"

"我不知道，但已经很晚很晚了，因为我已经睡了很长一段时间了。"

查尔斯突然笑了起来。

"那是詹姆斯·莫伯利，他刚从夜店回来！他必须要穿过沃恩屋，因为没有其他的路可以到那个附属建筑。他把灯关上是怕别人窥探。"

"我才没有窥探！我就是想看看外面。但是查尔斯，他是不可能穿过沃恩屋的，因为在最后一个顾客离开后，门就被闩上了。

我之所以知道，是因为我今天早上问了晚上外出吃饭的情况。我问他们可不可以给我一把钥匙，他们说可以，但是如果回来得晚的话必须要事先说明，否则门就会被闩上。"

"可能他确实事先说明过了。"

"不，他没有。我问昨天晚上是不是有人外出，他们说没有，每个人都在 12 点之前就回到了自己的房间。"

查尔斯好奇地看着她。

"我的宝贝，你还真是爱管闲事啊。"

她满脸通红。

"不是那样的！我原本只是想知道我可不可以得到一把钥匙。查尔斯，我并不认为那时有人从沃恩屋出来，然后又穿过玻璃通道回到附属建筑。我真的不那样认为。"

"那你是怎样认为的？"

"它很模糊，仅仅是一个感觉而已。但是我真的认为那是某个人正从玻璃通道进入沃恩屋。"

"但是你刚刚不是说当灯亮起来的时候附属建筑的门在移动吗？"

她点点头。

"是的，我知道。但是我认为是里面的某个人把门打开，然后让另一个人穿过通道进入沃恩屋，之后，里面的那个人再关上门，把灯打开。"

查尔斯正看着她努力地解释。

"但是你并没有看到有人做这些事？"

"是没有看到。"

"那也可能是另一种情况啊，有人从沃恩屋出来，进入附属建筑，当他进去的时候他打开了灯。"

她犹豫道：

"可能是那样吧。"

"不管哪一种情况，那个人只可能是詹姆斯·莫伯利或路易斯他自己。"

"但是为什么通道那个时候是暗的呢？我是指，如果一切正常的话。"

"当他们到沃恩屋的时候天还很亮，他们就忘记把灯打开了。路易斯不能从沃恩屋把灯打开。以前是可以的，但是自从他把沃恩屋卖了后就不行了。他把开关都安装在了附属建筑内部。"

史黛西把她的手放到自己的脸颊上。

"这正是我想说的，因为在我上床睡觉的时候，灯是亮着的。那时候外面还是很黑，但是那个通道已经整个都亮起来了。也就是说，从那个时候起，只有附属建筑里面的人才可以把灯关掉。"

查尔斯眉头紧蹙，向别处看去。

"我想，应该是詹姆斯擅离职守了。"他很快说道，然后，他停顿了一会儿，"或许里面什么都没有发生。但是我会告诉路易斯通道里的灯灭了。"

第十一章
咖啡馆的偶遇

随后他们就驱车前往雷德灵顿，在路上，查尔斯轻快地说：

"那个倒霉的家伙是谁呢？"

史黛西说："你是什么意思？"

"你现在的男伴，那个要带你出去纵酒行乐的家伙。"

"那不就是你吗？"

"不，我是指在我出现前。你不用有任何压力，我就是很友好地关心一下。他是谁啊？"

史黛西说：

"你为什么要叫他倒霉的家伙？"

这句话刚一说出口，她就意识到她上了查尔斯的当。她从驾驶镜里看到他面露微笑地说：

"亲爱的，我感同身受啊。"

史黛西咬了咬嘴唇。她应该一开始就咬掉自己的舌头，那样她就不会给他开口的机会了。

查尔斯继续轻快地说：

"你打算和他结婚吗？你们选好日子的时候一定要告诉我。尽管参加你的婚礼对我来说不是一个很好的体验，但是我觉得还是应该送一份薄礼过去。我最近以批发价为公寓购进了一批很漂亮的平底锅。你知道吗，所有的公寓都配备了。它真的非常划算，不但可以做饭，你还可以用它赶走你不喜欢的人。我可以弄一个铝套，里面放上一个双层蒸锅，然后再放上一个带有银丝带的卡片，上面写上'谢谢你留给我的美好回忆'之类的话，你觉得这个礼物怎么样？"

她气得都快说不出话了，但是她不会再一次上当。

"听起来不错。你结婚的时候我会送给你一份那样的礼物。我想，是你马上要结婚了吧？"

"我看也是。你可不可以告诉我我要跟谁结婚？我很想知道。"

史黛西向一旁看去。查尔斯正直直地盯着雷德灵顿大道，好像要杀死它一样。生气的查尔斯令史黛西兴奋，她说：

"我想应该是莉莲斯。"

车突然右转。查尔斯把车转正后，大笑着说：

"真是一个有力的回击，你差点儿让我们翻到沟里！莉莲斯……"

"你可千万别说她是你的姐姐，她并不是。你的母亲收养了她，那和姐姐完全不是一回事。坎特伯雷大主教会同意这种婚姻的。"

"亲爱的,我可不这样认为。他只会关心离婚方面的问题。"

"不管怎么说,反正她不是你的姐姐。"

"就算像你说的那样,她不是我姐姐又怎样,当你们一起被抚养长大的时候,那种兄弟姐妹的概念仍然会深入你的骨髓。英国还有两千万女性,她们也都不是我姐姐。在她们之中,任何一个都应该比莉莲斯的可能性大吧。"他又笑了起来,"对于一个已经经历过所有争吵,听过所有小谎话的人来说,结婚有什么意义呢?"

她匆忙地说:

"我从没向你撒过谎。"

"亲爱的,那你可没有太多时间了。你已经浪费了很多向我撒谎的机会,但是不用担心,以后总还是有机会的。"

"我不说谎!"

"看来你在这方面的教育有缺失,但是现在弥补还不晚。"

他拐进市集广场,把车开进停车场,然后停在了一座雕像下面。查尔斯锁上车,挽着史黛西的胳膊就朝'老鼠爱上猫'走去。整个房子只有店名是新的,房子在詹姆斯一世在位时就存在了,那时候它还是一个布店,郡里面的贵妇人都在那儿买各种各样的丝绸和上好的里昂天鹅绒。现在,它变成了茶馆,里面还被分成了许多的小包间。

查尔斯并没有夸大这种阴郁的氛围,他小心翼翼地在这种阴郁中穿行,最后到达了这个长长的房间的另一端。这个房间的窗户上罩着橘黄色的窗帘,使它显得非常隐秘。每个小包间里都有一把硬木的靠背长椅，一张桌子和两条凳子，但是只有苗条和身手敏捷的人才可以绕过桌子坐到那把靠背长椅上。在破旧的天花板的黑色横梁之间，还到处潜伏着暗橙色的灯。

史黛西成功地坐到了那个靠背长椅上，查尔斯轻声地说了声"我去拿一点儿面包"，然后就消失了，只留她自己一个人在那里。她自己坐在那儿心里开始想："我真是太蠢了，竟然把莉莲斯的想法变成了他的想法。如果查尔斯真的已经深深地爱上了莉莲斯，准备下一分钟就结婚，那么他不应该是那种反应，他应该表现得很淡定。但是他却来了个急转弯，还差点儿把车开到沟里去，查尔斯不会无缘无故那样做的。肯定有些事已经发生了，所以才导致他差点儿失去对汽车的控制力。"她在努力地回想她之前都说过什么。

她一直沉浸在自己的思绪中，正在这时，外面传来一个声音，

"是的，如果我想让查尔斯付钱的话，他肯定会付的。"紧接着有一个愤怒的笑声。

如果史黛西处于一个正常的思维状态中，她可能会认为查尔斯只不过是一个普通的英国人的名字。现在，她连想都没想就得到一个结论。这个声音有点儿沙哑，低沉，她想到一个红头发的女孩的声音就是这样的。没错，她得到的结论就是梅达·罗宾逊，而且梅达正在谈论查尔斯·福利斯特。她很想故意咳嗽一声，故意移动一下桌子，但是最终她什么都没做。这个时候，她听到了一个男人的声音，但是声音太小了，她什么都没听清。这时候，那个女人又说：

"不会有事的。你不必担心，他会支付……"她的话刚说一半，就被一声惊呼给打断了。

"天啊，他怎么到这儿来了！我们该怎么办？"

这次，那个男人的回答可以听清了。

"我们仅仅就是来喝茶的。就算路易斯……"

她说："闭嘴！我们得走了。不管怎么说，我们的工作已经完成了。"

史黛西就在那儿坐着，她看到了他们的身影。她的猜测完全正确，就是梅达·罗宾逊。她穿着白色亚麻衣服，头发在橙色的灯光下闪闪发光。那个男人是杰克·康斯特布尔。当他们走到小桌子中间时，迎面撞上了查尔斯，他们高兴地和他打了个招呼，然后就迅速地离开了。

查尔斯走进来，把一碟小面包放在了桌子上。史黛西很想知道刚刚那一切是怎么回事，但是她什么都没有说。

在安东尼·卡勒斯特来叫她之前，她有足够多的时间可以打扮。实际上，他有一点儿迟到，他为此非常抱歉。当他们到达"皇冠和权杖"后，他抱怨有风一直从餐厅的窗户外面吹进来。但是窗户很高，要想关上得需要三个服务员合作，于是他们就换了座位。在换了两次座位后，他低下肩膀，开始招摇地抖了起来。

晚餐不算很好吃，但也不算难吃。安多尼抖得更厉害了，他开始跟她讲起了他去年冬天得流行性感冒的事，他讲到它和自己现在得的流感有哪些不同，然后他得到了一个沮丧的结论：他已经做了一个糟糕的选择，他不能吃这些东西。他最后什么都没吃，只喝了三杯黑咖啡。然后在 8 点 20 分的时候，他说他最好应该上床睡觉。

"我的姑妈说我不适合外出。"

史黛西发现她非常同意卡勒斯特女士的说法。她并没有准备好扮演一个把安东尼从他的床上勾引出来的荡妇，但是仅仅看一眼那个为他们开门的愤怒女士就足以让她明白，她已经扮演了那样一个角色。

"他就不应该出门！我警告过他，但是他说他要遵守约定。我必须说，是我欠缺考虑。这不是你的问题，梅因沃林小姐。安东尼，你直接上床睡觉吧！我已经把水壶打开了，你就应该喝上一壶开水，两瓶热水。"

史黛西没有什么要说或者要做的。安东尼正在咳嗽，而且卡勒斯特女士性子那么烈，她会很乐意用油煎了史黛西。幸亏外面的出租车还在等着，她迅速爬了进去，向沃恩屋驶去。

第十二章
布雷丁先生的展览

扫码听本章节
英文原版朗读音频

　　她本打算直接上床睡觉的，但是当她走进大厅的时候，她看到有许多人在那儿。很明显，她们刚从休息室出来，正被路易斯·布雷丁带着朝附属建筑走去。他穿得很正式。史黛西已经猜到他应该是要展览他的收藏。这时，米歇尔夫人走过来，挽起她的胳膊说：

　　"我不知道你有没有见过那些收藏，但是它们确实值得一见。那些东西都很好看，它们中的大多数都有故事。"

　　史黛西还没来得及回答，她就向路易斯喊道：

　　"梅因沃林小姐刚刚进来。我可以带上她吗？"

　　他转过身，史黛西看到了他冷漠、厌恶的眼神，这个眼神甚至比当初她是查尔斯的妻子的时候还更冷漠，更厌恶。他的头前倾，非常轻微地鞠了个躬，然后以一个沙哑的声音说："当然可以。"他们都正向玻璃通道走去。她嘴里小声嘟囔着一些要去上床睡觉之类的话，这时，她听到玛拉·康斯坦丁的声音从她身后传来，说：
"胡说八道！"

她扭头看到了她。她穿着深红色的锦缎，两侧分别站着杰克·康斯特布尔和她的女儿海斯特。玛拉·康斯坦丁兴奋地说：

"你和我之前都已经见过那些收藏了，但是我一直还想再见一次，那些东西真是让我垂涎，它们简直就像补药一样。"

玻璃通道这一端的门跟花园的大门很像，它的上半部分是玻璃的，以便从大厅这边可以看到整个通道。现在天还没有黑，所以通道里的灯还没有亮，但是史黛西却听到路易斯解释道：

"正如你们所见，这些都是我采取的预防措施。在日落之时，我们会打开通道里的灯……哦，我们是指我或莫伯利。我在沃恩屋里边还有一个起居室……是的，现在在我的右手边的这扇门，那是我的书房，我把它保留了下来。但是莫伯利和我晚上都睡在附属建筑里……不，附属建筑一个窗户都没有，但是里面的空气却能很好地被调节。"

现在，他们一行人已经在玻璃通道里了。一条优质的钢链在他的手里晃动，他把钥匙插进去，然后打开了远端的那扇门。这扇门和刚刚通过的那扇门完全不同，它是一个涂着绿漆的金属门，跟普通房子的大门完全不同，它看起来非常安全。进去后，首先是一个小的休息室，休息室里有第二扇同样坚固的门。

路易斯继续解释：

"整个建筑是完全防盗的。这是唯一的入口。玻璃通道是我的主意，因为这样的设计会让你完全暴露在视野下。那些灯的开关都在附属建筑内部，一旦打开你是无法从外面关上的。我认为，这些都设计得相当巧妙。"

他触碰了一个开关，打开了第二扇门。他们通过这扇门，进入了一个灯火通明的房间，房间长而窄，黑色天鹅绒的帘布从天花板垂到地板上。在房间的两边，摆放着玻璃陈列柜。房子中间放着一张细长的桌子，这张桌子看起来有点儿古老，上面铺着天鹅绒的桌布，周围摆放着许多椅子。这个房间的氛围很压抑，让人感到害怕，和刚刚外面那种在夏夜的余晖下染着金色光芒的蓝天碧海景象形成了巨大反差。尽管这个奇怪的房间也很明亮，但是这片光芒中却没有丝毫生气。三年前，史黛西来到这儿的时候就是这种感觉。现在，就和那时一样，她开始有点儿颤抖，她此刻有一种想要逃跑的冲动。这时她感到有呼吸声吹动了她的头发。查尔斯的声音在她耳边轻轻地响起，

"这个停尸房……"

她几乎就要尖叫起来。她并没有看到他进来，她也不知道她身后有人。她忍住没有叫出来。但是她的身体却还是止不住颤抖。

查尔斯把一只手放在她的肩膀上，然后小声地说：

"愚蠢的小事罢了，你不必害怕。"

她隔着身上薄薄的裙子感受到了他手掌的温暖。他的手在她肩膀上停留了片刻，那一刻她感觉自己身体里的一切都在摇晃。不管查尔斯现在是谁，也不管他之前做过什么，他刚刚触摸了她，过去的那种感觉又回来了。

路易斯·布雷丁继续进行着个人旅行。

"当我们进来的时候，左边的两扇门分别通向莫伯利的卧室和浴室。位于房间远端的这扇门通向一个走廊，我的卧室和实验室就在那个走廊里。现在，这里……"他领着大家走到陈列柜前，"这里是一部分非常有趣的收藏——著名珠宝的仿制品。"他停顿了一会儿，然后引用道，"'太珍贵了，我无法高攀。'"他之前每每在这个时候都会引用这句话。他掠夺了这句诗，然后用它做了一个双关。

所有的人都往前挤，想要看看他的手指的是什么。

"当然，它们都只是仿制品，做工并没有原件那么精细。这件南极之星，是在1853年被一个贫穷的女黑人在博格根的矿山里发现的。在切割前，它重达257.5克拉。你可以看到，它带有微弱的玫瑰色，它一定是世界上最漂亮的钻石……这件光之山，塔维尼耶曾在奥朗则布的法庭上见过它切割前的样子，他说它重达787.5克拉。当然它已经经过了再次切割，你可以在王后的皇冠上看到它……这一件模仿的是著名的钻石马坦国王。它产自于婆罗洲，重318克拉。你可以看到这颗钻石就像一个梨子一样，没有任何切面。"

他继续列举着这些钻石。这件叫尼扎姆。这件叫统治者，是镶嵌在拿破仑一世的剑柄上的一颗钻石。这件叫桑西，它最初的主人是大胆的查理，但是被他丢在了战场上，后来一个瑞士士兵发现了它，卖了两法郎。再之后，人们在一个忠诚的仆人的尸体中发现了它，那个仆人为了阻止它落入贼人之手，就把它吞进了肚子里。这件叫皮高特。这件像鸡蛋一样的钻石叫奥尔洛夫，曾是一尊著名的神像的眼睛。这个三角形的叫纳塞斯。这一件就是著名的钻石希望，它跟蓝宝石一样蓝。

所有的这些信息都不断地被满堂的惊叹声打断。玛拉·康斯坦丁用她那低沉的声音评论起了那件桑西。

"我应该不会想要戴那从死人身体里找出来的东西。我对珠宝从来都没有过这样的抵触。我的脸蛋和身材不适合戴它——可能这才是我不想戴它的原因。路易斯，你打算怎么处置这些漂亮的东西？"

"我已经把这些东西捐给了雷德灵顿博物馆。当然，这些东西都非常有趣，但是并没有什么特别的货币价值。"

他苍老的脸上没有任何表情。他没有对下一个陈列柜做进一步的讲解，而是开始讲起了红宝石。他从红宝石讲到了蓝宝石、绿宝石、黄晶、绿水晶。

史黛西以前都已经听过了。这带给她一种时间飞逝的感觉，真是一种可怕的感觉。他们又被抓回去了，她和查尔斯，又被抓回到三年前。当然，这完全是胡说八道，没有人可以把你带回过去。她转身对查尔斯说：

"我想出去。"

他看着她，面带微笑。

"触景生情？"

"不是。我感到有点儿闷。"

他短促地笑了笑：

"这对路易斯可是致命的一击，他一直为他的空气调节系统感到自豪。我知道，你其实就是想看真货，他随时都可能会介绍到它们。"

"我并不想……"

"亲爱的，如果你晕倒的话，我会像这样抓住你的。"

她看起来一点儿都不像马上要晕倒的样子。当路易斯绕到一块黑天鹅绒帘布后面，消失在大家的视野中时，史黛西突然远离了查尔斯。莫伯利一直都跟着路易斯。过了一会儿，他们听到了一个暗门转动的声音，然后那两个人又出现了。他们两个拖着一个长长的托盘，托盘上垫着黑天鹅绒，上面堆满了珠宝。

这一刻是路易斯·布雷丁最享受的时刻。他喜欢听他的客人们倒吸冷气的声音，他喜欢看女人眼中的敬畏和贪婪。当然，整件事都是经过精心安排的。这些项链、手镯、吊坠、戒指都在相应的位置上摆放着。

史黛西发现查尔斯又出现在了她的胳膊边。

"你不认为他们很像努比亚人的奴隶吗？我总感觉詹姆斯和路易斯显得很刺眼。但是马上要有一个合适的苏丹女王了。看着吧！"

她的眼睛随着他的眼睛看了过去。詹姆斯和路易斯已经把那个闪闪发光的托盘放在了那个长桌的中央。梅达·罗宾逊此刻正面对着它们。所有人都已经移动到了那边，但是只有梅达最吸引人眼球。她黑色的裙子完美地和背景融合在一起，在黑色的衬托下，她的胳膊，她的脖子以及她那闪闪发光的红褐色头发显得格外耀眼。她的两只手在桌子上放着，身体前倾，眼睛正盯着那些耀眼的宝石看。

突然，梅达笑了起来，她举起双手，轻轻地鼓起了掌，

"哦，真是太美妙了！现在你必须要给大家讲讲它们了。"

路易斯早已经做好了准备。

"好的，如果你们能先坐下来的话，所有人应该都可以看得到了，而且也不会那么拥挤了。我想椅子应该是够的。"

梅达优雅地坐进了她身后的那把椅子，她把椅子又往前拉了拉，然后俯身向前。她的胳膊完全裸露在外面，上次的晒斑已经消失了，整个胳膊就像沐浴了牛奶一样，洁白又光滑。其实有一些红头发的女人很容易晒黑，也容易长雀斑，但是还有一些，太阳对她们完全没有作用，梅达便是其中之一。她可以整个夏天都在沙滩上晒太阳，而不会长一个雀斑，甚至连一个暗色的印子都不会有。但是因为晒斑很流行，所以她有时候会人为地弄一些上去，但是在过去的几周，她已经让她的皮肤慢慢恢复自然了，而且还因此得到了路易斯·布雷丁的赞赏。在所有的黑天鹅绒和明亮的顶灯的衬托下，她当然显得极其耀眼。查尔斯似乎也这样认为，他轻声地说："她是不是很惊艳？"接着他就走到了她旁边。她已经四周扫视了一会儿，可能她的眼神已经示意让他过去。

史黛西坐在了桌子的末端。海斯特·康斯坦丁坐在她的右手边，离她最远的那一端，是布朗一家——一对很年轻的中年人带着他们的孩子。接下来依次是查尔斯、梅达、杰克·康斯特布尔、莉莲斯·格雷、玛拉·康斯坦丁以及米歇尔夫人。此刻的莉莲斯显得并不瞩目，在这些珠宝以及容光焕发的梅达的对比下，她的脸

色显得十分干枯，黯淡无光，在她的衬托下，甚至丑陋的玛拉都比平时显得更有精神。

玛拉用她低沉的声音说：

"路易斯，赶快过来开始吧！"

路易斯转过身，对着她微微地鞠了个躬。

"你之前不是都已经听过了吗。"他不以为然地说。

她高兴地笑了起来，褶皱完全遮住了她的眼睛。

"据说没有什么新鲜的东西。但是我不会对旧的东西感到厌倦，比如说老歌、老朋友以及往事。所以你也别太谦虚了，赶紧把东西从柜台里拿出来吧。"

路易斯回复道："我亲爱的玛拉，那不叫柜台。"然后他把手伸进面前那堆金光闪闪的珠宝里，从中拿出了一枚戒指。那枚戒指上面镶嵌着一块方形的绿宝石，在灯光下闪闪发光。

梅达伸出她的手说："天啊！"在六双嫉妒的眼神中，路易斯把它放在了她的手掌里。

"戴上它，让大家看看是什么样子！"

她把它戴在了左手的第三根手指上。它看起来极其华丽，路易斯满意地点点头。

"许多像你这种貌美的女人都经常戴绿宝石，在她们眼里，绿宝石可以带来青春。"

她抬起长长的黑睫毛。

"但是我的眼睛不是绿色的，它们是淡褐色的。"

他说：

"我已经看到它们变绿了。如果你要是戴绿宝石的话……"

"我没有绿宝石。"她的眼睛再一次看向这个戒指。

路易斯已经将自己的音量从刚才的私语抬高。

"这是一块非常好的宝石，在它身上还有一段有趣的历史。你们还记得格雷斯塔凶杀案吗？玛拉，你应该还记得。"

玛拉·康斯坦丁点点头。

"那个女孩咎由自取。"她说，"应该是发生在 1917 年，对吧？约翰尼·格雷斯塔得到了一个短暂的假期，他回家发现他的妻子正和另一个家伙搞在一起。于是他就开枪把他俩杀死了，然后当警察破门而入的时候，他就从 15 楼的窗户跳了下去。我以前认识约翰尼，他没有什么恶习，人很好，是她把他逼疯了。你的意思不会是……"

路易斯·布雷丁面露微笑。

"是的，这就是她的订婚戒指。我也是最近刚买下来的。所以，还是有一些东西你没见过！"他身体靠着桌子，把戒指从梅达的手指上取下来。"现在，这个手镯……"他举起了一个直径为两英尺的纯金手环，上面镶嵌有钻石以及红宝石，"它来自于别根海特，我在二十年前从一个女人手里买来，那是她的祖母传给她的。还有这个东西，不漂亮也不值钱，仅仅就是一枚带有珍珠的小胸针，但是那个投毒者曼宁太太被绑在刑架上的时候戴着它，她是被黑缎绞死的。从那之后，就再也没人愿意戴它了。"

坐在史黛西旁边的海斯特·康斯坦丁身体耷拉着，显得很无力，这时她有点儿颤抖地说：

"就算你给我钱我都不会戴那些东西。"

史黛西非常赞同她的说法。路易斯骄傲地展示的每件东西都有一个故事，但是每一个故事都是那么沉重，都伴随着血和泪。他不是用一个戏剧性的方式讲述它们，而是用一个极其平淡的声音把你带入到这些谋杀、报应、嫉妒、憎恨、复仇的阴霾中，而且发生这些故事的生活场景都是我们司空见惯的，这让你感到更加可怕。这些极具毁灭性的情感在非真实的戏剧和传奇故事中作为负面情感是非常好的，但是如果谋杀脱离舞台，和你一起肩并肩坐在观众席，然后和你一起走入你那体面的郊区别墅，那么它就只会带给你赤裸裸的恐怖感，令你心冷齿寒。

路易斯继续进行着他的个人表演，史黛西感到自己的心仿佛正在被冷冻。这个小首饰原本属于一个很普通的女孩，她的家庭安全又舒适，但是由于那个男人要离开她，跟另一个女人在一起，她就开枪杀死了他……这个闪闪发光的腰带扣是维多利亚时代的一个名妓的风衣上的……

"我讨厌它们。"海斯特咬牙切齿地说。

路易斯一定听到了她说的话。他看向她，眼里带着愤怒，满脸的不悦。海斯特似乎并没有注意到，但是史黛西却感到她打了个寒战。路易斯·布雷丁一定已经做了些什么……

这时，他手里拿着一枚闪亮的胸针。

"几乎没有女人会讨厌这个东西。"他说，"当然了，也不是每个人都适合戴钻石。"他很凶狠地瞥了一眼海斯特，然后又回到了这件宝石胸针上。"是不是很漂亮？这件玛雅利胸针上面并排镶嵌了五颗四克拉重的钻石，这些钻石彼此完美匹配，真是一件杰作。它是 1817 年在吉利亚·玛雅利的婚礼上，她的丈夫送给她的结婚礼物。三年后他把她和她的情人刺死了，当时她正好戴着它。这件事情在当时的罗马非常轰动，但是由于那个伯爵自杀了，他也就没被绳之以法。她出生于高贵的撒丁岛家族，长得极其漂亮。想来还真是奇怪，这些漂亮的宝石竟然被淹没在了她的血液中。"

海斯特·康斯坦丁喊道："不要！"

离她很远的布朗一家，在此之前还没有说过话，他们也表示他们不想拥有那样的东西。

"非常棒，这件东西一定花了你很多钱吧？"布朗先生由衷地说，"但是我不愿意让我妻子和那种不愉快的事情产生关联。"布朗夫人耸了耸肩回应道："汤米，如果你真这样想的话，我是不会戴它的。"

梅达朝着她看了一会儿。

"你不会戴？"她说。然后又快速瞥了路易斯一眼，"你会相信她的话吗？我劝你最好不要信，因为她可能会反悔。我警告你，你可千万不要指望因为某个人戴着它被谋杀了，我就拒绝它。我非常喜欢这些可爱的东西。"此刻，他手里正拿着一条项链，她的手伸向它，说："路易斯，让我戴上它吧，拜托，一会儿就行。"

他让她戴上了它。上面的每颗钻石都是玫瑰花状的，而且每个中心都有一颗绿宝石。史黛西盯着它们，眼睛再也走不动了。她听到路易斯说：

"没有人戴着它被谋杀。它属于我的外曾祖母达莫里斯·福利斯特。她是安妮女王法庭的一个侍女。她长得很漂亮，人也善良正直。她活到了高龄，死的时候接受了众多家人的哀悼。福利斯特家的所有女人都既漂亮又善良。"

史黛西已经牢记了这句表演者的行话。他在三年前把这条项链拿出来给她看时就说过这句话，那时查尔斯还把这条项链系在了她的脖子上。她不是在奉承自己，她认为那条项链在自己脖子上跟在梅达·罗宾逊脖子上一样好看，不过她那时由于还让脖子上的那些钻石和绿宝石在灯光下产生了小彩虹，还跑到这个房间尽头的那个平面镜前，夸赞了一番穿着白裙子的自己。戴着那些宝石，她的眼睛是明亮的，脸颊是玫瑰色的，满脸都洋溢着幸福，查尔斯看起来好像也全心全意地爱上了她。画面又回到了梅达身上，此刻她兴奋地站了起来，就像史黛西那时候一样，向那个位于两个黑天鹅绒帘布之间的镜子跑去。然后她眼前的这个画面又被另一个画面遮盖，一个她永远也不会忘记的画面——两天后，穿着睡衣的查尔斯站在他更衣室的衣柜前，背对着她。他们头顶上只有一盏灯，查尔斯站在那儿，手里就拿着这条项链。已经是午夜了，没有人会打扰了。她的女式睡衣从一个肩膀上滑落，她光着脚，感觉到地毯很凉。而且查尔斯手里正拿着达莫里斯·福利斯特的项链。

她回过神来，仍然还感觉到自己身上的所有东西都在向下滑落。现在这个项链在这儿，路易斯又得到了它，它现在正在房间尽头的镜子里闪闪发光。

梅达转过身来。他们听到她长叹了一口气。她又迈着她轻盈的步伐回到了自己的座位上，她的眼睛现在就像绿宝石一样绿。她很不情愿地抬起手把项链解了下来，拿着这条项链在眼前晃了晃，眼里满是不舍，然后她把它放在桌子上，猛地把它推向了路易斯·布雷丁。

"快把它收起来，快收起来！你最好迅速点，否则的话我就没有能力让我自己放弃它了。"

她给了他一个甜美的微笑，这个微笑对他来说真是很奢侈的东西。

"它确实很适合你。"他说。

史黛西看到他们的眼神相遇了。她心里想："过不了多久，你就可以拥有它了。"

路易斯继续演讲他剩余的部分。但是在福利斯特项链过去后，史黛西什么都没听进去。她的思绪又回到了三年前，她正在想她之前已经做过什么。

第十三章
同行

很奇怪，外面的天竟然还亮着。他们只在里面待了一个小时，海面上仍然还有阳光。查尔斯发现他正带着梅达一起步行回家。这种事还真没什么办法。他当然没打算这样做，但是它确实正在发生。杰克·康斯特布尔已经很利索地和莉莲斯配成了一对，而且由于查尔斯已经被诱拐，他只能把自己的车交给他们俩。这一切都完成得很顺利，仅仅就是梅达说："亲爱的查尔斯，如果呼吸不到新鲜空气我会晕倒的。而且老实说，如果没有人监督我，把我带回家，我会像一只飞蛾一样飞回去看那些绿宝石，然后你们就会发现我被那个钢门撞得粉碎。如果让可怜的路易斯跟我一起走回去，他会瘫痪的。当然了，我也没必要破坏这个聚会。莉莲斯，杰克，还有你们所有的其他人——只是我不能再继续下去了。那些宝石真是太耀眼了，我无法忍受它们从我眼前溜走。"此时，路易斯正站在附属建筑的入口，她跑回路易斯身边，伸出自己的双手，用略微沙哑的声音低声说了些什么。其中有一段话飘到了史黛西耳朵中，"你能理解我的感受，不是吗？"然后是一段低语，再然后史黛西又听到，"真的是一个好机会。我会温柔地把它弄碎的。你留在这儿赶快把你那些神圣的东西收起来吧。"最后又是一段低语。然后她就拉着查尔斯的胳膊说，"我们赶紧出去迎接天空吧！它看起来真是太美妙了！"

然后他们就一起离开了。

路易斯退了回去，然后关上了门。史黛西直接向自己的房间走去。

那条通向盐碱滩的峭壁小径蜿蜒盘旋，跟史黛西在梦里看到的一模一样，唯一不同的是没有她想象出来的高墙。它在峭壁上蜿蜒曲折，而且还有一个直接通向沙滩的下坡，而且那个下坡有时候非常陡峭，令人眩晕。当潮水上涨的时候，你可以俯瞰水面，当潮水退去的时候，你会看到岩石，但是在近陆一侧，仅仅有一个海岸。这个海岸处处都有凹陷，形成了一个海湾。夏夜的时候很适合在那儿散步。

查尔斯正在努力地想自己为什么会被梅达截走。她并不是为了让路易斯嫉妒，因为她一直都在努力地安慰他。他认为他愿意让她以自己的方式玩这场游戏。

他正在给她讲一个一直以来大家都公认的好故事，这时她突然说：

"查尔斯，我想和你谈谈。"

真是戏剧性的一幕啊。好吧，这就是她的游戏。他还没来得及思考谈话的主题，她就已经脱口而出：

"路易斯让我嫁给他。"

他点点头，表情很严肃。

"你们俩我要祝贺谁呢？"

"我还没有说我不会嫁给他。"

"那或许我要祝贺他了。"

她突然大声说道：

"你怎么会成为那样一个人面兽心的东西呢？不过你是不会让我发脾气的！"

"真是一个令人敬佩的决议。既然你这样说了，那就让我来帮你排忧解难吧——你们两个我都会祝贺的。"

"为了什么？"

"为了你的犹豫、不情愿或者其他什么。"

"查尔斯，你真是一个禽兽！"

"或者是为了表明你们可能会让对方不开心？"

"我们我为什么会让对方不开心？"

他盯着她，脸上带有一丝嘲讽的意味。

"你不能靠着那些绿宝石生活，还是说，你真的能？"

"它们可以维持很长一段时间。"梅达·罗宾逊说。

"要真是那样的话，就不关我的事了。"

这句话好像给她敲起了警钟一样，她急切地说：

"他已经立下了一份对我有利的新遗嘱。"

查尔斯勉强地笑了笑，

"现在我真的要祝贺你了。"

她突然改变了脸色。

"它并不在我的计划之中，这一切都是一时兴起的。其实我本来自己立了一份遗嘱——我就只要了一件那个遗嘱表格上的东西。我问路易斯是否要见证它，但是当他发现我正在留给他一些东西时……"

"真是极具艺术格调啊！"

她看他一眼，发现他只是在虚张声势。

"是的，难道不是吗？不管怎样，他说他不能这样，因为他是权益的所有者。最终这个遗嘱也以他向我求婚而不了了之。然后他就自己列了个遗嘱表格，把它给填满了，他把所有的东西都留给了我。他还说他会找两个人去见证他签字，而且要在俱乐部外面找，以免别人在背后议论。"

查尔斯脸上的表情让她有点儿捉摸不透。

"但是它现在还没被签字。我很惊讶当时你为什么不趁热打铁直接让他签字？"

她眼中露出一种胜利的喜悦。

"他会签字的。他已经迷恋上了我。不管怎么说，那只是一种形式而已。下周他会去见他的律师，那时他会立一个真正的遗嘱。其实这也只是一种形式，就是以防哪天自己被公交车或者那一类的东西碾过。而且这样做也是为了稳妥，不是吗？"她歪着头看着他，"怎么样？"

"什么怎么样？"

"你什么都还没说？你不在乎吗？你不打算做些什么吗？"

他脸上又露出了那种迷人的微笑。

"我可以把你推下悬崖，这对我来说会是一种出路。"

她看着他的眼睛，温柔地说：

"可能还有另一种方法……"

查尔斯诅咒所有红头发的女人眼睛都变绿。"绿眼睛会下地狱。"他轻声说。

"我想不出来是什么。"然后，他完全改变了自己的说话态度，"梅达，听我说，这是你自己的事，我不想插嘴。只要他乐意，他可以娶任何女人，他可以把他的钱和那些该死的收藏留给任何一个他喜欢的人。如果你真的喜欢他，那就赶快嫁给他吧。你戴上那些绿宝石会非常漂亮的。如果你不喜欢他，我建议你慎重考虑。我认识路易斯很多年了，你是改变不了他的。当他对你的热度退去，你就没有他的收藏重要了。这就是他真正的婚姻，任何女人都只是他暂时的消遣而已。他之前也有过动摇，但是他最后每次都还是回到了他真正所爱的事情上。我可以很坦率地告诉你，我不相信他有能力爱上其他的什么东西。他会继续带着那些毛骨悚然的便宜货住在他的那个陵墓里，你只会成为他的另一个助手。他已经得到了一个詹姆斯·莫伯利，可怜的家伙。但是詹姆斯不能戴那些珠宝，而你可以。一个助手负责照看那些东西，另一个负责炫耀它们。我似乎记得在一场罗马胜利的战役中，被俘虏的女人身上经常戴满了珠宝。在路易斯的计划中，你或许就是处于那样的一个位置。

她的眼睛一直在盯着他的眼睛。她的眼睛真是漂亮，又大又亮，既不是灰色的，也不是棕色的，也不完全是绿色的，就像是绿色的地方的水所呈现出的颜色。她说：

"查尔斯。"

他移开了他的眼睛。他的额头上出现了一丝汗痕。

他说："好吧，你已经被警告了。"

他们一直都在那儿站着。太阳已经非常低了。这时有一阵凉爽的微风从海上吹来，这可真是让人感激。他又开始继续向前走，她也跟着迈起了自己的步伐。

过了一会儿，她像一个生气的孩子一样，说：

"警告我有什么好处？我必须要得到些东西。你怎么不建议些其他的？"

"我仅仅只是一个旁观者而已。你知道的，我看到了这个游戏的大部分。"

"但是你不参与吗？"她的声音让这句话变成了一种邀请。

查尔斯说："不，我不参与，我有我自己的游戏，你明白的。"

她愤怒地笑了笑。

"亲爱的，那样的话我就只能成为你的表亲了！"

第十四章
诡异事件再现

扫码听本章节
英文原版朗读音频

　　史黛西走进房间，然后锁上房门。她站在房间里，此刻显得有些犹豫不决。时间悄悄地在流逝。过了一会儿，她向窗户边走去，然后在窗边坐下。通过这扇窗户，可以看到那座附属建筑，也可以看到它依附的那座山丘。现在几乎没有任何风吹进来。她本来想过来感受一下微风拂面的感觉，但是今晚的风似乎并不从这边经过。

　　突然，她感到有点儿冷。她原本还想来感受一下凉风呢，但是她现在却很冷。于是，她拿了一件外套披在了身上，但是这似乎并没有什么用，它并不能抵御她内心的寒冷。正是由于达莫里斯·福利斯特的那个项链，她的婚姻才破裂的。因为查尔斯之前从路易斯那里偷走了它，她不能容忍自己嫁给一个小偷。但是现在，它又出现在了路易斯的手里。一定是查尔斯还回去了。或许是查尔斯偷偷把它放回去了，路易斯根本什么都不知道。其实现在这些并不重要了，重要的是她已经知道了查尔斯干了什么，他是一个小偷。突然，她好像听到莉莲斯正在缓慢地痛苦地说："他总是那样做，但是从来都没有被发现过。我们已经设法……我们已经把东西都放回去了。那伤了他妈妈的心，也伤了我的心。这也是为什么我不会嫁给他。他不应该娶任何人。我真希望你永远都不知道这件事。"这个声音非常低，而且还伴随着断断续续的喘气声，这让她非常紧张。她的思绪不得不又回到那里——三年前，在昏暗的灯光下，莉莲斯背对着她说："他总是那样干。"

现在回想起三年前那个年轻稚嫩的史黛西，你会认为三年前的她完全是另外一个人。她不会和一个小偷生活在一起。查尔斯就是一个小偷，她不能继续和查尔斯生活在一起。她不能再见他，她也不能告诉他，她永远都不能谈起这件事，甚至想起这件事她都感到羞愧。她必须要离开，她必须马上就离开。她拿起一张纸，然后写上："我已经犯了一个可怕的错误，我不该嫁给你。我不能告诉你原因。不要试图挽回我，我不会回来了。"

他已经尝试过许多次了。第一次的时候，他很愤怒，"你都在说些什么鬼话？"再之后就是，"至少让我们见一面，把话说明白吧。"最后一次，"很好，如你所愿。我不会再问你了。但是我们还要等三年才能离婚。"

她把自己隐藏了起来，那些信上的问题她一个都没回答，她的每封回信都是相同的一句话："我再也不会回来了。"她一直都知道，如果她亲自面对查尔斯的话，她自己就会动摇。如果他看着她，如果他触摸她，她就会控制不了自己，那样的话她将会一辈子都鄙视他和自己。你不能和一个小偷生活在一起。

　　她坐在那儿，脑子里想着自己，查尔斯还有莉莲斯。他们每个人体内都有一块自我行事的基石，这是不会被改变的。她认为每个人都有一块自我行事的基石，只有当你和别人生活在一起的时候，你才会发现它是什么。但是，当你开始认真研究它的时候，你却发现他身上除了流沙以外，根本没有任何石块。这种情况就发生在查尔斯身上。至于莉莲斯，史黛西不确定——或许她跟查尔斯是一个德行，她明知道他是个贼，却仍然继续爱着他。史黛西做不到。

　　现在思考它还有什么用呢？一切都已经结束了。如果事情还没有完全结束，她绝不会待在这里超过五分钟。停止思考，停止分析。一切都过去了，一切都没了，一切都死去了。查尔斯的脸慢慢出现在了她的眼前，一切都显得那么真实，以至于她都要叫出来了。他开始微笑……

　　之后，她又在那儿坐了很久。现在，随着房间变暗，她的思绪纠结在一起，在她的脑海里飘啊飘，慢慢地飘向远方，把她带入梦乡。她不知道自己做了一个什么样的梦，也不知道自己困在那个梦里多久，她只知道自己是带着一种恐惧感醒来的。房间现在一片漆黑，她感到非常冷，她整个人都在发抖。她刚刚在窗户边睡着了，而且她还做了一个噩梦，但是它记不起来梦是什么了。恐惧感回到了她的脑海里，而记忆却没有。

　　她站了起来，向窗外看去。正在这时，下面玻璃通道里的灯亮了起来。她站在那儿盯着它开始沉思。当她醒来的时候，灯还没亮，如果那时候灯是亮着的话，她的房间里会有一些反光，不可能一片漆黑。她退回到椅子上，光线仍然能照到她。不仅窗户上的图案在它的照射下投到了地板上，而且它还照射到了她的胸，她的手，以及她的脚。当她醒来的时候，这里还没有光。

她认为一定有人从附属建筑出来进入沃恩屋了。怀揣着这个想法，她走到了门口。这个想法是突然出现在她的脑海里的，并不是她自己推理出来的。她打开门，走廊里一片漆黑。她想都没想，就迅速朝着有微弱亮光的楼梯平台跑去。如果有人从附属建筑里出来，那么那个人一定会经过下面的玻璃通道，那样的话他／她一定会出现在大厅里，除非他／她进入台球室或者路易斯·布雷丁的书房。

在她想到书房之前，她就已经在楼梯平台了。突然，她觉得自己就是个傻瓜，从附属建筑出来的只能是路易斯或者是詹姆斯·莫伯利，他们两个中的任何一个都很可能是在去书房处理事务。她站在那儿，扶着楼梯平台上的扶手，伸着头朝下面的大厅里看。大厅里也有一个灯亮着。这个楼梯不是非常弯曲。如果是詹姆斯·莫伯利或者路易斯·布雷丁在这个房子里处理事务，为什么他要先把玻璃通道的灯关上，然后再打开呢？只有一个答案可以解释，使用通道的那个人不想被别人看到。但是也只有路易斯或布雷丁可以把灯关上，然后再打开。

她只能想到这个程度，这时她听到下面传来一个声音。有人正沿着那个通道从玻璃门走过。她越过扶手朝下看，她看到了海斯特·康斯坦丁进入了大厅。这一刻，史黛西感觉有点儿认不出她了。她穿着女式睡衣，脚上没有穿袜子，只穿着一双拖鞋，而且她的头发很松散地披在肩上。她身上裹着一条很华丽的刺绣披肩，披肩上色彩斑斓的鸟儿和花儿在灯光的照射下，地板上显现出一条猩红色的条纹。

史黛西简直不敢相信自己的眼睛。当然，那条披巾是玛拉的。但是那个披着松散头发的女人真的是海斯特吗？她现在看起来至少年轻了 10 岁，她现在就像个 20 岁的姑娘。她脸上带着微笑，很显然，这个女人现在很满足。

史黛西匆忙地跑回她的房间，关上了门。

第十五章
风雨前的平静

第二天早上，天依然很好，一如既往的蓝天、碧海以及高温，没有任何一样东西可以表明今天会是与众不同的一天。一个八月的周五，天气晴朗。接下来就是一个温暖的周末，俱乐部又会装满人。在这个度假的高峰期，去海里游泳非常不错，去球场上打网球也很棒，这些都是一个度假地该有的活动。

史黛西此刻正躺在床上，处于半睡半醒的状态。她现在大脑很混乱，就像海里的海藻，飘来飘去。绿宝石和梅达的红头发；昨天晚上带着痛苦表情的莉莲斯；走过去坐在梅达旁边的查尔斯；一起步行回家的两个人；喜欢那些带有灰色故事的宝石的路易斯——这个癖好令她现在非常讨厌他；紧紧裹着玛拉的华丽披巾的海斯特……

她努力地唤醒了自己。她坐了起来，手揉着头发，开始思考那幅微型画。玛拉让她上午 10 点开始画。现在离昨天的绘画似乎已经过去了很久。她现在竟然感觉今天的微型画没有昨天重要，她必须要打消这个想法。微型画这件事已经被挤了出去，被当成了背景，被所有的这些人以及他们的想法和感觉所淹没。三年来，她已经把这些人从生活中赶了出去。她已经把自己和他们隔绝开了，她再不用在意他们说些什么或者做些什么，她已经把她所有的思想、兴趣和精力放进了工作里。现在，那些她已经拒之门外的事情又再一次回来了，它们又变得重要了。她开始对她的工作感到冷漠，这份工作似乎对她一点儿都不重要了。

不过，在那个周五发生在沃恩屋的每件事确实都会变得重要。每一件微小的事情，每一个细节，每一个人进出的准确时间，以及他们做了什么，说了什么，穿了什么；他们是否跟别人说过话；他们是否写了或者收到一封信；他们是否打了电话——这一切都很重要，乃至每一种表达方式，每一次回头以及每一种说话的语调都非常重要。但是史黛西不会知道。或许他们之中没有一个人会知道，尽管这一点是值得怀疑的。

可以确定的是，路易斯·布雷丁已经走到大门口，乘上午 9 点 30 分去莱顿的公交，接着再前进七英里到达雷德灵顿。上午 10 点 15 分的时候，他进入银行，并且要求见经理。然后路易斯·布雷丁当着经理和一个银行职员的面，在那份留给梅达·罗宾逊——他的唯一受遗赠人——的遗嘱表格上签上了自己的名字。他很高兴，整个过程中脸上都带着微笑。他笑着说可能不久以后他就会来索要祝贺了。

"但是现在，这一切都要保密。这份遗嘱仅仅是以防不测，它只是一个权宜之计。"他又笑了起来。"我接下来还要去见我的律师。博物馆依然会得到我的部分收藏。好了，就这样，谁也不知道接下来会发生什么。"

这个经理人很和善，整个过程都很愉快。

路易斯·布雷丁乘接下来的一班公交返回了。在上午 11 点半的时候，他和詹姆斯·莫伯利一起待在他的书房里。他俩之间的谈话偶尔会被听到。中午 12 点 05 分的时候，他去了附属建筑，他在里面通了两个电话。在下午 1 点的时候，他去餐厅吃午饭。大约半个小时后，他返回附属建筑，中途他在詹姆斯·莫伯利独自吃饭的桌子边停了一会儿，说："你下午最好休息一下。我不需要你。"这是十几个人无意中听到的，但是似乎没有人听到莫伯利先生的回答，可能他认为没有什么可说的，他看起来很疲惫，脸色有些苍白，而且他几乎没有碰过他的午饭。

就在几分钟后，他跟着路易斯·布雷丁也回到了附属建筑，那个时候大约是 1 点半。他们中途是否遇见了？如果遇见了，他们之间是否发生过什么？这一切都无从得知。詹姆斯·莫伯利发誓他们没有遇到，他只是回去取了一本书，然后他就及时回到俱乐部，进入了书房。他说他在里面待了一个下午。

当午饭被清理完后，沃恩屋的大部分职员都下班了。除了办公室一直都会有一个人外，就只剩下一名可以召唤的服务员。那个下午很热。赛格小姐在办公室，可能她也不会注意到康斯坦丁夫人有什么变化，就像大家所知的一样，她吃完饭就上床睡觉，睡得像个婴儿一样。在她的女儿们看来，她也只是做了和平常一样的事情而已，并没有什么异常。米歇尔夫人拿着一本书去了花园。花园在半山腰上，里面有一个古老的凉亭，那是她最喜欢的地方。从那里你可以眺望大海，而且还有阵阵凉爽的微风从海面上吹来。她穿着带有黑色大斑点的白色连衣裙走出了阴暗的大厅，在太阳下，她的衣服闪闪发光。米歇尔夫人身上的衣服非常好——外观看起来没什么特别，但是如果你知道价钱的话，你绝对会改变看法。

埃德娜·赛格是一个很亲切的女孩。她不嫉妒别人，但是她今晚也很想穿一条那样的裙子去见她的男朋友——只是她或许会想要深蓝色的斑点。因为在 22 岁的时候，黑色会显得有些沉闷。

布朗夫妇拿着毛巾和一些游泳装备穿过了大厅。现在刚吃完午饭没多久，大概是下午 2 点半左右。布朗夫人向她挥挥手说："你不想一起来吗？"真是哪壶不开提哪壶。当然，这并不能说明布朗夫人没有心机，每个人都知道她是什么样的人。她喜欢穿过于年轻的衣服和一些稍紧的衣服，就拿她身上那件粉红色的亚麻布衣来说，就算是一个年轻女孩穿都显得有点儿过分。不懂审美的人总是追求这种强烈的粉色，想想都觉得有趣。现在，一件深蓝色的……

她的思绪被入口处的罗宾逊夫人和居住在盐碱滩的康斯特布尔少校打断了。在阳光下，红色的头发让人感到眼花缭乱，她的皮肤依然光滑又洁白，丝毫没有受到太阳的影响。梅达走进了大厅，她整个人看起来非常清爽，她仿佛像是刚从一个阴凉的花园走进来，而不是刚从盐碱滩沿着那条炎热的峭壁小径走进来。康斯特布尔少校倒是看起来很热——他的脸热得通红，但是这却使他的眼睛看起来非常蓝。赛格小姐很欣赏他，对他非常友善。他不装腔作势，也不像有些人会对异性无理。

梅达·罗宾逊来到办公室前面的开阔地带。

"我想要去附属建筑看看布雷丁先生。亲爱的，你就当回天使，通过内部电话给他打个电话，我可不想站在那个玻璃通道里傻等着。对了，莫伯利先生出去了吗？"

埃德娜·赛格说：

"我没有看到他出去。"

"哦，好，那你给布雷丁先生打个电话吧。"她转身对康斯特布尔少校说，"杰克，你接下来干什么？我不会在里面很久的。我不知道路易斯为什么这个时候想见我。"

杰克·康斯特布尔笑了笑。

"他不是一直都想见你吗？"

她对他做了个鬼脸。

"不要傻了！我会告诉他我们要去打网球，接下来会去游泳。他又不和我们一起去，所以他不能抱怨。我会快速冲进去弄清楚他想干什么，然后马上出来。我会告诉他我要和他一起吃晚饭，那样他就不会有什么怨言了。"

她说得很开心，完全忽略了埃德娜·赛格。她可能已经被当成了一把椅子、一张桌子或者是墙上的一只苍蝇。在埃德娜看来，这种行为很不礼貌，还好梅达的行为已经有所改善，要不然当她拨通电话的时候，她一定会朝梅达轻蔑地扬起自己的头。

梅达·罗宾逊说："再见。"然后身穿白裙子的她就朝拐角处走去。

布雷丁先生接通了电话，那就意味着莫伯利先生不在那里。如果他的秘书在，根本就不会麻烦布雷丁先生。她说：

"布雷丁先生，这是办公室。罗宾逊夫人让我给你打个电话。她已经到了，马上就要进入附属建筑。"

她挂了电话，然后向大厅看去。康斯特布尔少校手里拿着一份报纸，正站在那里专心地读着。她此刻心想，如果她是梅达·罗宾逊的话，当有这样一个家伙出现在自己面前的时候，不管他有没有钱，她都会让布雷丁先生走开。有位二战特种兵曾经说过，他们经历过可怕的事情，他们从飞机上跳了下来，只是想一下这种事情，你都会觉得自己体内好像什么都没有了。康斯特布尔少校以前一定也是那么勇敢。当然了，福利斯特少校也是如此，对他来说，那种离婚是羞耻的，她不知道那个离开他的女孩是如何做到的。你能感觉到他体内有一种魔力，你会愿意做任何他想让你做的事。真是有趣啊，她又以梅因沃林小姐的身份来到了这里。从表面上看起来，他们两个非常友好，你根本想不到他们会是离过婚的夫妻。但是，他们之间总归还是有些问题的，只是还没显露出来罢了。

康斯特布尔少校放下报纸，沿着大厅向前走去，他走到可以看到玻璃通道的地方停了下来，然后转身又走回来了。这次他走到了办公室窗口前，然后笑着说：

"当你说一会儿的时候，你通常指多长时间？"

赛格小姐认真地说：

"视情况而定。"

"那取决于什么？"

"取决于我在和谁说。"

他又笑了笑。

"好吧，假如你正在和布雷丁谈话呢？"

她讲话的声音稍微离得远了一点儿。

"布雷丁先生不和职员谈话。"

他瞥了一眼办公室里的时钟，那是个老式的大挂钟，时间一直很准。

"你已经离开 7 分钟了。这些时间应该足够你跟他说你要去打网球了吧？"

梅达出现在了走廊的拐角处。她低下头看着她的手腕说：

"杰克，我把包忘在里面了。你赶快跑回去把它拿回来！我会给路易斯打个电话告诉他你要过去。"

他笑了笑，耸着肩，一边走一边说：

"为什么女人总是会落下她们的包呢？"

梅达也笑了笑，

"确实是，不是吗？"她对埃德娜·赛格说，"但是男人有很多口袋，而我们没有。如果我身上到处都是口袋，我也不需要带包。"她又发出了一阵沙哑的笑声，"但是，我认为我还是会带的。我总不能把游泳衣塞进口袋里吧，是不是？那样会破坏自己的身材，何况那该死的东西还是湿的。"

她边说边向办公室走去。

"我想和布雷丁先生通个电话。这个是内部电话吗？我该怎么做？噢，我想我知道。是这样，对吗？……喂，喂！……我说，我真的做对了吗？里面什么音都没有……好的，他来了。喂，喂！路易斯，是你吗？……亲爱的，我把包落在了你那儿……是的，就在桌子上。杰克正在过去的路上。你让他进去……哦，真的吗？我干的吗？我真是太糟糕了！不要生气，我保证不会有下一次了……路易斯，现在……真的！……不，我认为你不应该那样跟我讲话。人都会犯错的，我猜你自己也犯过错……不，我认为你不会，但是在你是我这么大的时候……路易斯，别，我不是那个意思。杰克到了吗？因为我认为你是不会骂我的，如果他正在听……他已经准备回来了？那我最好还是挂了。亲爱的，再见。听话，晚上见。"

她放下电话。转向埃德娜，故作恐惧地说：

"他不需要给他开门，我忘记锁门了！因为路易斯很忙，我就自己出来了，可能是我用力不够大或者我锁门的方式不对。上帝啊——我希望他今晚可以忘掉这件事。你知道的，在他看来，这是世界上最严重的犯罪。你听到他说话了吗？你认为他是真的生气了吗？如果他真的生气了，今晚对我们来说就有意思了！"

埃德娜·赛格摇摇头。

"我一句话都没听清，只能听到些声音。"

梅达笑着耸了耸肩。

"怎么会这样呢？"她说，"男人生气的次数要比我们多得多——他们不会掩藏。不管怎样，我认为路易斯不是真的生气。他就是想让我知道他那些收藏有多么的神圣。你见过那些收藏吗？"

"没有，罗宾逊夫人。"

梅达用关切的声音说：

"有一些非常好看的东西。绿宝石——我确实很喜欢绿宝石。你最喜欢哪种宝石？"

埃德娜·赛格想了想。

"我不知道——你必须要考虑你要去干什么——我的意思是，时间、地点以及合适性……"

"合适！天啊——那听起来太枯燥了。"

正说着，康斯特布尔少校出现了，同时手里还拎着一个晃来晃去的白色大塑料包。

"是这个吗？"他说。

梅达发出一阵笑声。

"亲爱的！路易斯和詹姆斯·莫伯利可不会有这样的东西。里面放着游泳用的东西。我们走吧！"

埃德娜看着他们走到了阳光下。他们在门廊里停了一会儿，从那里拿出了他们的球拍。她开始想，如果她和比尔·莫登订婚，他会送她什么样的订婚戒指。订婚之后，就要一直带着订婚戒指，那就需要考虑戒指和身上的其他东西搭配起来效果如何。她大多数时间都穿蓝色的衣服。她低头看着她身上整洁的亚麻布，上面带有大大的白色海军纽扣，它们看起来样式很不错，蓝宝石会和它们很配。如果她和比尔订婚的话，她认为她会有一枚蓝宝石戒指。

第十六章
布雷丁之死

快到下午3点的时候，莉莲斯·格雷走上门廊台阶，进入了大厅。她穿了一件蓝色的裙子，戴着一副白边框的深色太阳镜。她停下来，放下手中的太阳伞，这时的阳光刚好打在她的头发上。埃德娜·赛格抬起了头，她一直都认为，淡蓝色的衣服让人很棘手。如果你太年轻，那么穿上它看起来会有点儿矫揉造作，如果你年龄太大，穿上它就像老羊扮羔羊。所有人都知道格雷小姐年龄有点儿大了。当然，她很漂亮，但年龄确实也大了，而且眼镜也总会让人看起来更显老。

莉莲斯站在大厅里，她摘下眼镜，整个人瞬间就变得不同了，她露出了粉红的脸颊，整个人看起来年轻了许多——几乎让她回到了矫揉造作的状态。她把眼镜放到包里，走到办公室的窗前说：

"赛格小姐，下午好。我要去附属建筑一趟。布雷丁先生让我过来的。"

说完她就继续向前走，然后转身进入了那个连着玻璃通道的走廊。

办公室在进门后的左手边。它只占大厅很小的一部分，在它前面有一个柜台，周围还有一些企口镶板。办公室刚好夹在两扇窗户之间，从窗户的另一侧，会有风和阳光进来。那条走廊在大厅另一侧，要向前走很远才能到。格雷小姐一转弯就消失在了她的视线中。

埃德娜又想起了比尔·莫登。他有工作，收入可观，同样她自己也有工作，收入也还可以。但是一旦你没了收入来源，那么你要花每分钱就不得不向别人要，那时候你会是什么感觉呢？当然她可以继续工作，但是她结婚以后就不打算工作了。她想要有个家，想要生几个孩子——至少是一儿一女。当然，这不会很快，但是也不用等太久。她开始想孩子的名字了。比尔肯定想要先为男孩选名，但是女孩有权先拥有漂亮的东西。不用太花哨，但要独特。现在，有丹尼斯和西莉亚两个名字。西莉亚·莫登——听起来很不错。比起丹尼斯她更喜欢西莉亚。她脑子里又开始出现双胞胎女儿的想法。

当莉莲斯回到大厅的时候已经是下午 3 点 10 分了。她又戴上了眼镜。她直接穿过大厅，然后拿起她放在门廊的太阳伞，走下了台阶。

当埃德娜回过头的时候，海斯特·康斯坦丁小姐正在楼梯上。她身上穿着上次去雷德灵顿买的新衣服。那是一件绣花的丝绸，颜色太亮了，不是很适合她。想要为她找到合适的衣服一直都很难。你必须教会她如何正确地打扮自己，一切才可能会看起来顺眼。如果有人告诉她如何弄自己的头发，她的头发就不会看起来一团糟了。她走下楼梯，露出了头，整个人看起来非常紧张。她走到拐角处，转身进入了那条走廊。她可能去台球室，或者是书房，或者是附属建筑。无论她要去哪儿，她确实显得非常紧张，而且她并没有返回。

大约 10 分钟后，查尔斯·福利斯特沿着台阶跑上来，说：

"嗨，埃德娜！一切还好吗？"

埃德娜的脑子里正在规划她的厨房。她想要个橱柜——里面所有东西都是新的，她还想要一台电冰箱……她才刚刚开始想。听到他讲话她才回过神来。她说：

"你吓了我一跳！"

他笑了起来。

"睡着了？还是说你只是在做白日梦？听我说，布雷丁先生在里面吗？"

"据我所知，他今天下午相当受欢迎——进进出出的这些人都要见他。"

"现在里面还有别人吗？"

"除非是康斯坦丁，但是她更可能……"她说了一半，脸开始红了起来。

查尔斯笑了笑，说：

"安静，什么也别说！"然后又接着说，"倒霉的詹姆斯！"

"福利斯特少校，我什么都没说。"

"我也什么都没说。萝卜白菜，各有所爱。这个世界已经很悲哀了，我们不必把它变得更悲哀。比尔最近怎么样？今晚要和他一起出去吗？"

"可能要。"

"他可真幸运。告诉他我就是这样说的。"

他吹着口哨离开了。

从窗户吹进来的微风已经小了很多。埃德娜拿出她的小粉盒，在鼻子上擦了点粉。她多么希望在福利斯特少校经过前就已经完成这一切。

山脚下，莱顿的温度比山丘上面要高五度。热量从天空一泻而下，人行道上几乎一个人都没有。位于正南方的警察局刚好被太阳炙烤着，外面的砖瓦就像烤箱门一样，热得发烫。在警察局里面，泰勒警官此刻感到越来越热。他是一个脸色红润的青年。他的制服显得比 6 个月前更紧了。他放下手中的钢笔，解开一两个扣子，靠在了椅子上。他并没有打算睡觉。他也不会承认自己睡着了。那是个炎热的下午，他可能只是闭上了眼睛而已。他正在想他的同事们。毫无疑问，他们已经成功扑灭了吉姆·霍洛韦家的大火。

在他闭上眼的那一刻，同事们的脸都出现在了他的脑海里。那个脸最大的是休伯，留着姜黄色的小胡子，满脸凶相。那个脸上带着一丝暗绿色，长着一双金色眼睛的肯定就是苍老的马·史蒂文斯了，她又瘦又老的手里拿着一个手摇铃，此刻它正发出一种可恶的声音，直击你的大脑。他猛然睁开了眼，同事们的脸瞬间就消失了。整个房间看起来有点儿模糊，但是房间里面没有任何同事，也没有苍老的马·史蒂文斯，只有铃声仍然在响。眨了几下眼后，他清醒了过来。那是电话铃，它在发疯似的响。他拿起电话筒，强压回了一个哈欠，说："喂！"

一个熟悉的声音说："是莱顿警察局吗？"

泰勒警官再一次强忍着没打哈欠。"莱顿警察局。"——这本来应该是他拿起电话筒时说的第一句话，他现在才说，听起来显得很平淡。那个熟悉的声音似乎是福利斯特少校的声音。他也不知道他为什么没能立刻听出来他的声音，毕竟他们一起打过板球。

那迟钝的思维瞬间被打断。

"我是福利斯特少校，从沃恩屋的附属建筑打来。这儿发生了一个事故——关于路易斯·布雷丁先生的。我刚刚给艾略特医生打过电话了，但是恐怕那没用了——他现在已经死了。"

泰勒警官认真了起来。

"先生，是哪种类型的事故？"

查尔斯·福利斯特说："他中枪了。"然后猛一下挂断了电话。

第十七章
布雷丁先生的来信

一

希娃小姐在看上午的报纸前先读了自己的信，这是她的一贯做法。在战争期间，她违背了很多次自己的日常习惯，但是只要不是国家正在面临紧急情况，她都会先读完自己的信件才去看新闻。在星期六的早上，伦敦比莱顿都要热。她卧室的温度计已经飙到了 75 华氏度，到中午的时候，肯定会超过 80 华氏度。

她整理了一下自己的信——一封来自她的侄女艾舍尔·博克特；一封来自艾舍尔的妹妹格拉迪斯，一个很自私的年轻女人，她很不喜欢她；第三封的笔迹她见过，但是她没有立刻认出来是谁，上面的邮戳是莱顿。她皱起了眉头。那封信来自路易斯·布雷丁。他预约过她，而且两星期前已经来拜访过她了，她对他印象不是很好——不，是一点一点儿都不好。

她把那封信放到了一边，然后打开了艾舍尔·博克特的信。

"亲爱的莫德姑姑，

那条围巾非常好看……"

希娃小姐深情地望着这一页纸。亲爱的艾舍尔总是那么体贴，那么令人喜爱。那条围巾什么都算不上——就是用那些从旧衣服上拆下来的零零碎碎的毛线织成的。她是一个非常漂亮健康的姑娘，她的三个哥哥都很宠她。

再次回到这封信上，她此刻面露关切之色。信上说约瑟芬感冒了——"在这个天气感冒真让人难受。"——不过令她宽慰的是，信上接下来写道："现在，我很高兴地说，她已经好了，面色正在恢复。"男孩子们都在享受他们的假期——艾舍尔的丈夫是英格兰中部一家银行的经理——但是，"我们9月会有两个星期的海上航行。玛丽·洛夫特斯已经提供了房屋，但是她叔叔詹姆斯家的家具很烦人。亲爱的姑姑，你一定要记清时间，到时候要来看我们。9月2号到17号。我们都爱你，艾舍尔。"

希娃小姐轻微地咳了一下，她此刻心情很愉快，和亲爱的艾舍尔以及她的孩子们一起进行一次两周的海上航行——那该是多么愉快啊！

她转向了格拉迪斯的信，但是眼神里少了些温暖。格拉迪斯从来不写信来，除非她自己想要些什么东西，她从来都不会考虑到别人。整个战争期间，她都一直是这种态度。由于她不想自己挣钱养活自己，所以她就嫁给了一个很有钱的中年男人。起初优势还是胜过劣势的。但是现在，个人所得税那么重，生活支出也那么高，佣人也几乎请不到，所以格拉迪斯自己必须要工作——

做饭、打扫卫生、洗衣服。优势已经消失了，劣势仍然还在。她的丈夫比她大 10 岁，而且她的丈夫现在对她也很不好。"我敢肯定，要是知道那些女孩是怎么挣钱的话，你一定会大吃一惊。那可不是简单的做饭、打扫卫生之类的工作。而我，只是一个没有报酬的仆人……"

希娃小姐读到末尾的时候，整个人非常不满意。这根本不像一个贵妇人写的信。信的末尾没有署名，只写了个附言"下次你离开时，给我打个电话。我会过去照看你的公寓，顺便我还可以去剧院看看表演。安德鲁太严厉了，晚上不准我出去。"

希娃小姐紧闭双唇，放下了这封信。

她打开路易斯·布雷丁的信封，脸上充斥着厌恶感。她一点儿都不喜欢他。"自身利益——没有比这更强的动机了。"——真是一个令人震惊的声明。他对他那个不幸的秘书的态度非常危险，他就是在勒索他。她打开信，上面写道：

"亲爱的女士：

我写这封信是为了让你重新考虑你的决定。事情有些变化。这件事非常机密，目前，我还不想去警察局。这是一个舒适的乡村俱乐部。我已经给你订好了一个房间，我恳求你一定要立刻赶来。收费标准你来定。如果你给我打电话让我知道你坐的哪趟火车，我会去莱顿接你的。

敬启

路易斯·布雷丁"

希娃小姐坐在那儿，盯着这封信。古怪的一封信，写得很正式也很简洁。但是每行字都向上斜，而且签名也有涂改的痕迹。这封信一定写得很匆忙，而且是在强烈的欲望的推动下写的。"收费标准你来定……"要么已经出事了，要么他就是担心某些事情会发生。她开始想一切的可能性。它们或许会很有趣。但是她不喜欢路易斯·布雷丁。

她放下这封信，打开了上午的报纸。她脑海里的名字赫然出现在了新闻大标题上：

布雷丁收藏家
路易斯·布雷丁先生中枪身亡

她说："天啊！"然后就开始看报纸上有关他的内容。上面写了很多，但是都是些不重要的信息。这条新闻分成了两栏，但是更多的都是在写他的收藏而不是布雷丁先生的突然死亡。他的表弟福利斯特少校，按照约定来见他，发现他死在了他的实验室里。他倒在了他坐的那张桌子上。他旁边的地板上有一把左轮手枪。福利斯特少校立刻就给莱顿警察局打了电话，而且他还请来一名医生，但是他已经没有了呼吸。还有许多其他的东西，但那都不重要。

思考了一小会儿后，希娃小姐拨通了赖歇尔郡警察局局长的私人电话。她认为在上午的这个时候，电话应该可以毫不延迟地被接通。确实，她几乎一刻都没有等待，电话里就传出了一个熟悉的声音："喂！"

"兰道尔，我是希娃小姐。"

在电话的另一端，兰道尔·马奇做了个吹口哨的嘴形，但是并没有发出声音。然后他说：

"我在这儿，我能帮你做点什么？"

"你最近一切都好吗？瑞塔和宝宝怎么样？"

"都挺好的。对了，你是有什么事吗？"

"布雷丁的案子。"

"你问它干吗？"

她带着一丝责备的意味对他咳嗽了一声。

"我亲爱的兰道尔！"

"好，好，它怎么了？"

"两周前，有人来找过我…"

"谁找过你？"

"布雷丁先生。"

"他为什么找你？"

"他非常不安。他想让我去一趟沃恩。我拒绝了。"

"为什么拒绝？"

她又咳嗽了一声，不过听起来很不自然。

"我对这个案子不感兴趣。"

"是吗？"

"兰道尔，这还不是全部。"

他笑了笑。

"我也认为那不是全部。"

"我今天早上收到一封他写给我的信。"

"什么！"

"上面的邮戳是莱顿，2点半，所以你看……"

"他说了些什么？"

"他说事情有些变化。他为我在沃恩屋订了个房间。我乘今天任意一趟火车过去他都会来接我。而且收费标准我来定。"

这次马奇提高了音量。

"你对此怎么想？"

"我还没想好。我认为福利斯特少校是他的遗嘱执行人。"

"布雷丁告诉你的吗？"

"是的，兰道尔。"

"他第一次去见你的时候告诉你的？"

"是的。"

"你觉得他是不是已经预料到了——怎么说呢——刚刚发生的那件事？"

她说：

"我也说不好。不过他确实已经做了一些安排。"

中间停顿了一会儿。兰道尔现在眉头紧皱。他说：

"我想见你一面。"

她很不自然地说：

"我或许应该给福利斯特少校打个电话。如果他希望我去的话，这个周末我会去沃恩屋。如果没有他的许可，布雷丁先生的委托就会失效，那样我就没有权利插手。"

马奇说：

"是的，我明白。如果你要去的话告诉我一声。我觉得我应该见你一面。"

希娃小姐通过一个电话得知查尔斯·福利斯特正在他表哥的书房里。打电话前，她就认为他应该在那儿而不是在他自己的住处，鉴于布雷丁先生已经把自己的电话写到了信纸上，无论如何她都应该打个电话过去证实一下。

她等了一会儿，电话里才有声音。

"这是布雷丁先生的电话号码。我们正在把电话接通到俱乐部。"

希娃小姐说："谢谢。"然后又等了一会儿。

接下来是埃德娜·赛格接的电话。

"福利斯特少校？没错，他就在这儿。我把电话转接给他。"

查尔斯·福利斯特拿起书房里的电话听筒。他用一个正式又亲切的声音说：

"请讲。"

她轻轻地清了一下嗓子，开始介绍自己。

"我是莫德·希娃小姐。不知道这个名字是否可以传达一些信息给你。"

查尔斯疲惫又冷漠的表情瞬间消失，他开始认真起来。他说：

"没错，我知道你。"

"好，那我可以问一些相关的问题吗？"

"我表哥留下一封信，我相信你已经听说了。"

"我在今天上午的报纸上看到了。"

"他希望你能来——如果发生了什么事的话。他在两周前去见你了吧？"

"没错。"

"他想让你来一趟，你拒绝了。他似乎对你留下了很深刻的印象。他说你警告他说他正走在危险的道路上。"

"他回到家，写了一封信给我，那封信也是刚刚才被发现。他说如果事情超出他控制的范围，他希望我向你寻求帮助。"

希娃说："天啊！"然后又接着说，"我在今天早上也收到了一封布雷丁先生的信。他催促我赶紧去沃恩，他说他已经给我订好了房间，我乘任意一趟火车他都会到车站接我。"

"今天吗？"

"没错，福利斯特少校。"

查尔斯的眉头紧蹙。路易斯到底怎么了，为什么会让这样一个私人侦探来呢？她听起来就像一个过时的女家庭教师。当然，他必须要去见她，而且路易斯已经给她订好了一个房间，她还是应该要来一趟。局面太混乱了，一个年老的女士或多或少会显得无关紧要。她甚至可能会提供一两个与事实毫不相干的看法。但是他觉得无所谓，因为他认为她不可能会让事情变得比现在更糟了。带着这些想法，他说：

"希娃小姐，如果你这个周末能来的话，我会非常高兴的。你会乘哪趟火车？"

第十八章
前往沃恩

扫码听本章节
英文原版朗读音频

希娃小姐乘坐三天前史黛西坐的那趟火车到达了莱顿。查尔斯·福利斯特站在站台上，一脸怀疑地看着她从车上下来。其他人都不可能是他要见的人，那就只能是她了。但是当他看到希娃小姐的时候，他仍然感到不可思议——不可思议的是她竟然会是来调查路易斯·布雷丁之死的侦探。之所以感到惊讶，是因为在幼儿园时代，他已经被灌输了太多像"万物各得其所"这样的道德准则。希娃小姐的打扮应该在 40 年前的相册里才能看到。她戴着一顶扁平又粗糙的帽子，那是路易斯的妈妈在她那个年代的婚礼上才会戴的。那是一顶黑色的稻草帽，后面有些彩带编成的蝴蝶结，左边还有一小串手编花边。她身上穿着一件灰色的手工丝绸连衣裙，上面带有淡紫色和黑色的斑点，样式还算可以，但是大小很不合身，裙子离地面至少有 6 英寸，因此，那双黑线长筒袜显露无遗。幸运的是，她脚上那双黑色的系鞋带的鞋子很好，是这个时代的款式。她的脖子上挂着一大串橡木珠子，可能是太长的原因，她在脖子上缠了两圈。在裙子的左边别着一个镶有珍珠的金色胸针，上面挂着一副眼镜。她身上还有一个橡木胸针，是玫瑰花状的。

展现在眼前的这些细节让查尔斯感到不可思议。他简直不敢相信自己的眼睛，他还以为她是从相册里跳出来的。此刻，她一只手提着一个破旧的小手提箱，另一只手拿着一个手提包和一个针织包，正在从火车上往下走。

今天比昨天还要热。离开城市的街道，走上乡村小道对他们来说真是一种解脱。直到这时，希娃小姐才轻微咳了一声，说：

"关于布雷丁先生的死，你有什么要跟我说的吗？"

查尔斯刚开了大约有一百码远，就拐进了一条小路，在一棵大橡树下停了下来。他说：

"我们最好找个凉爽的地方。你想了解路易斯的死是吧。昨天中午大约12点半的时候，他给我打了个电话，让我过去找他一趟——就这样，没有其他的了。他说让我3点半去找他。实际上，我很早就到了那儿。办公室的女孩说他自己一个人，于是我就走进……"他停顿一会儿，看了看她，说，"我不知道你是否了解那儿的布局。"

"布雷丁先生给我讲过，我认为他讲得很清楚。"

"那么你应该知道任何人想要进出附属建筑都必须要经过俱乐部的大厅和办公室——除非，他们从台球室或书房的窗户翻进去。”

“有翻进去的可能吗？”

“我认为有可能。总之，办公室里的那个女孩说他是一个人，于是我就过去找他了。有一个光滑的玻璃通道和附属建筑相连，在通道的末端，有一扇非常坚固的防盗门，它一直是锁着的。我认为你应该知道它是用来储存收藏的。”

“是的，我知道。”

“好。进去后令我震惊的第一件事就是那个防盗门竟然没有锁——它是半开着的。进去后，是一间休息室，里面还有第二扇门。第二扇门竟然大开着。我走进他经常展示收藏的那个很大的房间喊了一声，没有人回应。在房间入口的对面有一扇门，那扇门连接着一条走廊，走廊里有三个房间——路易斯的卧室、浴室和实验室。我又叫了一声，仍然没有回应。实验室的门是开着的。”

希娃小姐询问道：

“半开着还是敞开着？”

“与侧面的窗户成直角。我进去后看到了路易斯。里面有一张桌子，那是他用来写实验记录的。那是一张老式的容膝桌，两边都有抽屉。那张桌子在右边，我一进去就看到了路易斯，他正坐在那张桌子旁，但是人已经倒在了桌子上。我走到他身边，看到他的右太阳穴处中了一枪。他的右臂下垂，旁边的地板上还有一把左轮手枪，好像是从他的手里掉下来的。右边的第二个柜子是开着的，左轮手枪一直都放在那里。我认为他是自杀的，然后他自杀前给我打电话让我过去，并且让所有的门都开着，这样我就可以发现他。对遗嘱执行人来说，这真是一个不太令人愉快的职责。"

这时，他看到她正在凝视着自己，她的眼神里充满了智慧。

"你说你认为布雷丁先生是自杀的。"

查尔斯·福利斯特说：

"但是警察不那样认为。"

"你可以告诉我为什么吗？"

他们还是相互看着对方。查尔斯皱着眉头，严肃地说：

"可以。但是你可以给我一个让我告诉你的理由吗？"

他紧皱的眉头和严肃的语气并不代表着他对希娃小姐有怨恨，那代表着他的专心，否则的话，她恐怕就不会这样回答了。

"你不了解我。"

"不了解。"

"因此你就没有信任我的理由。"

他停顿了一会儿。

"很明显，我表哥非常信任你。他信任的人非常少。他在信中说道，是兰道尔·马奇告诉他你是个值得信任的人。"

希娃小姐点点头说：

"福利斯特少校，我必须要告诉你，我两周前之所以拒绝这个案子，是因为我不赞成布雷丁先生的行为准则。在我看来，那种做法非常危险，而且在道德层面上也站不住脚。"

查尔斯挑了挑一侧的眉毛。

"可怜的老詹姆斯？"

"他给我讲了一些他秘书的情况——詹姆斯·莫伯利先生。"

查尔斯迅速地说：

"詹姆斯连一只苍蝇都不会伤害——我敢保证。当他还是一个男孩的时候，加入了一个名声很不好的公司，路易斯因此控制了他好多年。他就像一个黑人一样为他工作，他根本没有自己的灵魂。这么多年来，他竟然连一丝反抗都没有——我想他可能就是那样一个人——他当然不会有暴力行为。"

希娃小姐嘴角露出一丝微笑。然后她又迅速恢复了严肃，说：

"布雷丁先生在讲起莫伯利先生的时候，也提到了这些。根据你所说的话，我是不是可以理解为那份档案已经到你手里了？"

查尔斯停了一会儿，然后说：

"我告诉过你查尔斯不太信任别人。可怜的老詹姆斯——我认为那应该是一份完整的档案。不过，它还没有到我手里。我认为，它在律师手里。如果警察局听到风声，那就麻烦了。"

她带着责备的表情看着他。

"但是你知道……"

"路易斯只告诉了我很少的一部分，剩下的都是詹姆斯自己告诉我的。听着，我现在想知道的是，你是怎么看待警察的立场的？如果他们坚持认为这不是一个自杀案件，他们就肯定会生出许多怀疑。我想知道我现在处于何种位置。我们的谈话只是私下里的普通谈话还是你会把我说的一切都转达给警方？"

希娃小姐盯着他。

"我很高兴你能提出这个观点。在一起谋杀案中，我作为一个当事人不能向警方隐瞒任何证据材料。我参与调查谋杀案是不会徇私的。我参与过许多这样的案件，和警察一直都合作得很好，但是我并不为警察工作。就像我参与其他案件一样，我参与这个案件也只有一个目的，就是让真相大白于天下。只有有罪的人才会害怕，无辜的人永远都会被保护。"

相同的挑眉动作又出现了。他说：

"你认为这个案子很简单吗？"

"从根本上来说，它很简单。被掩盖的事实真相就是人们内心隐藏的东西。就这一点来说，对一起谋杀案的调查其实就是揭露人们内心所有的秘密而已。不是每个人都能冷静地掩藏自己内心的秘密，也不仅仅只有谋杀犯自己在尽力掩饰他的思想和行为。福利斯特少校，现在你打算告诉我为什么警察会认为这是个谋杀案了吗？"

查尔斯仍然还皱着眉头，他说：

"好的，我会告诉你。"

刚才他的手在方向盘上放着，整个人一直很轻松地在那儿坐着。现在，他靠在了驾驶座和车门之间的夹角里。他的内心肯定有一些变化。这个从家庭相册里走出来的邋遢家庭女教师就坐在他的对角，她的头发很整齐，老式的帽子有点儿歪，她的手上戴着一副黑线手套，很拘谨地叠放在一个手提包上，那个包很破，上面的那枚按扣儿都生锈了。她就坐在那儿，整个人看上去很普通，但是他此刻却感觉到了她身上有一种让人肃然起敬的大智慧。仅仅意识到这些就已经让他非常吃惊了。然而，这些还并不是全部，他还意识到了一种正直，一种善良，一种代表着仁慈的权威。这些不仅仅只是文字，她们都活生生地出现在了他的眼前。其实，希娃小姐的许多客户都有过这种相似的经历，但是他并不会知道。他现在只知道一点，和她谈话并且向她明确地表达他的想法，对他来说会是一种解脱。

她一直坐在那儿等着，现在她给了他一个鼓励的微笑。

他说："路易斯没有任何理由自杀——警察就是这样说的。他有很多钱，而且他正考虑结婚。你应该不知道他要结婚吧？"

"不知道。"

"两周前他还没考虑这件事。你绝对不会认为他是一个贸然行事的人，但是正如所见到的那样，你从来都看不清他。她是一个很漂亮的红发女人，大约 25 岁，离过婚。我在盐碱滩有一所大房子，我一直在分割它，出售它——如今拥有一个大房子，也只能这么做。她现在就住在那儿。她叫梅达·罗宾逊。在他死的前一天——就是前天——路易斯向她求婚了。"

希娃小姐看起来很警觉：

"是他告诉你的吗？"

"不，是梅达·罗宾逊。那天他向俱乐部里所有客人展示了他的收藏。结束后，我和她一块儿走回去，她在路上告诉我的。她还告诉我他立了一份新遗嘱，受益人是她。

希娃小姐说："天啊！"然后接着说，"他的遗嘱被找到了吗？"

"确实有那么一份遗嘱，不过没找到。他昨天去了雷德灵顿，就像梅达描述的那样，他在一份遗嘱上签了名。她说它被制成了遗嘱表格。他的银行经理和一个银行职员见证了它。而且他还对那个经理说，过不了多久他就要向他表示祝贺。但是关于遗嘱的内容，他并没有做实质性的说明。那份遗嘱不可能被找到了，除非你能看清灰盘里那张烧焦的纸上写了什么。就剩一个角还没被烧完，但是上面并没有字。那张纸刚好和雷德灵顿一个文具商卖的遗嘱表格相符合。梅达在那儿买了一张——她说要自己写。她本来想征求路易斯的意见，但是最终那张遗嘱表格被路易斯使用了。"

查尔斯的声音不置可否，但是希娃小姐仍然还是收到一些信息。他继续用一种不太认真的语气说：

"我认为警察把那份遗嘱的毁灭当成了一个强烈的杀人动机。"

希娃小姐清晰地表示：

"但是同样也可以认为是布雷丁先生自己烧毁了遗嘱——由于对计划好的结婚有些失望，所以就自杀了。"

查尔斯说："我认为这种推理对警察没有什么用。老实说，我认为路易斯不会因为一个女人而朝自己开枪——没有人会认为他会那样做。他可没有看上去那么痴情。在此之前，他有过外遇。我不是说他没有陷入梅达的美貌，但是我仍然认为他不可能为了她而自杀。我能这样说真的表示我对你有极大的信任，因为如果这件案子真的是谋杀案，我自然会是嫌疑最大的几个人之一。是我发现的他，而且我还是有最大动机去烧毁那份新遗嘱的人，因为在老的遗嘱里，我是主要遗产继承人。警察局就喜欢那类动机——清晰又明确。他们提取了那把左轮手枪上的指纹，根据那些指纹，他们十分确定那就是谋杀。那些都是路易斯的指纹，但是它们并没有出现在正确的位置上。他们认为那些指纹是在路易斯死后，凶手刻意制造的。凶手在杀死他后，把枪放在他的手里伪造成自杀的假象。这个把戏确实很老套，但是对凶手来说，它仍然是一件很难完成的事。如果你已经杀死了一个人，你的手可能就不再会那么稳，你很可能会抖，况且你还急着赶时间。"他的声音又冷又硬，"我可以想象到，把指纹印到正确的地方有多么艰难——它们确实很容易滑动。警察说个别的指纹已经花了。那也是为什么他们会如此确定那就是谋杀。"

第十九章
进入现场

扫码听本章节
英文原版朗读音频

此刻，查尔斯·福利斯特似乎已经把他想说的全都说完了。他突然转过身，发动汽车，倒出了这条小路。剩下的路途中，他一句话都没再说，希娃小姐也是。现在有许多想法占据着她的大脑，她没空讲话。

当他们经过沃恩屋的大厅时，史黛西正从楼梯上往下走。当查尔斯接近楼梯底部的时候，他自然应该停下来打声招呼，这很正常。但是希娃小姐却立刻感到气氛不太对。查尔斯·福利斯特忧郁地注视着这个短暂停留的女孩。她穿着白色的裙子，脸色有点儿苍白。她拿着一把绿色内衬的太阳伞，查尔斯认识那把伞，那是玛拉·康斯坦丁的伞。

他说："要出去吗？"

史黛西说："是的。莉莲斯请我喝茶。她想让我去找她。"

这些话中并没有什么特殊的含义，但是他们说话的方式和语气却显得很亲密。整个邂逅很短暂，几乎没浪费什么时间。史黛西继续往外走，当走到门廊的时候，她撑起了那把太阳伞。

希娃小姐进入路易斯·布雷丁给她订好的房间。

10分钟后，她就下来了，查尔斯正在下面等着她。他带她进入书房让她喝杯茶。第一杯茶喝完后，查尔斯又给她倒了一杯。这时，她问起了史黛西。

"一个非常迷人的女孩——非常优雅。她住在这里吗？"

查尔斯一直在想为什么热水壶花那么久才把水煮开，煮开后为什么要冷那么久才能喝。听到这个问题，查尔斯感觉自己刚咽下去的一口茶似乎比刚倒上时还要烫。对他来说，谈论史黛西真的是一件非常糟糕的事——他小心翼翼地解释了一些她的情况。

"她叫史黛西·梅因沃林，是一名微型画家。她正在为我们当地的名人——极其著名的玛拉·康斯坦丁画肖像画。我们之前是夫妻，但是现在已经离婚了——没有比被遗弃更糟糕的了——现在我们还是很好的朋友。你知道的，玛拉很值得画，这对史黛西来说可是一件值得夸耀的事。"

他又讲了一些玛拉的故事和俱乐部其他人的一些趣事，一直到她喝完杯子里的茶。然后他带她去了附属建筑，让她看一下它的整个构造。

"警察已经解除了这里的封锁。你可以去任何地方，摸任何东西，问任何你想问的问题。"

她一连串问了他很多问题——当时他是怎么进来的——他站

在哪儿——他都看到了什么。

查尔斯经历了这一切，而且他已经进来过太多太多次了，所以他对这些问题对答如流。如果他现在还不能一字不差地回答，那么他永远都不可能流利地回答出来。随着回答的进行，他感觉整个事件变得越来越不真实。

当他回答完后，她说：

"你是下午 3 点半之前到这里的，对吧？"

"大约下午 3 点 20 分到的。"

"你直接就进来了吗？"

"是的。"

"当你发现他的时候他已经死了。那时他已经死了多久了？"

"我不是医生。"

"你参加过战争。他已经死了多久？"

"我不知道。"

"但是你可以估计一下。"

他摇摇头。

"我还没那么傻，我不会贸然行事。"

她就站在路易斯被杀的那张桌子旁，她的一只手放在桌子上，两只眼睛一直盯着他。天花板上有一盏灯，很亮，光线照下来，整个实验室以及里面的设备全部都被打亮了，玻璃和金属制品闪闪发光，每一样东西都显得更加清晰。她轻轻咳了一声，说：

"警察是什么时候到的？"

"我感觉是 3 点 45 分左右。但是你知道的，他们也不是专家。

我打电话叫来医生那时已经离开了，法医4点才到这儿。当他看到路易斯时，他就开始忙活，忙活了半个小时他也没有确定路易斯到底死了多久。主要是天气太热了。"

"确实是。"

她开始绕着桌子走，然后在桌子的正前方停了下来。路易斯·布雷丁的椅子已经被拉到了一边。桌面上的物品摆放得很整齐——吸墨盘、钢笔盒、草稿纸，一个摆放信纸和信封的架子，一个褪色的大金属灰盘，一盒火柴。容膝桌的左右两侧都有抽屉。桌面上的深绿色皮革上有一个黑色的污点。她说：

"当你发现他时，他是什么姿势，你可以向我演示一下吗？"

他心里想："这也太恐怖了。"她注意到他黑色的皮肤上有一些颜色的变化。他什么都没说，就按她说的做了。他坐到椅子上，身子向前倾，直到头靠到那个黑色的污点上，他的右臂自然下垂，离地板只有几英寸。当这一切都结束的时候，她打破了这出"哑剧"的氛围。

"凶器在哪个位置？"

他立刻说：

"就在他右手下面，就像是从他手里掉下来的。"

"那是他自己那把左轮手枪吗？"

"嗯……是的。"

他的犹豫引起了她的注意。

"福利斯特少校，你的声音有些模棱两可。"

他举起一只手，然后又迅速放了下去。

140

"你不会错过很多的。是这样的。我有两把手枪——是一对。我把其中一把给了路易斯。"

"多久前给的？"

"去年给的。之前他自己有一把很旧的。有一天他的抽屉是开着的，我就看到了它。我告诉他最好还是换一把新式的。于是我就送给了他一把。"

"他把它放在……哪个抽屉里了？"

他说："右边的第二个。"当她拉开那个抽屉时，他说，"它现在不在那儿，警察把它拿走了。"

她说：

"有多少人知道布雷丁先生的这个抽屉里有一把左轮手枪。"

他笑了笑。

"我，詹姆斯——任何人都可能知道。你知道吗，他为此感到骄傲，他经常向大家炫耀——关于防卫，他一直都做得很好。他甚至还把一些珍品藏在了自己的卧室里。"

她把抽屉推了进去，又看了一眼桌面，说：

"那个金属盘——遗嘱表格就是在那里被烧毁的吗？"

他点点头说："是的。"

"当你发现布雷丁死亡的时候，它在哪儿？"

他移动到桌子的另一边。

"就在这个边上，离这个桌角只有几英寸。"

"布雷丁先生摸得到吗？"

"当他坐下的时候，如果他的身体向前倾，至少应该可以摸到它。但是他不会以那样一种方式烧毁一张纸。"

"这些火柴放在哪里？"

"就挨着灰盘。"

"在左边，还是右边？"

他们现在隔着桌子，面对面站着，

"你的左边，我的右边。"

她冷静地说：

"你根本就不需要强调这一点，不是吗？无论是谁烧毁的遗嘱表格，他都只会站在桌子的背面，就是你现在站的位置。如果是布雷丁先生自己烧的，我们似乎又找不到他那样做的理由。现在我们唯一可以确定的是：这件事一定不是他坐在桌子的正常位置上做的。"

查尔斯说："确实不需要。"

之后有一个短暂的沉默。这期间，她拿起桌子上那个草稿本，选了一支铅笔，然后把椅子拉到身边，坐了下来。做完这一切，她瞥了查尔斯一眼，然后镇定地说：

"福利斯特少校，你不坐下来吗？我想要做一些笔记。你说布雷丁先生在午饭的时候出现了一次，然后吃完后他就返回了附属建筑。在那之后还有人见过他吗？"

查尔斯已经拿了一把高木凳过来。他只是靠着它，并没有坐在上面。他随意地说道：

"好几个人都见过。据埃德娜·赛格所说——就是办公室的那个女孩——路易斯有一系列的拜访者。就像我告诉你的一样，他们必须要经过大厅。"

"你能告诉我他们都是谁吗，都是什么时候来的？"

他从口袋里掏出来一张纸。

"这个给你，都是很可靠的消息——埃德娜是一个很有条理的人。路易斯在 1 点半吃完午饭就离开了，几分钟后詹姆斯也跟着他离开了。詹姆斯说他就是回去取一本书，取完书他立刻就返回了书房，之后他就一直待在那里。路易斯给他放了一下午假，我认为这应该是没有什么可争议的——餐厅里的人都听到了，是路易斯亲口告诉他的。好了，这就是詹姆斯。接下来，两点半的时候，梅达·罗宾逊，路易斯的那个红头发女人，和一个叫康斯特布尔的家伙一块儿过来了。他跟我一起在突击队服役，前几天他还为此吹嘘了很长一段时间。他和梅达打算先去打网球，然后再去海里游泳。我猜想，梅达去见路易斯就是想委婉地告诉他，她下午要和另外一个男性朋友一块儿出去，不过当然了，她晚饭应该会和他一块儿吃，而且他也不会认为她已经爱上了别人。"他脸上带着动人的微笑，"接下来我要向你传达的信息都是梅达告诉我的，我可不敢保证一个红头发的女人说的都是真的，但是她说的一切都似乎很合理。现在，听好了。梅达一个人去见了路易斯，那个时候康斯特布尔就在大厅里等着。大约 10 分钟后，梅达返回。她说她把包忘在了这儿，她就让康斯特布尔来这儿取。在他离开的同时，她走进了办公室，向埃德娜借用了一下内部电话，她说要给路易斯打个电话，告诉他杰克·康斯特布尔正在过去的路上。埃德娜可以听到他们讲话，但是她听不清路易斯说了些什么，她只能听到他的声音。他似乎很生气，因为梅达离开时忘了关外面的那个防盗门，杰克·康斯特布尔已经进去了。这一点很重要，因为可能会有人偷偷地溜进去——比如说从台球室溜进去，虽然可能性不是非常大，但是确实有可能。"

希娃小姐咳嗽了几声。

"你说从台球室？而不是从书房？"

查尔斯直接与她目光相接。

"詹姆斯·莫伯利在书房，他不需要偷偷溜进去，他自己有钥匙。"

她点点头，"继续说下去。"

"康斯特布尔离开不到5分钟就拎着那个包回来了。然后他和梅达就离开了。他们没去打网球，因为他们觉得太热了。不过他们确实去游泳了。他们离开的时候差不多是2点45分。接近3点的时候，莉莲斯·格雷过来见路易斯。她是我的姐姐，不过不是亲生的。在她3岁的时候，我父母领养了她，他们当时还没有孩子。然后那时候刚好有了我——你可以说我来的不是时候。她还没有结婚，她在盐碱滩有一所公寓。她说她想向路易斯请教一些商业上的问题。这就是她的故事。她说她进入附属建筑的时候，就像杰克·康斯特布尔一样，那个防盗门是开着的。现在杰克说他关上了——你知道的，在路易斯为了忘关门这件事冲梅达发火后，他很可能把它关上了。但是仅仅在10分钟后，莉莲斯发现它又是开着的。她说她以为那是路易斯故意给她留的门。我认为很有可能是那样，因为当她进去的时候，他似乎一点儿都不惊讶。

她说他们谈了大约 10 分钟，都是商业上的事。我母亲留下来的股票正在下跌，她想进行再投资，于是她就过来问一下路易斯的想法。他告诉她要坚持政府发行的有价证券，她说她会考虑的，然后她就离开了。她也记不清她走的时候有没有把门关上——她就是那样一个含糊不清的人。她离开俱乐部的时候是 3 点 10 分。就在她离开的时候，海斯特·康斯坦丁从楼梯上下来，转身进入了那条走廊。她是玛拉的女儿，一个很笨拙的女人，她快 40 岁了，至今仍然是单身，我想应该不会有人认为她是凶手。她说她去了书房。詹姆斯在那里，她待在那里一直和他聊天。大约 10 分钟后，我就来了，我发现路易斯已经死了。"

希娃小姐正在低头看着她在草稿本上做的笔记。

"康斯特布尔是你的朋友吗？"

查尔斯点点头。

"他和罗宾逊夫人在 2 点 45 分离开了俱乐部。在 3 点 20 分的时候你发现布雷丁先生已经死了。关于他死了多久，我认为你心中一定有一个判断，但是你并没有说出来。格雷小姐说她走的时候他还活着。如果情况真是这样的话，那当你发现他的时候，他才刚死没几分钟。凶手自然是在格雷小姐离开后才冒险开枪的。有人听到枪声吗？"

查尔斯摇摇头。

"他们不可能听到。这个地方是隔音的，尤其是这个房间，它被建在山丘里面。"

希娃小姐说：

"那么福利斯特少校，现在有这些可能性。如果每个人说的都是真话，那么布雷丁先生就是在格雷小姐离开之后和你到来之前的这段时间被杀的，中间只有 10 分钟的时间。在那段时间里，除了康斯坦丁小姐以外，就再也没人进过大厅。而且她有足够的时间进入这个房间，开枪杀死布雷丁先生，然后返回书房。关于这一点，莫伯利先生有没有提供些什么证据？"

"他说她是 3 点 10 分到书房的，然后她就一直待在那里直到我报警。"

希娃小姐非常直接地看着他。

"她是怎么说的？"

"她说他俩一直待在书房。两个人都是那样说的。"

希娃小姐咳嗽了几声。

"他们是朋友吗？"

他犹豫了一下，

"她很少和朋友待在一起。玛拉一直让她在家里忙碌。"

"聪明杰出的母亲和被压制的女儿——很罕见，很危险的一种情况。"

查尔斯笑了笑。

"我想不出海斯特有什么理由要杀他，而且我觉得任何人应该都想不出。"

希娃小姐瞥了一眼她手里的草稿本。

"我们先把康斯坦丁小姐放在一边，我们现在还是假设所有人说的都是实话——尽管这种情况在一个谋杀案中不太可能发生——这个案件中最明显的线索就是附属建筑的门。我想，以布雷丁先生的习惯，他应该不会让门开着。"

"当他在这里的时候，他偶尔会让里面的门开着。不过外面的那个门一直都是关着的。"

"他两周前好像跟我说过，我有点儿印象。"

查尔斯点点头。

"只有两把钥匙。他有一把，詹姆斯有一把。如果路易斯出事的话，詹姆斯就会有麻烦，所以路易斯很信任他，就给了他一把钥匙。其他没有人有钥匙。在我看来，路易斯绝对不可能会让那扇门开着。"

"但是它确实是开着的。"

"是梅达。她急于去游泳，走的时候忘了关门。"

希娃小姐又咳嗽几声。

"那就是我们的第一条线索。绝对不会只有这一条线索，一定还有其他的线索。罗宾逊夫人出来后，康斯特布尔就返回去取她的包了。他在 2 点 45 分的时候出来，他说他把防盗门关上了，但是 10 分钟后格雷小姐发现它是开着的。你说她也不确定她 3 点 10 分出来的时候是不是把它关上了。当你 3 点 20 分到这儿的时候，你发现它是开着的。因此在罗宾逊夫人离开后，那个门一直都是开着的，一直到康斯特布尔返回到那儿拿回她的包把它关上。这中间应该有一两分钟吧。在这段时间，除了康斯特布尔他自己以外，就再没有别人通过大厅了。但是有可能有人在这段时间从台球室溜进去，然后藏在里面——可能是莫伯利的房间、浴室或者其他的某个房间。不过他也有很大可能是在后面的门开着的某一段时间藏进这个建筑的。格雷小姐在将近 3 点的时候发现它是开着的，你在 3 点 20 的时候发现它是开着的。我们不知道是谁打开的，那就意味着我们不知道它开了多久。康斯特布尔少校可能错以为自己把它关上了。我注意到，它是通过一个弹簧关上的，他那时候很匆忙，所以它有可能在格雷小姐到那儿之前的整个 10 分钟都是开着的，而且在你到那儿之前的 10 分钟有可能也一直都是开着的，这些我们现在都无从得知。我们现在所知道的就是在那几个时间段里，除了康斯坦丁小姐以外，再没有别人经过大厅了。"

查尔斯皱起眉头。

"可能有人已经在台球室里……"

"有这种可能吗？福利斯特少校。我们刚刚经过那扇门的时候，我推了一下，发现它是锁着的。"

查尔斯停顿了一会儿。他的表情严肃了起来。他的眼睑下垂，几乎盖住了眼睛。突然他站了起来，把手插进口袋里，说：

"那个房间被封了。"

希娃小姐对着他点点头。她的表情很不显眼，但是如果你注意看，你就会发现她此刻就像是一只感知到虫子的鸟儿。

"昨天也是锁着的？"

他看向旁边，说：

"那个房间被累垮了。有一些建筑材料出了点问题——这会是这个周末的一大难题。男人们的东西都还在里面。"

"那么昨天窗户和门就应该都是关着的，对吧？"

"可能是关着的。"

"这个问题是可以被验证的。"

她撕下做了笔记的那张纸，把铅笔放回盒子里，摆正吸墨盘，然后站了起来。

"福利斯特少校，非常感谢。"

第二十章
再临盐碱滩

　　史黛西乘公交到了盐碱滩区域。她现在离目的地只有一步之遥。太阳炙烤着大地，无比炎热。光秃秃的路上没有任何遮蔽物，幸运的是她有一把太阳伞，那是玛拉·康斯坦丁强塞给她的，那是把老式的大伞，表面是土灰色的，不过内衬是很明亮的绿色。

　　盐碱滩的那棵树进入了她的视野。她走到大门口，转身进入，像极了一个归来的鬼魂。生活中闹鬼是一件非常恐怖的事，它会吓得你蹑手蹑脚，头发直立，把你所有的勇气都摧毁掉。但是对于那个可怜的游魂来说，它又回到了自己曾经深爱的地方，此刻它的内心又是怎样的呢？是不是也浑身战栗呢？当她走到那个大房子前，准备迈上楼梯的时候，她感觉自己像极了一个游魂。

　　房子的前门很宽，大厅已经变样了，地毯也从地板上消失了。里面多了一个电梯，它被安装得非常巧妙。此刻，它正在楼梯井里快速穿梭。除此之外，在阴暗的角落里还有一些以前的肖像画。

她走过去想看看有没有自己的肖像画。查尔斯的公寓在一楼，她刚好看到了他的名字，她被吓了一跳，然后匆忙地爬上了楼梯。电梯是自动的，但她非常不喜欢它，而且，她也不想那么快就到达目的地。她有三年没在这个楼梯上走过了。这本来就要成为她的家了——不是她的家，是史黛西·福利斯特的家。她不再是史黛西·福利斯特了。她又变回了史黛西·梅因沃林。她有些恍惚——仿佛时间已经交错——仿佛她同时在两个地方——仿佛今天不是今天，而是一种奇怪的东西。

她已经走到了顶层，找到了写着莉莲斯·格雷的那扇门。她举起手敲门。门开了，莉莲斯说：

"你迟到了。请进。天气太热了，不是吗？"

史黛西刚刚还在思考见面时她要说什么，莉莲斯会说什么，但是现在看来，一切都很简单。她什么都不必说——因为她现在已经气喘吁吁了。莉莲斯想要向她介绍一下这个公寓，以此来说明查尔斯以及建筑师是多么聪明。

"你看，这之前是我母亲的卧室，现在它被分成了卧房和客厅，而且空间足够大。我不喜欢太大的房间，你呢？以前这是一个巨大的房间，你应该记得它。从这两扇窗户能看到大海的景色。然后这边请，那个更衣室已经被分成了一个厨房和一个浴室。我敢肯定你已经认不出它了，对吗？"

的确，她已经认不出它了。她现在待的这个房间以前是她和查尔斯的卧室，现在它变成了莉莲斯的客厅。外面那个已经被分割的更衣室里以前放着查尔斯的办公桌，现在那个地方放着的是厨房的水槽。那个时候，他就站在那里，手里拿着达默里斯·福利斯特的项链。现在，她的内心有种无法忍受的厌恶感，而且她已经把这种厌恶感强加到了那个水槽上。

"改得非常好，不是吗？"莉莲斯·格雷说。

莉莲斯一边忙着沏茶，准备黄瓜三明治，一边和她交谈。她扮演了一个迷人的女主人的角色。她只能告诉自己这是她自找的。这都是她自己的错，她就不应该来，但是既然已经在这儿了，她也只能表现出很乐意的样子。当她这样做的时候，她脑海里突然蹦出了一个疑问——为什么莉莲斯要邀请自己来这儿，这种近乎狂热的谈话背后到底隐藏着什么？莉莲斯讲得太多了，精力显得有点儿过于充沛。同样地，她今天的妆也太过了，画得太浓了。她蓝色的眼睛很明亮，脸颊经过了粉饰，嘴唇上也涂了口红，这些都做得很好，但是却让她看起来有点儿显老。

那是史黛西内心的第一个困惑。第二个让她困惑的是：已经过去半小时了，她为什么没有提起路易斯·布雷丁。最后，她放下杯子，说："不用了，谢谢。"莉莲斯迅速地说："不再喝点了吗？"她摇摇头。莉莲斯正在假装什么事都没有发生，但是史黛西可不会让她得逞。她停了一会儿，说：

"路易斯那件事太让人痛心了。"

莉莲斯脸色突然大变，胭脂红的皮肤变成了苍白色。她有些颤抖地说：

"别提了！你不知道，我还被警察召见，并且被要求做了一个笔录。"

她刚刚虽然说了"别提了",但是她的声音却依旧显得很有力。她的双手在膝盖上放着,一直在不停地扭动。她美丽的头发闪闪发光,宛如戴了一个光环。

"我一直都在说可能要发生一些可怕的事。他那些珠宝都太值钱了。"

"那些珠宝是怎么处置的,被带走了吗?"史黛西好奇地问。

"我也不知道。警察什么都没告诉我。他们就是一直问我一些愚蠢的问题。我在路易斯那里没待多久。我去的时候,那个门是自己开着的,然后我就直接走进去了。我就是想问一下路易斯我应该如何再投资我母亲留给我的那些钱。它是一笔已经还清的抵押贷款。我以为路易斯会有好的建议,但是他仅仅告诉我'把它投到政府证券里'。你知道的,他就是那样的一个人。他真的很讨厌,我非常后悔去找他,所以我就没怎么在那里待。"她的双手仍然在扭动,"他已经死了,我们也不用假装他就是一切,我们都知道他并不是。但是,我真的对他的死感到沮丧。"

史黛西很好奇为什么莉莲斯会想到去请教路易斯·布雷丁。他不是会招致那类事情的人,况且他和她关系也并不好,他并不是很喜欢她。史黛西并没有把心中的疑惑直接说出来,她换了个说法:

"你为什么不去请教查尔斯?"

莉莲斯急匆匆地做了个手势。她迅速地说:

"我不能去问他。我指的不是那些钱的问题。"

史黛西感到自己的脸颊在燃烧，地面仿佛已经坍塌了，燃烧的气息正从破裂的地壳喷涌而出，向她的脸上喷去。

莉莲斯身体前倾，低声说道：

"我很害怕……"

史黛西的指甲抠进了手掌里。

"为什么？"

莉莲斯开始颤抖。

史黛西重复道："为什么？"她已经喝了两杯茶了，但是她仍然感到嘴唇很干。

黑色睫毛间的那双蓝色大眼睛在注视着她。莉莲斯说：

"和查尔斯自己有关。"

"为什么？"她似乎无法摆脱那句话。

从那双蓝色的眼睛里，可以清晰地看到恐惧从中溢出。

她低声说：

"如果那件事是他干的……"

史黛西脑子里瞬间出现一句话："胡说！"，它是一种宽慰自己的反应。她在想着如果把它大声说出来，它会是什么样子。她的声音坚定有力，听起来很不错。

"胡说！"

莉莲斯哆嗦了一下。她的声音仍然很小，听起来非常愚蠢、诡异。

"史黛西，我很害怕。这就是我为什么要见你的原因——在你刚到的时候，我没有说出来。但是我必须要跟某个人说，不然的话我会疯掉的。"

史黛西正为自己刚刚的反应感到惊讶。她又说道："胡说！"她冷静地盯着莉莲斯，她想或许她应该用那个老式的卧室水壶装满冷水，直接浇到莉莲斯美丽的头发、睫毛以及全身所有的地方。现在莉莲斯或许正处于心惊肉跳中，但是她不可能会再让史黛西感到心惊肉跳了。三年前，她做到了，但是今天，不可能了。史黛西坐直身子，很冷酷地说：

"莉莲斯，你真的在胡说八道！我想你最好还是别再说了！"

莉莲斯闭上了眼睛。长长的睫毛有点儿湿润。她筋疲力尽地说：

"那个人只能是你，我只能和你一个人说，其他人我不放心。"

你就算想起把整壶水倒在她头上又有什么用呢，你并没有装满水壶的水可以倒。她尽可能大声地说：

"你都在说些什么？如果你有话要说，就赶紧快说。"

她睁开眼睛。

"史黛西，我没想过……"

"最好是。你也不会对其他任何人讲的。"

"我绝对不会。它和查尔斯有关。他对我来说就是一切，你知道的，他一直都是。他做过什么一点儿都不重要，他就是我的一切。"

史黛西说："莉莲斯……"

"我必须要把它说出来——和你说不是更好吗？因为即便是现在——你也不想伤害他。"

史黛西说："不会……我不想对他造成任何伤害。"

"好，那么就让我们聊聊吧。我昨晚一整夜都没睡。我一直都在想，'假如真的是查尔斯——或者假如他们都认为是查尔斯。'"

"为什么？"

莉莲斯突然又变得精力充沛了起来，她说：

"你不明白吗——你以前不是这么傻的——我是下午 3 点 10 分离开的，那时候路易斯还活着。他正坐在桌旁，他仍然还活着。仅仅过了 10 分钟，查尔斯就来了，他说他发现路易斯死了。如果路易斯不是自杀的，那会是谁杀了他呢？查尔斯说警察不相信他是自杀的。我不太明白为什么，但是他们就是不相信。那么是谁杀了他？为什么要杀他？什么东西都没有丢，也没有任何闯入保险库的痕迹，就算有人想偷，有谁会选择在下午呢？我在下午 3 点 10 分的时候离开，查尔斯在 3 点 20 分的时候来——中间时间根本不够。如果他不是死于那些不祥的收藏，那么他为什么会被杀？"

史黛西举起一只手。她很好奇为什么她举起它的时候，她竟然感觉到它有点儿冷。

"停！莉莲斯，你不能首鼠两端。你开始的时候说你总觉得那些收藏会引起什么可怕的事。你现在又说没有人试图偷那些东西，就算是偷也不会在下午。然后你最后说，'如果他不是死于那些不祥的收藏，那么他为什么会被杀？'你正在从两端开始争辩，然后在中间相撞。你必须要下定决心，选择你想要的那种方式并且坚持下去。"

莉莲斯双手都在有节律地敲击着膝盖。

"根本不是那样的！那是我们必须要说的——我是指收藏。我们必须要说它们，并且要紧跟它们。有人躲起来了，然后当门打开的时候，他就偷偷溜进去了。梅达和杰克·康斯特布尔一定忘了关门——他们一定没关。我们必须得说，一个小偷溜进去躲了起来，然后杀死了路易斯，当查尔斯来的时候，他又躲了起来。"她睁大眼睛，凝视着史黛西，"有可能是那样的，不是吗？如果我们继续这样说下去，就很接近了……"

"那么你为什么不呢？你一开始说是由于珠宝，然后又开始摇摆不定，说没人会在下午去偷那些珠宝，你为什么要那样说？"

泪水漫过了莉莲斯的眼睛。

"因为那是我的真实想法——因为我是在和你谈论。我一开始说是由于珠宝仅仅是为了查尔斯，我相信换了你也会那样说的。但是路易斯并不是由于收藏被杀的。"

"你知道他为什么会被杀？"

"如果冷静下来想一想，任何人都会想到。他打算和梅达结婚。他已经立下了一个受益人是她的遗嘱——一个极其愚蠢的遗嘱表格。我和你说，我在那儿的时候，看到它了，它就在桌面上放着。他看到我正看着它，就用一种极其厌恶的语气对我说，'你看起来很感兴趣。那是我的新遗嘱。恐怕查尔斯不会喜欢它。'"

"他告诉你他要和梅达结婚了吗？那个遗嘱里都写着什么？"

"他当然告诉我了，而且还是以一种极其讨厌的嘲讽的语气。那也是我为什么不想继续待在那里的原因。你还不明白发生了什么吗？如果他和查尔斯说了那些话，那么查尔斯就会……而且在抽屉里还有一把左轮手枪。"

"你知道它放在哪儿？"

"每个人都知道。路易斯想让每个人都知道——他经常故意让那个抽屉开着。现在你还不明白发生了什么吗？查尔斯看到那个遗嘱和那把左轮手枪……"

史黛西说："我认为你完全在胡扯。"

莉莲斯现在脸色恢复正常了，再次变回了胭脂红。她的眼睛闪闪发光。她用一种高而清晰的声音说：

"那么是谁把那个遗嘱烧了呢？除了查尔斯外，它对任何人都没有影响，它只对查尔斯有影响。别人为什么要烧掉它呢？"

"它被烧掉了？"

"当然！查尔斯没告诉你吗？"

"我还没见过他。他什么都没跟我说。"

"他不会告诉你的——他不会告诉任何人。是警察告诉我的。那个遗嘱在一个金属盘里被烧成了灰。他们问我是否看到了它？我在那里的时候是否已经被烧毁了？它那时候还没有被烧毁，那么是谁烧毁了它？"

史黛西很冷静地说：

"我不知道。但是我知道你在胡扯。如果你真的关心查尔斯，那么你应该停下来别再说了。我猜，你并不想把自己的想法强加到别人的脑子里。"

莉莲斯情绪彻底失控了。她把她的胳膊放到了椅子的后面，头枕着它们开始缓慢地哭了起来。

这个房间在树荫下，温度刚刚超过 80 华氏度，但是史黛西并没有感觉到一丝凉意。她砰的一声把门关上，用一种厌烦的语气说："荒谬！"她的语气中不仅带着一些对那种臆想症的厌恶，同时还带着一些愤怒——这是一种冰冷的愤怒，但是它却比盛怒更加有力。过了一会儿。她说：

"看在上帝的面子上，你赶紧振作起来！如果你真的爱查尔斯，我相信你会振作起来。"

莉莲斯继续抽泣着，但是她又成功找到一些话要说。没有什么可以阻止莉莲斯找话说。

"你是知道的，我愿意为查尔斯做任何事。无论如何，我都不会伤害他，令他痛心。这些年来，我难道没有帮他掩盖所有的事情吗？你不会知道那是一种什么样的体验，否则你对我就不会那么不友善了！"

这种谈话可以一直持续下去。谈话的主题已经有些变化——这种变化也可以一直持续下去。当她快要冷静下来的时候，史黛西走到浴室拿回来一条干毛巾和一张湿面巾。莉莲斯被说服坐了起来，她很随意地轻擦了一下眼睛。她的妆被破坏了，所幸并不是破坏得很严重，只是有点儿变形而已。啜泣已经平息了下来，取而代之的是一声叹息。

"我真的很抱歉。但是你会理解的，不是吗？我只是再也忍受不了了。我必须要去收拾一下自己。"

史黛西必然会等着。她起身的时候说了句："我现在就去，不会很久的。"

过了好几分钟莉莲斯才回来。此刻她虽然显得有些苍白、难过，但是整个人看起来已经相当正常了。她告诉史黛西她好多了。

"我自己一个人坐在这里，除了思考什么都干不了。对了，你说你不会对任何人说起它，也包括查尔斯吗？"

"我现在不太可能见到他。"

莉莲斯很温柔地叹了声气。

"你可以的。他最近经常要去俱乐部。"

史黛西环顾了一下她刚刚关上的那扇门，眼里充满了冰冷的愤怒。

"我可以走到他面前说，'莉莲斯告诉我她认为是你把路易斯杀死，并且把那个遗嘱烧毁。'"

那双蓝色的眼睛里充满了泪水。

"哦，史黛西！"

史黛西已经忍受了她所有能忍受的场景，她再也忍受不了了。她现在要做的唯一的事情就是离开。她说：

"对不起，莉莲斯，但是确实是你自讨苦吃。你知道吗，我不是你应该倾诉的对象。再见。"

史黛西压回了内心的怒火，又一次砰的一声关上了那扇门。

第二十一章
偶遇查尔斯

史黛西走下楼。一切都已经结束了。这是她自己的错，她本不必来的，她已经让盐碱滩变得像个吸引她的磁铁一样。现在一切都结束了，她不必再想它了。这时一个可怕的声音在她耳边轻声响起："你会经常想起它的。"

她走到台阶上，感受到了阳光。外面仍然非常热。她在那儿站了一会儿，心想自己是否要撑起玛拉·康斯坦丁的伞。尽管她的内心仍然冰冷，但是她还是不喜欢这种耀眼的光芒。正在她犹豫的时候，一辆汽车从大门口开了进来。她现在最不想碰到的就是查尔斯。那会是他吗？

她还没有做出决定要不要撑伞，他就从汽车上走下来，向台阶跑了过来。没有微笑，没有问候，只有一只抓住她胳膊的手和一句简短的"我希望我已经抓到你了"。

"我刚准备要走。"

"你不能走。我要和你谈一谈。跟我一起进去吧，你还没有见过我的公寓。我有台球室，男管家的餐具室，房产中介口中的办公室。所有的房间都很宽敞。我认为亚当斯做得非常好。一起进去吧！"

她又被拉进了那个大厅。查尔斯打开了一扇门，他们走了进去，身后的门自动关上了。她没有时间考虑亚当斯先生的能力。她只看到里面有一个客厅，一段走廊，另一扇门和一部分台球室，台球室有两个窗户，它们直接通向花园。直到他们出现在公寓里，她才成功地说：

"我真的应该回去了。"

查尔斯说："不。"他走到窗边，向外看去。当他背对着她站在那儿的时候，史黛西感受到了他的思想、感觉以及情绪。她感到惊慌失措，她有一种想要逃跑的欲望，但是她却迈不动自己的双腿。她的舌头也不会动了。她就只能站在那儿。

过了一会儿，查尔斯转身说：

"一切都很乱。我很抱歉你也被牵扯了进去，但是情况就是这样。"

腿和舌头又恢复了正常，这令她深感欣慰。她说：

"如果有什么我能做的……"

查尔斯皱起了眉头。那不是他生气时的表情，那意味着他正在思考，他说：

"有。当你出发的时候，你看到跟我一块儿回去的那个女人了吧？"

"那个有点儿古板的人？"

"是的。你可别笑。她是个私人侦探。坐下来，我告诉你，路易斯两周前去找过她。"

当他们肩并肩地坐在沙发上的时候，她意识到自己在短时间内不可能站起来了。她的大脑一片空白。

她说："路易斯……"然后就卡住了。

查尔斯说："我知道——那件事让人不可思议。她本人也令人不可思议。但是那件事已经发生了，所以她的事情也发生了。由于路易斯感到不安，所以他就去拜访了她。他想让她去一趟沃恩。她不喜欢他，所以没答应。今天上午，她收到了一封他的信，上面说事情有进一步的发展，在结束的时候他再一次请求她去沃恩。她放下那封信，拿起上午的报纸，看到了头条新闻。与此同时，路易斯也在他桌子的抽屉里给我留了一封信。上面说要是有什么事发生，让我一定去找希娃小姐帮忙。"

"查尔斯！"

他点点头。

"他感到不安，难道他有预感？我不知道，你也不知道，没人知道。他是从兰道尔·马奇那里听说的希娃小姐。兰道尔是郡警察局局长，希娃小姐以前是他的家庭教师。"

"她看起来确实很像家庭教师。"

"我知道。但是她令路易斯印象深刻。不知何故，她确实会令人印象深刻。她给我看了他的信。不管你信不信，她确实让他印象非常深刻，他竟然告诉她费用她可以自己来定。不知道是怎么一回事。"

史黛西的脸上露出了怀疑的表情。这一点他已经预料到了。

"路易斯那样说的？"

"他确实是那样说的。"

大家都知道，路易斯在收藏以外的事情上几乎不会花一分钱。他们停顿了一会儿，两个人都在沉思。然后查尔斯说：

"所以你明白了吧，她一定有了不起的地方。我带她喝完茶后，我们就去了附属建筑，我真的对她佩服得五体投地。刚刚我说的都是铺垫，接下来才是我真正想和你说的。我想让你把你之前告诉我的事讲给她听，我是指你在晚上醒来时听到的那些。"

史黛西看起来非常惊讶。

"查尔斯，我不能！"

"为什么？"

"因为那不可能和路易斯被杀有任何联系。"

"为什么不可能？他去见希娃小姐的时候就是那样告诉她的。他说他睡得有点儿死，当他醒来的时候他感觉有人进入了附属建筑——那种感觉很模糊，但是他感觉他被下药了。你听到的刚好和这种情况符合。"

史黛西脸上惊讶的表情已经演变成了一种痛苦的表情。她说：

"没错，但是，查尔斯，我认为它不同寻常。有些事情我不能告诉你。我认为它是不公平的。"

"好的，亲爱的，你可以继续寻找你那完全的公平。但是不管怎样，你要干你该干的事。你知道吗，可能就因为不肯复述一件你知道的事，凶手就逍遥法外了！那样的话你就只能来牢房里看我了。或者是说你已经是一个离婚的妻子，我怎么样对你已经不重要了？我们应该要查明真相！"

"不！"

他挑了挑眉毛。

"我也不想。但是情况就是这样，我是最大的嫌疑人。警察肯定认为我就是凶手。现在处于最初的阶段，他们对我还很礼貌，但是他们确实认为是我干的。因此，如果你知道一些事情而且你又不想挫败我的话……"

她很不安地说："查尔斯。"

他说话的态度改变了。

"这是希娃小姐说的一些话，它让我幡然醒悟。她说大多数人心里都藏有一些东西。就一件谋杀案来说，不仅仅只有凶手在掩盖一些东西。好了，你现在可以明白事情是如何变复杂的。如果你知道一些事情———一些你并没有告诉我的事情……"

"那时候，路易斯还没被杀。听着，我现在告诉你它是什么，到时候你自己就会明白它是否和路易斯的死有联系。"

"没错，你最好还是告诉我。"

她坐在沙发的角落里，把手放在了大腿上，坐直了身子。她手指上没有戒指——她已经把她的结婚戒指取了下来。他瞥了一眼她赤裸裸的无名指，她迅速地低声说道：

"我告诉你，它是一件完全不同的事情，就发生在我跟你谈过话之后的那个晚上。我又一次听到了那种声音，尽管我是从噩梦中醒来的，但是我认为是那个声音把我弄醒了。我站起来，向窗外望去，外面玻璃通道里的灯刚好亮起来。我醒的时候它还是关着的，然后它突然就亮了起来。查尔斯，我认为有人，我自始至终都认为有人从附属建筑出来进入沃恩屋。而且两次都是。"

他摇摇头。

"通道里灯的开关都在附属建筑里。"

"我知道，我不是在争论那个问题。我只是想要告诉你我当时的想法，正是由于那种想法，我才会跑到楼梯上往下看。"

"你看到什么了吗？"

"我看到了海斯特·康斯坦丁。"

"可怜的孩子！你一定是在做梦！难怪你会说它是一个噩梦！"

"查尔斯，我是认真的。"

"你真的看到了海斯特·康斯坦丁从附属建筑里走了出来？"

"我不知道她是不是从附属建筑里出来的，她有可能是和詹姆斯·莫伯利待在书房里。但是可以肯定的是，一定是詹姆斯·莫伯利把灯关上又打开了——除非你认为那是路易斯自己干的。"

"愿心怀恶意者受谴。我当然不会认为是路易斯干的。海斯特·康斯坦丁！我认为不会！"

"那么就是詹姆斯·莫伯利了。海斯特·康斯坦丁也是个可怜的人。但是当时她看起来与平时完全不同，她面露喜色，非常高兴。她披着玛拉·康斯坦丁的那件带着绣花的披巾。查尔斯，她……我不可能会看错的。那两个可怜的家伙在一起真是一件可怕的事。玛拉说路易斯一直待他如草芥，他的灵魂不属于自己，但是她并没有看到其实海斯特的灵魂也不属于自己。如果他们两个人紧紧拥抱在一起只是为了试图去寻求一点儿幸福……"她向他伸出自己的双手，"查尔斯，你还不明白吗？如果我们把他们扔到警察局，那该是多么残酷的一件事啊！"

他说："可怜的老詹姆斯！"然后接着说道，"如果我们自己可以调查，他就不用去警察局。但是我认为我们必须要把这件事说清楚。背后的事情远比你所知道的复杂得多。如果詹姆斯一直在掌控着灯的开关，让其他人在晚上进入附属建筑——姑且不说麻醉他的老板——我认为他有必要解释一下这是怎么回事，他可以先私下里向希娃小姐或者我解释一下。"

史黛西说："我感觉糟糕透了。"

他轻轻地握住了她的手。这一刻好像他们又回到了以前。

"亲爱的，这种情绪对女人来说很正常。但是我不能因为詹姆斯太脆弱就不去问他一些很直接的问题。我不想因此戴着手铐被警察带走。"

史黛西内心的天平又摆动了回来。就像对莉莲斯说的一样，她说："胡说！"但是不同的是，这次语气中透露出一丝担忧。她并不知道他现在处境多么危急，但是如果他处于完全危急的情况下……

查尔斯说："如果有可能的话，我不想因为谋杀而被逮捕。"她还没来得及说些什么，他就接着说，"你对莉莲斯的拜访进行得怎么样？"

"挺顺利的。"

"我可怜的宝贝，你看起来有点儿疲惫！"

第二十二章
马奇到来

在查尔斯和史黛西在盐碱滩谈话的同时，兰道尔·马奇从他的车里下来，走进了沃恩屋的大厅。他正在办公室前询问莫德·希娃小姐的下落。埃德娜·赛格认为他长得很好看。她喜欢像查尔斯·福利斯特那种强壮的黑种人，她也喜欢兰道尔·马奇这种长着漂亮棕色头发、沉着、蓝色眼睛的男人。他看起来很健壮。她认为希娃小姐非常幸运，能让这两个男人一个接一个来找她。她不知道到底是什么吸引他们都来找希娃小姐。她过去找到她，希娃小姐给了她一个礼貌的回答：

"马奇先生？哦，当然认识。他是我以前的学生。他真是太善良体贴了，亲自过来拜访我。"

埃德娜说："我已经把他安排在那间小小的等候室里。你们在那里是不会被打扰的。"

希娃小姐脸上洋溢着微笑。

那间小小的等候室在房子的背阳面。在寒冷的日子里，它一直都蒙着阴暗黑洞的污名。现在是炎热的夏夜，里面虽然非常凉快，但是去的人仍然非常稀少。所以，希娃小姐也认为他们的谈话是不可能被别人打断的。

她看到那位郡警察局局长正在那儿站着。在他背后，有一个用于葬礼的黑色大理石壁炉架，上面有一个壁炉钟，幸好它是金色的，稍微缓解了这种压抑的氛围。

他们自然会相互致以最亲切的问候，紧接着，她问起了他的母亲："听说她最近感冒了，我很担心她。"最后，她又问起了他的妹妹玛格丽特和伊莎贝尔。

看到兰道尔·马奇现在的样子，你很难相信他以前是一个非常娇弱的小男孩，也正是由于这个原因，他才和他的妹妹们在同一个讲堂上课。他小时候被宠坏了，在希娃小姐去之前，他成功击溃了两个家庭女教师，他认为希娃小姐也只是炮灰而已。当地的医生认为让他遭受挫败会对他的心灵造成伤害，马奇夫人就把它讲给了希娃小姐听，听过之后，希娃小姐非常同情他，于是她就打消了那种念头，然后建立了一个非常欢快的课堂氛围，并且一直保持了下去。这种教学方法为兰道尔旺盛的精力提供了一个更有趣的发泄口，因此他在课堂上再也不调皮了。从那以后，他一直对他的老师怀有崇高的敬意，直到现在都是。而对于她来说，尽管她对他们兄妹三个都很亲切，每次都会细心地询问他的妹妹们的情况，但是她对兰道尔的喜爱却不胜言表。

寒暄结束后，她坐了下来，拿出她还未完成的针织品。淡粉色的毛线已经织了一寸宽——她正在织一件婴儿背心。

兰道尔·马奇坐在她的对面说："还顺利吗？"

"挺顺利的，你呢？"

"也挺顺利的，我会处理好这件事的。我想要看一下布雷丁写的信。"

她从那个针织包里把它拿了出来。

他身体前倾，从她手里接了过来。他迅速浏览了那几行字：

"亲爱的女士：

我写这封信是为了让你重新考虑你的决定。事情有进一步的发展。这件事非常机密，目前，我还不想去警察局。这是一个舒适的乡村俱乐部。我已经给你订好了一个房间，我恳求你一定要立刻赶来。收费标准你来定。如果你给我打电话让我知道你坐的是哪趟火车，我会去莱顿接你。

敬启

路易斯·布雷丁"

马奇抬起头说：

"进一步的发展指什么？"

"我也不知道。"

他皱着眉，盯着信看了一会儿，然后说：

"你只见过他一次吗？"

"是的。"

"你可以告诉我他都说过什么吗？"

她正在快速地织着她的针织品。淡粉色的羊毛线在转动。过了一小会儿，她才回答他：

"我认为我必须要告诉你。"

她一字不差地把路易斯·布雷丁告诉她的东西全部讲给了他。当她说完后，他冷静地说：

"他是自作自受。你知道的，他做的这些对莫伯利先生来说非常糟糕。听着，接下来你或许会想要做些笔记。我这里有一份枪击发生当天的整天时刻表。"他从旁边的小写字台拿起铅笔和一张纸。

她把针织品放下，接过了那支铅笔。他从身边的盒子里拿出一捆文件，从中抽取了一份，说：

"找到它了。布雷丁乘上午9点半的公交去了雷德灵顿。上午10点15分的时候，他去南方银行和银行经理见了个面，并且在银行经理以及银行的一个职员的见证下在一份遗嘱表格上签了字。他还说，过不了多久他就会得到祝贺。一个叫梅达·罗宾逊的女士说，他已经在前一天晚上向她求婚了。"

希娃小姐点点头。

"福利斯特跟我讲过罗宾逊夫人。他还给了我一张时间表，上面清楚地记录了昨天下午都有什么人在什么时候来找过布雷丁先生。"

"哦，那就省事多了，我只需要给你上午的时间表就行了。布雷丁返回这儿的时间是上午11点30分。然后他直接去了书房——我认为你应该知道了。"

"是的。"

"他在里面待了大约半个小时。詹姆斯·莫伯利跟他在一起。其中一个服务员无意中听到了他们的谈话。他说第二批邮件中有一些布雷丁的信,他正要给他送去,但是走到门口的时候他听到他们在争吵,他就站在门口犹豫不决,不知道到底要不要进去。毫无疑问,他听到了他们的高嗓门,而且他听得还很认真。他发誓说,他听见莫伯利说,'我不能而且也不会再忍下去了。'布雷丁先生发出了一阵阴险的笑声,然后说,'恐怕你必须要忍受下去。'莫伯利说,'我绝对不会了!'布雷丁又笑了笑,并且问他他要怎么做,莫伯利说,'你马上就会知道的。'之后,那个叫欧文的家伙似乎认为自己已经在那儿站了很长时间,于是他就敲门进去了。他说布雷丁正在桌子前坐着,而莫伯利正站在窗边向外看。莫伯利也承认他们确实有争论。"马奇放下一直在读的文件,然后拿起了另一份,"这是他的供词,水分很大,说的都是些没用的,你听了就明白了。他说:

'上午 11 点半的时候我正在书房,这时布雷丁先生进来了。我就利用这个机会告诉他我想辞职。我辞职并非因为两人有分歧或者有任意一方不满,而是由于我长期生活在非自然的条件下,身体健康受到了严重的影响。我的许多工作都要在附属建筑里完成,而且我还必须要睡在那儿。新鲜空气和阳光的缺失正在影响我的健康。布雷丁先生很生气,他说他不会让我走的。欧文不经意听到的那些完全正确,但是我们并不是在争吵。他只是对我的辞职感到生气,而我只是在坚持我的意愿而已。上午 11 点 55 分的时候，布雷丁先生去了附属建筑。大约一两分钟后，我也跟着他去了附属建筑。我自己有钥匙，因此我自己就可以进去。我听到他的声音从他的卧室里传出来。他正在打电话，于是我就停住了——那个地方是通向他卧室和实验室的走廊。我待在走廊的远端，因此没有听清他说了些什么。当他挂电话的时候，我就打算去找他，但是他又拨通了另外一个电话号码。我无法辨别号码是什么，只能辨别他说话的语气。听起来他似乎很生气，就在电话快结束的时候，我听到他说'你最好'，这个词的声音最大，然后他就挂了电话。我就进去找他，告诉他我不会收回我的辞职申请，但是我会等到他同意才会离开。然后我就回到了书房。午饭时间到了，我从那儿直接去了餐厅。当他吃完午饭后，他走到我旁边，对我说我下午可以休息，因为他下午不需要我。'"

这时，马奇抬起头。

"很明显，他们两人吃饭都是在俱乐部里。我问他，他们是不是经常都在不同的餐桌吃饭，他说是的，他们的吃饭时间不同，而且他们都更喜欢自己一个人。俱乐部的员工都证实了这一点。好了，我要继续了。没有多少了。"

他又回到詹姆斯·莫伯利的供词上。

"'没过多久我就离开了餐厅，去我的房间里取一本书。像往常一样，防盗门是锁着的，我用我的钥匙打开了它。几分钟后当我返回俱乐部的时候，我确信我把它关上了，因为我经常那样做。当把它关上的时候，它会自动锁上，我十分确信我把它锁上了。我去了书房，整个下午我都在那儿读书。我听到了3点的钟声。

大约 10 分钟后，康斯坦丁小姐推开了门。看到我自己一个人在那里，她就进来了。我们就坐在那里聊天，一直到福利斯特少校报警。我们自始至终都待在一起。我们没有离开过那个房间。'"

希娃小姐说：

"书房的窗户刚好朝向附属建筑。你有没有问他坐的位置能否看到玻璃通道？他有没有注意到布雷丁先生的一些访客？"

"是的，我问他了。但是那并没有让我们更进一步。他说一直有人来来往往，但是他始终在读书，没有特别注意。他只看到了康斯特布尔少校一个人。他听到有人在奔跑，于是就抬起头。他看到他正在玻璃通道里，正从附属建筑向外跑，手里还拿个白色的东西。"

希娃小姐正快速地织着她的针织品。

"罗宾逊夫人的包是白色的吗？"

"是的，一个白色的大塑料包。里面装着她的游泳装备。很明显，莫伯利先生看到的时候，康斯特布尔正拿着它返回。你说福利斯特给了你所有的访客记录？"

"是的，他的话最有帮助。"

"莫伯利说，在康斯坦丁小姐进去之前，他什么人都没看到，在那之后，他们就一直在聊天。"

"康斯坦丁是怎么说的？"

"她和她的母亲一直待到下午 3 点，然后她回房间收拾了一下就下楼去书房了，那时莉莲斯·格雷刚好离开俱乐部。和莫伯利说的一致，他们一直在书房聊天。"

希娃小姐的针嗒嗒在响。

"当我问福利斯特少校他们是不是朋友的时候，他告诉我，康斯坦丁小姐'很少去朋友那里'。书房是布雷丁先生的房间，她不可能会预料到莫伯利先生自己一个人在那儿，除非她事先就知道他会在那里。她知道他会一个人待在那儿吗？她是为了拜访他还是为了找布雷丁先生？"

马奇不耐烦地动了动。

"那重要吗？"

她温和地看着他。

"或许，兰道尔。他们都说，在下午3点10分和3点半之间的这段时间，他们一直待在一起。当然了，他们俩可能有人在撒谎，也可能两个人都在撒谎。事实上，我想说的是，目前看来，事情对莫伯利不是很有利。在这种情况下，康斯坦丁小姐可能为了保护他而撒谎。不过也可能是她把时间弄混了而已。她留给我的印象是一个马马虎虎的女人形象。"

希娃小姐又沉思道：

"不过也没有那么容易弄混。格雷小姐离开的时间被办公室的赛格小姐记录了下来，而且福利斯特少校10分钟后就到这儿了，那个时间也被记录了下来。她应该很难弄混自己到这里的时间的，那么在下午3点10分到3点20之间，莫伯利在不在书房她应该很清楚。你正让我想到，莫伯利先生会不会在这段时间有机会进入附属建筑杀死布雷丁先生？"

马奇点点头。

"据格雷小姐所说，布雷丁在 3 点 10 分的时候还活着。据福利斯特所说，他在 3 点 20 分的时候死了。据康斯坦丁小姐和詹姆斯·莫伯利所说，在那 10 分钟里，他们一直都待在书房。据埃德娜·赛格所说，之后再也没人来大厅。因为你总是什么都知道，所以我想你也应该知道，另外一个可以通向玻璃通道的房间——台球室一整天都是被锁着的。"

希娃小姐说：

"是的，福利斯特少校已经查证过了。"

"这儿的女经理皮托小姐说台球室只有一把钥匙，就在她的手里。房间的钥匙是不能互换的。我用其他所有房间的钥匙都试了一遍，没有一把可以打开台球室的门。所以我们只能得到这个结论：路易斯·布雷丁在 3 点 10 分是活着的，3 点 20 分就死了。在那段时间里，只有六个人有可能杀死他，那就是格雷小姐、詹姆斯·莫伯利、康斯坦丁小姐、查尔斯·福利斯特、埃德娜·赛格，还有布雷丁他自己。他们当中一些人的可能性非常小，我们几乎可以排除他们。我首先说一下布雷丁。他的死看起来非常像是自杀，但是克里斯普从一开始就认为不是——雷德灵顿的克里斯普探长——你应该还记得他，他灵敏得像只老鼠。他们很快就提取了那把枪上的所有指纹，他说那些指纹都不对。从死人的手上得到自然的指纹是世界上最难的事。凶手尝试了，但是他或她并没有成功。"

希娃小姐说："天啊！"

马奇似笑非笑地说：

"确实让人惊讶。那样就把路易斯·布雷丁排除掉了。接下来我要排除的是埃德娜·赛格。所有的时刻表都源自于她的观察和供词。她可以走进玻璃通道里，假如格雷小姐真的忘了把防盗门关上，她甚至可以进入附属建筑，进入实验室杀死路易斯·布雷丁，但是她这样做的理由是什么呢？她是一个心地善良、为人正派的女孩。她马上就要和一个同样善良正派的年轻人订婚。她不是布雷丁先生遗嘱中的遗产受赠人。她和他也没有什么特别的关系。我想象不到她有任何杀害他的动机。我提及她仅仅是因为时间上她有可能性而已。"

希娃小姐的针仍然嗒嗒地在响。

"的确是这样。"

"接下来我们来说说格雷小姐，她似乎也没有动机。我们在和布雷丁的律师的交流中得知，她和他的遗嘱没有丝毫的利益关系。当时查尔斯·福利斯特的母亲没有自己的孩子，于是她收养了她。布雷丁的母亲出生于福利斯特家族。所以我想，她虽然是一个表亲，但是他们之间的关系可想而知。30 年来，她和布雷丁住得一直非常近，他们不亲密也没有什么分歧，每天都是如此。他们相互了解，从来没有过争吵。"

希娃小姐说：

"描述得很好。"

他微笑。

"很诚实的夸奖！好了，关于格雷小姐就这么多。"他身体前倾，说话的语气稍微有些改变，他说，"现在我们说一下福利斯特。克里斯普非常怀疑福利斯特。克里斯普，一个非常积极的家伙。他认为福利斯特的动机最明确。和其他大多数地产拥有者一样，福利斯特的财务状况也非常尴尬。查尔斯勉强可以维持住现在的生活，他把房子改造成零零碎碎的公寓，通过这种手段他才有能力支付他的地产税。布雷丁的父亲靠经商发了财，布雷丁虽然把其中的一部分投入到了收藏上，但是还剩余许多。在最初的那份遗嘱中，查尔斯是最大的受益人。毫无疑问，布雷丁即将到来的婚姻以及他的新遗嘱会让他不悦。克里斯普指出，对查尔斯来说，布雷丁被杀是一场很大的胜利。而且新遗嘱还被烧毁了，他认为这是决定性的证据。我还没有想那么远，但是——好吧，我认为仍然还有一些可疑的地方。接下来，我们谈谈莫伯利的经历，他也有杀人动机。当然，克里斯普不会喜欢，因为金钱动机是那么显而易见。"

希娃小姐引用了她最爱的诗人——丁尼生勋爵的一句诗。

"兰道尔，'该隐心中的欲望'。"

"的确。但是并不是所有人都是该隐。一个正常人不会因为他的表兄要结婚就会失去内心的平衡，策划一场谋杀。我必须承认，我认为莫伯利的杀人动机更大。很明显，布雷丁一直都在勒索他。他很多年前就想离开，但是他被迫只能留下来。被束缚到那样一个职位上真的感觉非常不好，你就在他的眼皮下，他了解你的一切，他可以毫无顾忌地利用你。这是一个非常强烈的杀人动机。它强烈的程度完全取决于莫伯利的脾气、性格，以及必须离开重新开始的缘由。我必须坦率地告诉你，凶手就在他和福利斯特之间，两个人的嫌疑一样大。"

希娃小姐说：

"福利斯特很确定地告诉我，莫伯利先生'连一只苍蝇都不会伤害'，这是他的原话。他意识到了布雷丁先生手里握着一些莫伯利先生的把柄，他也知道把柄是什么，但是我相信，如果我没有告诉他布雷丁已经把一切都告诉我了，他绝不会告诉我莫伯利先生的那些经历。我认为，福利斯特少校深信莫伯利先生和他表兄的死没有关系。"

马奇似笑非笑。

"或许他是真的凶手，他那样说是不希望看到一个无辜的人被绞死。但是我仍然还是认为他俩嫌疑一样大。不过，有一件事对福利斯特更不利。"

她看着他。

"遗嘱的毁灭？"

他点点头。然后说：

"很明显，福利斯特受益最大——这显而易见。但是如果我们再细想的话，莫伯利也有同样的理由烧毁遗嘱。福利斯特一直对他很友好，所以他可能已经向福利斯特寻求了一些帮助或者和他签订了一些条款，而他从罗宾逊夫人那里却什么都得不到。我承认，这仅仅只是一个推测，但是，一个富裕的查尔斯真的可能会为他做一些事。"

"说得一点儿没错。"

"现在六个人中只剩下一个了。最后一个是康斯坦丁小姐。

我认为她不可能是凶手。她可能只是在保护莫伯利。目前来看，她似乎没有任何动机，但是当然了，很多事你无法预测。如果她告诉我们的是事实，在那重要的 10 分钟里，她确实和莫伯利一起待在书房，那么莫伯利就被排除了。那就只剩下查尔斯·福利斯特了。我们必须还要进一步挖掘，看看还会不会有什么新发现。"

"收藏品有没有少？"

"没有。布雷丁把每件东西都记录了下来。我们跟莫伯利还有福利斯特一块儿核对过了，一件都没少。"他停了一会儿，然后以一个较慢的语速继续说，"在那个写字桌的第二个抽屉里，有一个钻石胸针，非常漂亮，五个大钻石排成一排。你知道我为什么要说起它吗？"

"在上面发现了一些指纹？"

"不是。你知道的，它的表面很小。"

她露出沉思的表情。

"如果他刚刚跟罗宾逊夫人订婚，那么它就可能是订婚礼物。"

他露出一种厌恶的表情。

"它很奇怪，但是布雷丁就是那类奇怪的人。那个胸针价值连城，但是在它身上发生过不好的事。你可能从来都不会想到……"他耸耸肩，"它被记录在最下面，上面写道，'玛雅利胸针——五颗钻石，每颗都重四克拉。'然后接着就是，'当吉利亚·玛雅利的丈夫把她和她的情人刺死的时候，她正戴着它。1820 年 8 月 8 日。'"

希娃小姐说：

"布雷丁先生的品位极其不正常。"她的针在嗒嗒地响。粉红色的区域已经延长了许多，"我想你应该有一个指纹报告。它能告诉我们一些有用的东西吗？"

"你认为呢？"

"兰道尔，老实说，我认为不会。"

他笑了起来。

"好吧，你是对的。布雷丁在前天晚上举行了一个藏品展览会。在场的有玛拉·康斯坦丁和她的两个女儿、查尔斯·福利斯特、莉莲斯·格雷、康斯特布尔少校、梅达·罗宾逊、布朗夫妇——他们对布雷丁并不感兴趣，而且完全没有作案时间。除此之外还有布雷丁他自己、莫伯利以及一个和查尔斯·福利斯特结过婚的女孩，现在她称自己为史黛西·梅因沃林。我想你应该已经听说过她了。"

"我碰到过她。"

"看起来是个很不错的女孩。他们似乎不是由于什么丑闻而离婚的，没有流言蜚语传出来——他们就是突然分开了，现在他们是很好的朋友。"

"福利斯特也是这样跟我说的。"

"她似乎也是展览会的一员。指纹报告显示，每个人的指纹遍布各处。"

"我想，实验室里应该不是那样的。"

"没错。他们大多数人都摸了防盗门，而且那个大房间里的桌子、椅子上有所有人的指纹。从中你可以辨别出每个人都坐在哪里，不过我们早就已经知道了。布雷丁拿出了他所有的东西，他让大家围坐在桌子旁看他一一展示。"

"其他房间呢？还有实验室。"

他先回答了这个问题的前半部分。

"其他的房间除了布雷丁自己的指纹，莫伯利的指纹以及经常进去打扫的那个女人的指纹以外，就再没有别人的了。在实验室里，布雷丁和莫伯利的指纹到处都是，康斯特布尔的指纹在一把椅子的背面，梅达·罗宾逊说她一直坐在那儿。那把椅子就在桌子的对面，她坐在那个地方非常正常。她说她就把包忘在了那儿。那就是他仅有的指纹。至于梅达·罗宾逊以及莉莲斯·格雷的指纹，我们都没有发现。在桌子背面的顶端，我们发现了福利斯特的指纹。他说他刚进去的时候，就站在那儿，靠着桌子查看布雷丁的情况。然后他绕到他身后，摸了摸他。在布雷丁的椅子背面，有他自己左手的指纹。在桌角有一些他右手的指纹，布雷丁先生的头就倒在那儿。就这些。"

"门上没有指纹吗？"

"有布雷丁和莫伯利的。"

"没有罗宾逊夫人的吗？"

"没有。"

"那么她进去的时候门一定是开着的。"

"非常有可能。他知道她要去，埃德娜·赛格在她到那儿后从办公室打了个电话过去。他出去给她打开防盗门，然后带着她去了实验室。"

"我明白。对了，烧毁遗嘱的那个灰盘上有没有什么指纹？"

"福利斯特告诉你的？没有，上面没有任何指纹。"

"放左轮手枪的那个抽屉把手上有没有指纹？"

"只有他自己的。"

"你刚刚说的那把左轮手枪上的指纹呢？"

"那是死后被刻意弄上去的。"

第二十三章
莫伯利的秘密

扫码听本章节
英文原版朗读音频

　　兰道尔·马奇刚走没多久，查尔斯的车就出现在了沃恩屋前。他和史黛西·梅因沃林一块儿从车上下来。埃德娜·赛格刚刚下班，她对这一切很感兴趣。她想知道她为什么会突然离开他，为什么她再次见到他时犹如什么都没发生过一样。

　　查尔斯把史黛西带到了书房，然后他就找希娃小姐去了。她此刻正坐在等候室的窗边，一边吹着凉爽的微风，一边思考着她和郡警察局局长的对话。他走进来说：

　　"史黛西想见你。我认为她有一些事情要告诉你。"

　　令他惊讶的是，她竟然什么都没问，仅仅说："我很乐意去见梅因沃林小姐。"然后就很干脆地跟着他去了书房。

　　史黛西想起了自己和一个女校长的一次谈话。那时候她掌心冒汗，大脑一片空白，和现在的情形一模一样。接下来，希娃小姐开始对着她微笑，她瞬间感觉到一切都不同了。查尔斯现在已经消失了，在某种程度上，这会使事情变得更容易进行。她们都已经坐了下来，希娃小姐也已经拿出了她的针织品。现在书房里的整个画面看起来非常温馨。史黛西说：

"有一些事情，查尔斯认为我应该告诉你，但是，我不知道……"

希娃小姐拿出一团淡粉色的羊毛线，解开了它，说：

"你害怕会对某些人造成心灵上的伤害？"

史黛西感激地看着她。

"是的。"她停顿了一会儿，说，"它可能会对他们造成很大的伤害。"

希娃小姐咳了几声。

"你要告诉我的事是不是和布雷丁的死有关？"

"我不知道，查尔斯认为可能有关。"

希娃小姐温和地看着她。

"在谋杀案中，私人的情感和忌讳经常要被牺牲。如果你知道一些事情的话，我认为你应该说出来。你站在自己的角度并不能判断哪些是或者可能是重要的线索，那需要我们进一步去调查。而且隐瞒一些线索可能会连累到无辜的人。"

史黛西说："查尔斯……"话没说完她就停了下来。她透过那些吧嗒吧嗒响的针看到了希娃小姐的脸，瞬间，一种莫名其妙的安心和宽慰涌上心头。她开始把自己看到的玻璃通道的灯的开关，听到的门的声音，以及观察到海斯特·康斯坦丁披着她母亲的披巾通过大厅这些事情告诉希娃小姐。希娃小姐边织边听。最后，她说：

"福利斯特少校是对的。这些是不能隐瞒的。"

史黛西说："我真的很同情他们。我认为他们的一切都不属于自己。"

希娃小姐又咳了一声。

"希望你不会因此感到痛苦。如果你说的这些和布雷丁的死无关，那仍然是他们之间的私事。现在，或许你会想要溜走，福利斯特少校说他会先给我们几分钟时间，然后他会把莫伯利先生带到这儿，可能你不会希望……"

史黛西说："不。"然后她就匆匆地逃走了。

很快，查尔斯就和詹姆斯·莫伯利一块儿进来了。希娃小姐的身份已经被解释过了，所以他并没有对她的出现感到惊讶。对他来说，一切都变得如此不安，如此复杂，如此令人不悦。或许他已经失去了对舒适和安全的期待。无论是警察、私人侦探、对着他狂叫的克里斯普探长，还是一位年老的织着淡粉色羊毛线的女士，对他来说都已经不重要了，因为在前面等着他的除了毁灭以外，似乎什么都没有了。

查尔斯说："詹姆斯，请坐。我认为你应该已经见过希娃小姐了。"尽管他宁愿一直站在那儿，但是他还是坐了下来。现在他们都在那儿坐着，但是没有人开口说话——没有说要紧的事情。不久后他们就会开始，他认为这次谈话会和上次一样。他坐在那里痛苦地等待着。

查尔斯皱着眉头看着他。

"听着，詹姆斯，我希望你别介意——为了我们所有人，我们必须要竭尽所能去弄清这件事。就像我告诉你的那样，希娃小姐在这里是因为她是一名私人侦探。路易斯两周前去拜访过她。"

詹姆斯·莫伯利说："你没跟我说起过。"

"是没有。"

"布雷丁先生为什么要去一个私人侦探那里？"

希娃小姐很认真地说：

"他感到不安。他说他感到自己有时候睡得太死，这很不正常，而且他醒来的时候总感觉有人进过附属建筑里。他说这种情况发生过不止一次。"

詹姆斯·莫伯利的脸色已经苍白和疲惫到了极点。

查尔斯说："你应该理解是什么意思。"

他有点儿绝望地耸了耸肩。

"他怀疑我给他下药了？我为什么要那么做？"

"他没有那么说。他只是感到不安。他希望我能来调查一下。我拒绝了。今天上午我收到了他的一封信，他催促我让我重新考虑一下。邮戳是莱顿，下午两点半。我刚读完它，就在早报上看到了他死亡的新闻。然后，福利斯特少校就给我打电话，让我来这儿。"

停顿一会儿后，查尔斯说：

"真是令人极其讨厌的一件事。最好赶紧解决它。"

希娃小姐用责备的眼神瞥了他一眼，说：

　　"布雷丁先生怀疑有人在晚上进入了附属建筑。我必须要告诉你，这种怀疑已经被某些事实证实了。我听说，玻璃通道里的灯被关上了一小段时间，而且这种情况出现了两次。它们应该是整夜都亮着的。有人通过窗户看到玻璃通道竟然是暗的，随后没过多久它又亮了起来。这个人还被门闩的声音给吵醒了。第二次出现这种情况是在布雷丁先生死去的前一个夜晚，而且那晚有人看到海斯特·康斯坦丁小姐从玻璃通道的方向走了出来。"

　　詹姆斯·莫伯利眼睛注视着面前的希娃小姐，什么都没说。

　　希娃小姐说：

　　"看到康斯坦丁小姐的那个人可以描述出她外表的每个细节。她正披着她母亲的绣花披巾……"

　　詹姆斯·莫伯利说："别说了！"但是当希娃小姐停下的时候，他并没有再多说什么，一直到希娃小姐说出他的名字。

　　"莫伯利先生……"

　　他突然爆发了。

　　"你在暗示着什么？你说这些是什么意思？康斯坦丁小姐和我又有什么关系？"

　　"问得很好。我想，话里的含义应该是显而易见的。或许我们应该请康斯坦丁小姐过来一趟。"

　　他害怕地说道："不要！"接着又说，"不是那样的！"

　　他把目光转向查尔斯，"福利斯特……"

　　"听着，詹姆斯，到此为止吧。你最好还是统统讲出来。眼前的事实很简单，我们都不再会有自己的隐私了。如果你和康斯坦丁小姐之前一直都在这儿或者是附属建筑里见面——正常情况下，这不是我操心的事，但是现在——伙计，你应该明白的，如果你真的傻到把她带进了附属建筑……"

詹姆斯·莫伯利抬起头。

"她是我的妻子。"

希娃小姐说："天啊！"

他鼓起勇气又重复了一遍。把它说出来后，他感觉自己心里轻松了很多。

"她是我的妻子。我们一个月前在雷德灵顿结婚。我们没有办法见面。我们几乎都见不到对方。福利斯特，你知道那是怎样的一种感觉。布雷丁先生不会让我走的。但是你不能说我给他下药了，我不会那样做的。他有自己的安眠药，我没有给他下药。"

查尔斯笑了笑。

"亲爱的詹姆斯！所以你就把他的一片安眠药放进他睡前总要喝的饮料中——那种饮料令人作呕，我想，应该含有令人讨厌的麦芽糖和可可粉。是的，你的确没给他下药！"

莫伯利看起来疲惫又固执，他仍然在盯着他。

"那只是一片他的安眠药而已。我不会给他下药的。"

查尔斯举起了一只手，然后又放了下来。他说：

"好，好……"然后又接着说，"没有人会认为那跟下药有区别。恐怕，马奇也不会。"

他脸上的疲惫加深。

"你打算告诉……警察吗？"

"我亲爱的詹姆斯，假如我们把这件事隐瞒下来，那么他们万一察觉到了这件事，我们该怎么办？你，我，我们中的任何一个该怎么办？毕竟，不可能所有人都不知道你结婚的事。你是怎么做到可以隐瞒这么久的？难道仅仅就是在雷德灵顿的结婚登记处举行了个简单的典礼？好吧，看来我说对了。在出事之前，它跟任何人都没有关系，但是现在——必须要把它说出来，我想，你最好还是自己主动去跟警察说这件事，这样对你来说更好。毕竟，它早晚都会暴露。

莫伯利说：

"你不明白。如果他们知道海斯特和我已经结婚了，我们俩都会被怀疑的。我们说过，在格雷小姐离开到你来的那段时间，我们一直都待在一起。我们说的是真的，我们就待在这儿。我那时正告诉她我在午饭前是怎么跟布雷丁先生说的，他又是怎么回答我的。她知道我正在尽最大努力说服他让我走。我不得不告诉她我失败了，事实就是这样。但是警察不会相信的，因为我们是夫妻。他们会认为我可能进入附属建筑杀死了布雷丁先生，然后海斯特是为了保护我才说我没有离开过她。他们甚至有可能说她……"他突然停了下来，叹了口气。

希娃小姐一直饶有兴趣地观察着他们两个，虽然她的手一直在忙于她的针织品，但是她的眼睛却一直观察着他们脸上的每一种表情。她轻轻地咳了一声，说：

"莫伯利先生，你说得很对，一旦他们知道了康斯坦丁小姐是你的妻子，那么你在谋杀发生的那段时间的不在场证明看起来确实就不那么有力了。但是，就像福利斯特少校说的那样，这个事实必然会暴露的，你进一步的隐瞒只会对你不利。如果你把这个事实说出来，我相信，它会让人信服的。"

他摇摇头说：

"你不知道……"

查尔斯·福利斯特说：

"她什么都知道，是路易斯在两周前去见她的时候告诉她的。他告诉了她背后的历史，还告诉了她我是他的遗嘱执行人，如果他出了什么事，我就会按照他的指令把档案交到警察手里。"

詹姆斯·莫伯利把他的头埋进了双手。

"完了。"停了一会儿后，他又说，"你是不是已经把它交给了警察？"

"我还没收到那份档案。你知道的，他是不会乱放的。它在他律师的保险箱里。他的律师周一会到这儿来，我想那时我会得到它。至于它是否会继续被传递下去，说实话，我从来没想过要那样做。但是现在由不得我了——路易斯去见希娃小姐的时候把档案的事都告诉了她。"

莫伯利抬起来，他两眼无神，看起来极其痛苦。

"希娃小姐……他都告诉你了？"

"是的，莫伯利先生。"

"什么？他都告诉你了什么？"

"布雷丁先生告诉我他有你的把柄，而且他还告诉了我你的把柄是什么。"

"还有其他人……知道吗？"

"郡警察局局长。"

詹姆斯·莫伯利又把头埋进了手里。他仍然是那个样子，身体朝着膝盖弯曲，双手捂着脸，细长的手指在头发里插着。他黑色的头发从两鬓垂了下来，手指上沾满了颜色，应该是在实验室里沾染上的。突然，他推回头发，站了起来。他转向查尔斯，有点儿不耐烦地说：

"我需要好好考虑一下。我需要时间，我不可能马上就做出决定，它对我的妻子有影响。从来没有人怀疑过她，但是现在她要被怀疑了。我不想连累任何人，但是我需要时间考虑。你们必须要理解。"

查尔斯疑惑地盯着他。

"没有人在催促你。"

莫伯利似乎没有听到他的话。他又说了一遍，这一次他显得更激动。

"我需要时间！这并不是只关乎我自己。你一直都是我的朋友。如果它只是我自己一个人的事的话……可惜它不是，它也不可能是。我必须要考虑海斯特。我不能就这么轻易地让她陷进去，我起码也得抵抗一下吧。你们必须要理解。"

查尔斯点点头说："你想要多长时间都行。"然后就目送他走向门口，猛地打开了门。

他在门口站了一会儿，似回头似不回头的样子，好像还有什么话要说，但是最终他还是走了，连门都没关。查尔斯走过去，把门关上。然后回来坐到了写字桌的桌角上。

"他去了附属建筑。进入玻璃通道的门咔嚓咔嚓在响，史黛西听到的就是这种声音。你听到了吗？"

"听到了。"

他用手指咚咚咚地敲了敲桌子，然后说：

"可怜的家伙！他们会对他提出诉讼的。他有一段不好的过去。他有动机。他给他的老板下药了——恐怕宪兵会称之为下毒。他以一种非常隐秘的方式结婚了。他的不在场证明现在十分不具说服力。尽管如此，我认为，他并没有杀路易斯。"

希娃小姐凝视着他，温和地问道：

"福利斯特少校，你为什么会这么说？"

查尔斯露出了他那迷人的笑容。

"因为我感觉到他认为我是凶手。"

第二十四章
偶遇戴尔小姐

扫码听本章节
英文原版朗读音频

今天是周日，希娃去教堂进行晨祷。教堂位于村子的中间，又小又破，至今已经有 700 年历史了。它的周围有许多坟墓，其中的一些墓碑破旧不堪，上面爬满了苔藓和地衣。教堂里面，一个小女孩拉着老式的手风琴，另一个年龄稍大的女孩，伴着手风琴声，在会众的注视下，虔诚地吟唱着圣歌。这些会众都是看着她长大的，他们都知道她只是临时代替了那个正在度假的女教师。这个女孩还不到 17 岁，很胖。此刻她显得有点儿紧张，脸变得越来越红。上帝没有降下仁慈的窗帘阻止这些礼拜者意识到这一事实，但是，总体来说，上帝还算仁慈，朵丽丝表现得不是太糟糕。

希娃小姐发现这个晨祷非常安静。她所崇拜的丁尼生勋爵的一首著名的诗中提到的单纯的信仰和诺曼人的血，似乎在这个古老的建筑中恰当地结合在一起了。这些会众没有一个人发出声音，大家都在心中虔诚地吟唱。这篇布道是一个老人通过谈话的形式传下来的，他在布道的时候会不时地停顿，而且停顿的时间还很长，在此期间，他会用仁慈的目光注视着他的教众，就这样，他们中的许多人不知不觉地就养成了周末晨祷的习惯。此刻，这个教堂就是一个世界，一个没有谋杀的世界。然而，当每个人都走到 8 月的阳光下的时候，你就会发现，布雷丁的案子就在那里，他们会讨论，会哀悼，会低语。"他们说""我家安妮说""从伦敦来了一个私人侦探""我对布雷丁先生一点儿都不反感""我一直都认为他的那些收藏比恐怖屋里的东西好不了哪去"……

希娃小姐的听觉非常灵敏。当她沿着鹅卵石小道往乡村街道上走时，她听到了许多断断续续的议论。她的影子映衬在身前，这时，一阵轻快的脚步声从身后传来，一个轻快的声音说：

"你是查尔斯·福利斯特的侦探吗？"

希娃小姐很礼貌地转过身。她不高，但是整个人却散发出一种权威的气质——她可以给人留下深刻的印象。

但是，她却不能给西奥多西娅·戴尔留下深刻印象，因为她是西奥多西娅·戴尔。她穿着厚厚的缚带鞋，铁灰色的花呢，戴着乌毡帽在太阳下站着。她重复道：

"你是查尔斯·福利斯特的侦探吗？"

"我叫莫德·希娃。我是一名私人调查代理。"

西奥多西娅点点头。

"看来我没认错人。你现在住在沃恩屋？我们可以一起过去，我要去那儿吃午饭。"

她们走到了大街上。天非常热，但是戴尔小姐却没有丝毫出汗的迹象。路易斯·布雷丁先生已经被人谋杀，但是她看起来丝毫没受影响。如果这个时候有熟悉她的人看到她，他们会感觉她和平时完全没什么两样。她是多思小姐，无论冬夏，她看起来都是一个样。现在，她看起来仍然没有什么不同。她走到希娃小姐旁边说：

"你正在调查路易斯·布雷丁的案子吗？我本以为警察会调查这件事。但是不管怎样，我敢说他们非常不称职，男人通常都是那样。我听说它不是自杀案。我也不可能相信他会自杀。路易斯不是那种人。如果他想要什么东西，他就会努力争取，直到得到它为止。一旦他得到了它，他就会紧紧抓住它。他不可能自己了结自己的生命。你怎么看待这个案件？"

希娃小姐拘谨地咳了几声。

"我不能发表任何看法。"她温和地说。

西奥多西娅点点头。

"我叫西奥多西娅·戴尔，你可以叫我戴尔小姐。我的朋友们都叫我多思。从出生开始，我就住在这儿，我是一个爱四处打听的老处女。我可能会对你有用。曾经有一段时间，路易斯和我就打算要结婚了。就算我不说，其他人也会告诉你的。我对这个案子有自己的看法。"

希娃小姐若有所思地说："请讲……"戴尔小姐对她很有好感。她肯定知道一些有用的东西，或者可以说是令她困惑的东西。既然她们要一起去沃恩屋，那么让她谈一下自己的看法也没有什么影响。而且也很难阻止她这样做。

戴尔小姐的观点似乎非常明确。

"我总是告诉路易斯，他的那些收藏会要了他的命。这是个非常病态的想法，他一直都对它嗤之以鼻。当我主动和他解除婚约的时候，我感觉到自己很幸运地从他手里逃了出来。所有人都认为我疯了，但是我知道自己在做什么。是谁杀了他？"

"戴尔小姐，你认为是谁杀了他？我确信你有自己的看法。"

西奥多西娅急躁地摇摇头。

"我也希望我有，但是我没有。不过我可以告诉你谁不是——查尔斯·福利斯特。"

"你为什么那么认为？"

"他不是那样的人。从他出生起，我就认识他了，他性格很好。此外，还有一些其他的原因。他有强烈的家族感，虽然他不喜欢路易斯，但是他还是把他当成家人。在危急情况下，他会不遗余力地帮助他。他对莉莲斯·格雷也是这样的。她是个非常令人讨厌的女人，但是由于他的母亲收养了她，查尔斯仍然会给她一套公寓，并且确保她有收入来源。他就像对亲姐姐一样对她，甚至大多数的亲弟弟都做不到他那样。拿路易斯那个消沉的秘书来说，没有人愿意理会他，或者说是没人把他当成一个人看，但是查尔斯却不那样，他对他非常友好。你应该明白我是什么意思——那样的人是不会杀人的。但是我不知道那个让人讨厌的雷德灵顿探长会不会对他提起诉讼。我一点儿都不惊讶他会那么做。查尔斯因为超速的问题和他有过争吵。查尔斯被拘留并且还被罚了款。

太糟糕了。克里斯普是一个爱摆官架子的人。对了，有一件事你可以告诉我，关于那把左轮手枪。路易斯是被一把左轮手枪杀死的对吧？是不是查尔斯给他的那一把？"

"是的。"

"好了，那么他们就有充足的理由对他提出诉讼了。这就是我想对你说的一件事。他们连想都不用想，就会把查尔斯牵连进去，因为那把左轮手枪是他的，因为他有一对，而且在他六个月前把其中的一把给路易斯的时候，他还在上面刻了路易斯的名字缩写——L·B。路易斯给我看过——我可以发誓。但是，你明白，他们不能仅仅因为那把左轮手枪就把查尔斯牵连进去。"

希娃小姐说：

"谢谢你，戴尔小姐。你讲的这些很有趣。"

她们转身走进了沃恩屋的大门。

第二十五章
左轮手枪之谜

　　戴尔小姐正在和玛拉·康斯坦丁以及她的女儿们一起吃饭。希娃小姐如果仅仅只是扮演一个沉默寡言的贵妇人角色，她肯定不会接受其他客人的邀请，但是作为一个侦探，当西奥多西娅向她介绍玛拉、米歇尔夫人、海斯特·康斯坦丁的时候，她肯定不会拒绝。在她详细地介绍完后，她说："玛拉，让她和我们坐一块儿吃饭吧。现在再让她一个人吃饭也太让人沮丧了。"

　　希娃小姐被安排到了康斯坦丁夫人和海斯特中间。康斯坦丁夫人体型巨大，身上穿着一件绣有罂粟花和矢车菊的连衣裙。海斯特脸色苍白。她看起来有点儿不太情愿。她紧张地瞥了一眼希娃小姐，然后就迅速低下了头。

　　詹姆斯·莫伯利跟往常一样，仍是一个人坐在门口的那个小桌子前。他和海斯特从不相互看对方。但是他们可以相互感受到对方的痛苦、对方的恐惧。整个餐厅人很少，几乎是空的。布朗夫妇已经匆匆离开了。那些打高尔夫的男人已经离开一天了。打算周末来的客人们都也取消了他们的预订。

希娃小姐接受了一些冻三文鱼肉。这时，玛拉·康斯坦丁说：

"真让人震惊啊，我希望你可以在俱乐部倒闭之前查出真凶。你知道吗，路易斯在这里有股份，我也有。现在，大家都在冷落它，这真是太荒唐了。那件事并不是发生在俱乐部里的。我一直都跟路易斯说他应该把那些收藏放到博物馆里，但是他不是一个会听……"她停下来对着服务员喊道，"安德烈，来一点儿蛋黄酱。"

"好的，夫人。"

一个银色的调味汁碟被端了上来。玛拉继续说：

"他们太小气了，不是吗？现在每个人都应该要明事理，那件事跟俱乐部并没有什么关系。如果没有足够的酱汁，三文鱼有什么好吃的？"她慷慨地给自己倒了许多，然后她转向希娃小姐，"那适用于一切，不是吗？无论是三文鱼还是生活，都是一样的，都需要酱汁来调味。我喜欢用大量的酱汁调味。"她对着桌子对面大声说道，"梅因沃林小姐，现在你只需要采取合适的方法就可以吃它了！不要只拿着你的叉子戳它。我可不想让查尔斯说我们让你在这儿过得不舒服。不吃东西什么事都干不好，我对梅因沃林小姐说的这些话……哦，抱歉，亲爱的，我不能再继续叫你小姐了，应该叫史黛西，你赶快把它干掉吧。我刚刚对你说的这些同样适用于海斯特，她为了保持身材，每次都吃得很少，现在瘦弱得就像个苍蝇一样。让自己挨饿、生病能有什么好处呢。无论发生什么，我们都得吃饭，海斯特，如果你不想吃鱼，这儿有冻火腿和沙拉，你必须要选一种。算了，也别废话了！还是都吃点吧。安德烈，给康斯坦丁小姐上一些火腿。"

海斯特·康斯坦丁什么都没说。她的脸上出现一丝郁闷，但是很快又消失了。当火腿被端上来后，她把它切碎，放到了沙拉下面。

在整个谈话的过程中，希娃小姐发现大家都没有什么食欲，因为天气太热了。玛拉扎了一片黄瓜，然后又拿了些生菜、土豆、豆瓣菜，她用三文鱼片卷着它们，然后熟练地送到了自己的嘴边。

"感谢上帝，让我现在一直都能吃到我想吃的食物，"她说，"你知道吗，以前可不是这样的。在我还是一个女孩的时候，我一直都吃不饱。你现在根本想象不到我那时候有多饿，而且我还不得不看着其他的女孩和她们的男人一块儿去吃晚饭。没人看得上我，我太丑了。然后……"她拿起一杯掺柠檬汁的啤酒猛地灌到了肚子里，"嗯，然后我一直还是那么丑，但是他们却看着我和最优秀的男人一块儿出去吃饭。"

米歇尔夫人中断了她和西奥多西娅的谈话，说：

"亲爱的妈妈！"

玛拉咯咯地笑了起来。

"亲爱的米莉，你一直都是那么好，那么优雅，你继续你的谈话，我也继续我的谈话。我一点儿都不优雅，而且我以后永远也都不会。我从来没想着变成那样，否则的话我敢说我会变得跟洛蒂·劳瑞一样有教养，她现在极其高洁，而且还非常谦逊有礼，跟小的时候判若两人。安德烈，再上点香蒂酒！"

她转向希娃小姐。

"如果你想要改变自己，那么你必然需要得到某种严重的扭曲——就像那些体操运动员一样。我之所以知道这些，是因为我亲身体验过。我的丈夫，贫穷的锡德，他就是一个非常优雅的人。他并不想爱上我，但是他忍不住，我想你知道我什么意思，我们结婚的时候，对于首字母'H'我是不发音的，那令他相当震惊。于是，我就试着改掉。米莉出生的时候，他想给她取一个优雅的名字，所以我们就取了米莉森特这个名字，非常好听，而且还好念。在不是很重要的场合的时候，我就简单地叫她米莉。然后我们有了海斯特，他想给她取一个 H 开头的名字，所以我就有了很多次练习的机会。你知道吗，他说如果我全天不间断地每隔几分钟就说出一个带 H 的名字，那么我很快就会改掉那个习惯。于是我就坐那儿一直不断地在想。他想到了赫敏那个名字，但是我说，'不行，锡德·康斯坦丁，我可不干，不能叫那个名字！我可不想每次都把叫自己孩子的名字变成一种神圣的表演，所以你休想叫这个名字！你想要一个带 H 的名字当然可以，但是我正选择一个我可以省去 H 的名字。Hester 这个名字就很好，什么时候我不想读 H 的话我就可以省去，Esther 在圣经里也是一个很好的名字。'"她发出低沉的笑声，"他很生气，但是他什么都没说。那对我来说是一个很好的练习。我在她两岁的时候可以平稳地发出 H 的音，我也是从那时起叫她海斯特的，可惜那时候可怜的锡德已经去世了，所以那也都不重要了。"她在这些琐事上浪费了很多时间，然后她对着对面的史黛西大声说：

"查尔斯今天下午回来过吧？"

史黛西说："我不知道。"她感觉自己脸上有点儿发烫，但是她并不想让西奥多西娅察觉到这一切。

"我想，他和康斯特布尔必须要出去找个地方吃午饭。其实，他们可以来这儿吃的，毕竟这儿都是朋友——除非他们要在盐碱滩和莉莲斯一块儿吃午饭，或者是和罗宾逊夫人一起。我认为罗宾逊夫人现在是最不想被留下一个人的，毕竟她正处于不顺之时。但是有趣的却是，有的时候你越是有麻烦，朋友就越会离你远去。"

希娃小姐轻轻地咳了一声。

"康斯坦丁夫人，有些人真的宁愿这样。"

玛拉摇摇头。

"我不能理解。当你陷入麻烦的时候，你肯定会想要和你的朋友在一起。而且这个时候你才会发现你到底有哪些朋友。当锡德去世的时候，我带着两个孩子，没有足够的钱给他布置一个体面的葬礼，你会认为我在那个时候不想要朋友吗？还是说你认为我仅仅就是为了查证哪一个是真朋友，哪一个不是？有一个男人我真的没想到，他是那种很做作的人，但是他给了我 20 英镑，没有向我索要任何东西。"

在这之后，希娃小姐就被叫去接电话了。兰道尔·马奇的声音出现在电话筒里。

"很抱歉这个时候麻烦你……"

"兰道尔，没有什么麻烦的。"

"你真是太好了。福利斯特在俱乐部吗？"

"不在。"

从电话的那端传来一个焦急的声音：

"我非常想见他。他不在盐碱滩。"

"我相信他不会在那儿吃饭的。他那里没有做饭的厨具。他今天可能不想在这里见到大家。这里就跟一个庞大的家庭聚会一样。"

"确实。"

希娃小姐说：

"我想，他马上就会来的。他之前提到过他要处理很多布雷丁先生的文件。"

马奇说："谢谢。我会抱着希望去看看的。我就想问他一个问题。"他挂断了电话。

查尔斯·福利斯特在差不多3点的时候来到了俱乐部。他直接去了书房，坐在了写字桌前。

他刚坐下还不到5分钟，希娃小姐就进来了。她穿着那件带有黑色斑点和淡紫色小花的灰色人造丝长裙，整个人显得很端庄。她胸前戴着那个玫瑰花状的橡木胸针，脖子上挂着一串带有雕刻的黑色小珠子，二者看起来非常相配。由于天气比较热，她脚上的长筒袜从羊毛质变成了莱尔线质的。她的鞋是一双崭新的小山羊皮鞋，鞋面光滑锃亮。

"福利斯特少校，希望我没打扰到你。"

查尔斯说："哦，不会。"但是从语气中你却感觉到他的意思是，

"是的，你确实打扰到我了。"

"我不会耽误你很久的。"

他已经礼貌性地站起来了。现在，令他忧虑的事发生了，她竟然请求坐下来。当她坐下来后，他并没有重新坐到他的椅子上，仍然还是半坐半靠着桌子。这表明他并不希望进行长时间的谈话。希娃小姐胳膊上挎着她的针织袋，她似乎从查尔斯的坐姿意识到了什么，所以没有拿出编织针和粉红色毛线。她说：

"我就是想告诉你，警察局局长在午餐后不久给我打了个电话。他想要知道你在不在俱乐部。我告诉他你不在，然后他就说他要来一趟，希望在这儿可以碰到你。"

查尔斯眉头紧蹙。

"他找我有什么事吗？"

"他说有一点儿小问题。他去盐碱滩找过你，但是你不在那儿。"

他的眉头皱得更深了。

"我带着杰克·康斯特布尔去莱德伯里了。对他来说，这是一个糟糕的周末，真是个可怜的家伙。你要说的就只有这些吗？"

希娃小姐答道：

"还有一件事我想说一下。我今天是和一位叫西奥多西娅·戴尔的小姐一块儿从教堂回来的。"

"我们的多思啊！我认为接下来我什么都不用告诉你了。她可是百事通。"

希娃小姐微微一笑。

"她确实知道很多，我想，她应该是你的好朋友。她认为你不应该被怀疑，而且她还罗列了很多理由，论证你为什么不应该被怀疑。"

他的眼睑下垂，虹膜和瞳孔不断缩小，直到它们变成睫毛间一个黑色的光点。

"是不是只要相信我没有杀路易斯，就可以算是我的好朋友了？"

希娃小姐严肃地说：

"你这样说就太冒失了。我真的认为戴尔小姐是一个好朋友。其实她也是一个极其坦率的人，只不过是由于她的朋友们已经习惯了她的说话方式，以至于他们都不再在意她说的话了，所以她的坦率也就被大打折扣了。"

查尔斯露出讽刺的微笑。

"多希望是那样啊！实际上，她就是本地的低级趣味期刊。如果她跟每个人都说我没有杀路易斯，那么在 24 小时之内，所有的人都会相信我就是杀人凶手。她就只说了这些吗？"

"不是。她还对那把凶器做了一个说明。或许应该说是她问了我一个关于那把凶器的问题。"

"她问了什么？"

"她想知道那把打死布雷丁先生的左轮手枪是不是你给他的那一把。"

"是那一把。我跟你说过，跟克里斯普说过，跟警察局局长也说过。我想，你应该告诉多思了。那么多思会告诉全世界的！"

希娃小姐轻轻地咳了一声，似乎是在责备他。

"戴尔小姐认为这可能会让你受到怀疑。她说她可以做证，你确实把那把左轮手枪给他了，而且她还说你在送给他的时候，在上面划上了L.B，这可以进一步地证明那个事实。"

查尔斯点点头。

"那又能怎样呢？所有人都知道那把左轮手枪是我送给他的，所有人都知道他就把它放在那个抽屉里。当我发现他的时候，那个抽屉是开着的，那把左轮手枪就躺在地板上。我不明白那个事实为什么还要证明。"

希娃小姐说：

"我认为戴尔小姐不是一个思路清晰的人。"

正说着，门开了，兰道尔·马奇走了进来。他说：

"你好吗？希娃小姐。"然后接着说，"你好！福利斯特！我一直在找你。希望我不会打扰到你。"

查尔斯说："不会。"说完，他站了起来。当马奇坐下后，他又恢复了之前那种漫不经心的态度，半坐半靠着桌子。

窗户一直都大开着，但是没有一丝风吹进来。墙边摆满书籍的书架让房间有点儿暗，但是在这么炎热的天气下，这似乎是一件好事。这些古老的书籍散发出一股淡淡的书香气，当你第一次进来的时候，你会瞬间被它们吸引。马奇此刻意识到，原来布雷丁一直都喜欢这种阴郁的环境。但是他自己比较喜欢光亮的环境。他直勾勾地盯着查尔斯，说：

"关于那把左轮手枪，我有一个问题，不知道你能否帮我们解答一下。你说那把枪是你给他的。那么你知道他是否有持枪执照？"

查尔斯抬起一只胳膊，然后又迅速放了下去。

"我不知道。我也有和你同样的疑问。但是如果你要我猜的话，我会说很可能没有。"

"你能告诉我为什么吗？"

"他的行事方式就是如此。有些人始终遵守法律中的小要点。路易斯正好相反。他厌恶条例，他总是忽略它们。我想，他肯定认为他完全有权利在自己的领地放置一把左轮手枪，来保护他的私人财产。"

"实际上，你是认为他没有执照的，对吧？"

"我可没那么肯定。"

"好吧。如果他有执照的话，我们就可以明确地鉴别它了。你可以告诉我它是否有什么辨识标志吗？"

希娃小姐的双手叠放在膝盖上，安静地坐着。她还没有打开她的针织包。她一直都密切地注视着这两个男人。马奇怎么会在一个周末的下午专门跑过来问查尔斯·福利斯特，他的表兄有没有持枪执照呢？此刻她心里得到了一个答案：她并不是戴尔小姐唯一的谈话对象。她心想，查尔斯应该会有点儿生气。这时，查尔斯说道：

"你是什么意思？"

"比如说，首字母缩写。"

查尔斯漫不经心地说：

"哦，对。"

"缩写是什么？"

"哦，他自己的名字——L.B.。"

"是深深地刻上去的吗？"

"不是。在给他的时候，我划到枪柄上的。"

"你可以确定吗？还有什么人知道这个标志？"

"我不清楚。任何人都有可能知道。我也说不准谁知道，除了……"

"除了谁？"

"我在想詹姆斯·莫伯利——但是这也仅仅是我的一个推测。请问你们为什么要问这些？"

"稍等一下。你说这种枪有一对，而且你把其中一把给他的时候，你在上面划上了布雷丁的标记。那么你有没有在另一把枪上也划上自己姓名的首字母？"

"没有。我现在很想知道你们为什么要问这些。"

"你很确定你在给他的那把左轮手枪上留下了布雷丁的标记，对吗？"

查尔斯站直身子。

"我现在可以说'除非我的律师在场，否则我不会回答任何问题'吗？"

马奇严肃地说：

"你必须要回答。"

查尔斯走到窗边，然后转过身，又走了回来。

　　"好的，我会回答的。我非常确定。如果你把那把左轮手枪放在我的面前，我立刻就可以给你指出标记在哪个地方。"

　　马奇不置可否地说：

　　"杀死布雷丁的那把左轮手枪没有任何标记。"

　　希娃小姐惊呼："天啊！"

第二十六章
陷入困境的查尔斯

史黛西正在大厅里等着。她想见查尔斯——特别想见他。有一些事正在发生，她却不知道是什么。没人告诉她发生了什么事，但是她能感觉到他们心中所想，在她看来，这些事情随着时间的推移会变得越发严重。这就像身处遭受风暴侵袭的一艘船里一样，你什么都看不到，你也不知道外面情况如何，但是你能感觉到海浪的冲击，听到暴风的呼啸。令人不安的事情一直在发生。玛拉的声音从她身后紧闭的房门中传出，然后又突然归于沉寂。海斯特从里面走了出来，整个人看起来像一个被蹂躏的野鬼。然后，米歇尔夫人进去，那个声音再次响起，史黛西感到整个墙壁都在晃动。她的房间就在玛拉的对面，房门开着，史黛西坐在里面，感觉自己就像风中的一片落叶一样。当午饭的钟声响起时，玛拉从房间出来。从她身上丝毫看不出暴风将至的迹象，她的头发密密地卷曲着，眼睛充满生机，声音听起来很温暖，整个人看起来相当轻快。她对史黛西说：

"我们一直都这样。我想你刚刚也听到了。我说话有点儿儿激动。有人说我很适合阿尔伯特音乐厅，可惜我一直都没有机会去。但是那并不会影响我对午饭的胃口。没人认为她们会令我失望。海斯特，你回去化个妆！别让自己看起来像一具尸体。米莉，你去帮一下她。我今天走得很好，如果我需要搀扶的话，梅因沃林小姐可以帮一下我。我要把这件事做到底，给那些认为我会失望的人一记重拳。"

整个午饭期间，她一直都处于主导地位。她时不时地询问着米歇尔夫人、沉默的海斯特、两个服务员、女经理皮托小姐、希娃小姐。她还询问起史黛西查尔斯会不会来俱乐部，如果他不来，那他现在正在干吗？在大约下午 3 点的时候，查尔斯进入了俱乐部。当史黛西得知他正和希娃小姐以及郡警察局局长待在书房里时，她极其愤怒。

史黛西非常不想待在那儿，于是她就抓住这个机会逃走了。

"康斯坦丁夫人，我要去大厅等他，他一出来我就会抓住他的。"

所以她现在就在大厅里。她不知道还要等多久，也不知道在她再次出现前，玛拉会不会失去耐心——她完全有能力冲进书房，当着警察的面把查尔斯劫走。

大厅里有椅子，两三个人一簇围在明亮的小桌子周围。史黛西就坐在可以看到书房门的地方，那条很短的走廊完全暴露在她的视野下。左边是台球室，右边是书房，正前方是通向玻璃通道的法式大门。查尔斯一出来，她就可以看到他。如果其他人出来的时候他留了下来，她也可以迅速到达书房见到他。她仿佛看到了她自己冲到走廊，打开书房门，走了进去。至于后来发生了什么，她却看不到。

史黛西已经在那里坐了很久了，这时，办公室的一个女孩叫她——埃德娜·赛格已经下班了。这是一个面色苍白、身材丰满的女孩。史黛西不知道她的名字，但是这个女孩知道她的名字。她朝着办公室柜台对面喊道：

"梅因沃林小姐，有你的电话。你应该知道电话室在哪里，就在大厅后面。"

史黛西站起来，朝电话室走去。

当她进入电话室后，她就再也看不到书房门了。如果查尔斯走出走廊的话，她会看到他，但是如果他进入附属建筑的话，她就看不到他。她拿起听筒，气喘吁吁地说："喂！"

电话里出现的是一个女人的声音，听起来很不友善。她的语气犹如斜纹布和硬麻布一样。她说：

"我是卡勒斯特小姐。你是梅因沃林小姐吗？"

史黛西仍然有些许的喘气，她说："是的。"她离开了一会儿。史黛西心中暂时轻松了下来。托尼，是托尼·卡勒斯特。卡勒斯特小姐是托尼的姑妈。

电话里又传来了那种严厉的声音。

"我是替安东尼给你打这个电话的。我确信，听到他的体温是 99.8 华氏度，你会很高兴的。"

"哦，当然。"

"医生说他很满意。我只希望他不是盲目乐观。他说安东尼可以接受一个安静的拜访。如果你可以在下午茶后来的话……"

史黛西的血液开始有点儿沸腾。

"很抱歉，我恐怕不能……"她的话就到此为止。她感觉到自己的心脏有一丝刺痛，因为托尼就算是划破一根手指，他都会认为自己濒临死亡。她犹豫道，"我会看看明天有没有空。我到时候会打电话给你的。"然后就挂断了电话。

希娃小姐和郡警察局局长刚刚从走廊出来。假如她没有看到他们从书房出来——假如卡勒斯特小姐让她错过了查尔斯……这些想法真是刺痛人心。她想知道自己身上到底发生了什么。4天前，她还是满身盔甲，无懈可击，对别人的事一点儿都不关心，而现在的她，已经彻底失去了身上的盔甲。

她跑进走廊，打开了书房的门。查尔斯正望向窗外。她认为查尔斯现在肯定眉头紧锁。他没有听到她进来。史黛西站在他背后凝望着他，片刻后，她走上前，拍了一下他的肩膀。她对皱眉的看法是错误的。他并不是眉头紧蹙。他看起来很自然，很有活力。他低头看着她，说：

"怎么了，亲爱的？"

她本应该把玛拉交给她的差事告诉他，然而，她却并没有那么做。她担忧地问道：

"发生什么事了？"

"亲爱的，你帮不上忙。"

"查尔斯，到底发生了什么事？"

他搂住她的肩膀。

"就是一件小事。"

"告诉我。"

"打死路易斯的那把左轮手枪不是他自己的。"

她困惑地问：

"他们怎么知道的？"

"送给他的时候，我在上面做了标记。多思告诉了每个人。她似乎在清除我的嫌疑。我不知道她为什么这么做。不管怎么说，是她让警察去寻找那个标记的。"

"有那么糟糕吗？"

"或许有。你看，他们肯定自始至终都认为凶手是很难直接走到路易斯旁边，然后打开他身边的抽屉，拿出那把左轮手枪把他杀死。我心里也是这么认为的。如果在这个地球上有人能做到，那只能是路易斯他自己。这是一件不可能完成的事。"

"那路易斯是怎么被杀死的呢？"

"有人携带一把左轮手枪进去杀了他。"

"查尔斯，他不可能是自杀吗？"

"亲爱的，不可能。指纹完全不对。除此之外……"

她紧靠着他，仿佛要把自己关进他的身体，以确保任何人都听不到他们之间的讲话。她用极其微弱的声音说：

"查尔斯，在你发现他的时候你就知道了吗？"

"那把左轮手枪是他的？是的，我当时就发现了。"

"它是谁的？"

"我自己的那把。"

"你怎么办？"

"我什么都做不了。马奇已经去找克里斯普了。然后我们要一起去盐碱滩看看另一把左轮手枪。我想知道它是否还在那里。"

她极其担忧地说：

"他是被……被你保存的……那把左轮手枪……杀死的？"

"是的。"

"他们知道吗？"

"我想他们是那么认为的。"

"查尔斯——是谁干的？"

"你不就是想问我是不是我干的吗？"

"查尔斯……"

"好，问吧。"

"不，不，不！"

"不想问吗？"

"不想！"

他说："好，好……"他的胳膊从她的肩膀上移开了。可能因为他听到了走廊里的脚步声，也可能因为他听到了门把手转动的声音。她什么都没听到，除了自己心脏的跳动声。但是当他移动的时候，她也动了。这时，她看到门开了。米歇尔夫人进来说：

"非常抱歉，福利斯特少校，但是你可以去见一下妈妈吗？她说她有一些事想和你当面谈。"

第二十七章
玛拉内心的秘密

当查尔斯·福利斯特走进玛拉·康斯坦丁的客厅时，她没有坐在那个带坐垫的大椅子上。或许是为了消化自己胃里的食物，她正扶着家具在房间里来回走动。她宛如一辆失控的公交车，不过是一辆色彩鲜艳的公交车。当他打开门的时候，她刚从窗口转过身，返回屋子中央，握着椅子的背部。她再也压不住内心的怒火，此刻宛如一个愤怒的锣。

"你在忙什么？你去哪儿了？我派人去叫你的时候你怎么没出现？"

玛拉的怒火无人不知。查尔斯曾经见过一次。温和的回答非但不会驱散怒火，反而还会促进它践踏她的女儿们，海斯特会完全被踏平，米莉也只能剩下万年不变的"哦，妈妈"。

查尔斯立刻高声地，粗鲁地回击道：

"这和你有什么关系？你认为你在跟谁说话？"然后他爆发出一阵笑声，漫不经心地朝她挥挥手，说，"亲爱的老家伙，快坐下来吧！说话不要太过分，我不是海斯特。"

他心里在想她是否会打他的脸。这时，她的怒火熄灭了。她眯着眼睛，张开大嘴，大声地笑了起来。但是当她坐到椅子上后，她陷入了沉默和悲痛，她带着沉思的眼神，整个面貌黑暗又沉重。

"海斯特，"她说，"这就是我要见你的原因。我想和你谈谈海斯特。真是一团糟，不是吗？"

他犹豫了片刻，她又接着说：

"听着，查尔斯。我什么都知道。你不用假装不知道，没有用。现在已经是摊牌的时候了，我就直接开门见山了。海斯特和詹姆斯·莫伯利结婚了。你知道这件事，而且你没有告诉我。为什么？我和你还是朋友吗？"

查尔斯已经坐在一把直背椅上。他双腿叉开，双臂交叉放在椅子靠背后面，两眼直直盯着她。

"我管不了那件事。"他说。

玛拉的怒火再次爆发。她的声音非常大。

"真是一件麻烦事。你本可以告诉我的。"

"我该怎么告诉你？"

她黑色的眼睛里闪过一道光。

"我是从她身上得知这件事的。我不是傻瓜，在我眼皮下发生的事我怎么可能不知道。这个月，她一直就像一只得了相思病的兔子一样，整天心不在焉的。但是，说实话，我一开始以为那

219

个人是你。"

查尔斯顿时感到一阵恐惧的寒流进入他的体内，但是紧接着，他就如释重负。他的处境很糟糕，但是跟康斯坦丁·海斯特比起来，他的处境不值一提。就康斯坦丁·海斯特而言，她承受的是玛拉毁灭性的怒火，那是致命性的打击。

玛拉的大嘴扭动着。

"如果你想听的话，我就继续说下去。她一直都弄不清自己的感情。如果她能的话，我想她会爱上你的。我要年轻 30 或 40 岁的话，我都会爱上你的。但是，海斯特没有，她选择了詹姆斯·莫伯利。他是另一只站不起来的兔子，不过他能做的比海斯特多，他可以为自己而战。但是这并不是说没有别人为他们而战。我可不是兔子！"

他脸上的微笑快速闪过。

"你看起来更像是发号施令的犀牛。"

她大声地笑。

"说得很对。查尔斯，我真的可能会爱上你的。"她拿出一张花哨的手帕擦了擦眼睛，"你不能再让我笑了。现在说的是很严肃的事情。你必须要听我说，我也必须要把事情告诉你，或许你对这些事不感兴趣，但是我必须要说出来，你也必须要听着。"

"没问题，说吧！"

她那双乌黑的大眼睛紧紧盯着他。她带着统治者般的表情。

"海斯特没有为他做过任何的反抗，詹姆斯·莫伯利也不再反抗。但是我会为他反抗的。他是海斯特的丈夫，我的女婿。我不是在控告他谋杀路易斯，那件事不是他干的，他没有勇气干。我也不是在为一个将要被处以绞刑的无辜男人喊冤，只是那个无辜的男人是我的女婿，我要找到真正的凶手。你明白我的意思吗？"

"你说得非常清晰。"

"我是认真的。"

"我确实认为你的表达很清楚。你要怎么做呢？"

她盘起膝盖，坐在椅子里，说：

"我要告诉你一些事情。"

"说吧。"

她点点头。

"我不是傻瓜。路易斯以前经常暗示，他手里握着莫伯利的一些把柄。詹姆斯想要逃脱，他想要和海斯特结婚——上帝知道为什么，但是他确实想。路易斯很刻薄，他恃强凌弱，本性很坏。所有人都会认为詹姆斯有足够强烈的动机杀害他。而且他有机会，从莉莲斯离开到你到达这儿，他有 10 分钟的时间。只有海斯特说他一直都和她待在一起，从来没离开过书房。请注意，她说的都是事实。我了解海斯特，而且我严厉地问过她。在我施压的情况下，她的谎言根本无法持续。她说的是实话。在那 10 分钟里，她和詹姆斯确实待在书房里，他和路易斯的死没有任何关系。但是海斯特是他的妻子，谁会相信她？任何女人都会发誓说她的丈夫从来没有离开过她。我不是刚出生的婴儿，我知道目前的局势。"

查尔斯说：

"说得完全对。但是我也是重大嫌疑人，希望这可以给你带来一些安慰。路易斯是被我的左轮手枪射死的，我比任何人嫌疑都大。况且我还是唯一一个有兴趣烧毁新遗嘱的人。"

"我想，你肯定以为那会让我更怀疑你！多思说所有的男人都是傻瓜，有时候，我认为她说得很对。我为什么会怀疑你这个愚蠢又可怜的家伙，如果不是因为海斯特，我更希望看到詹姆斯被绞死。你从来都没用脑子好好想过，我喜欢你，我对上帝发誓，我真的喜欢你。我不知道什么人会想要女儿，尤其还是像小白兔一样羞涩的女儿。我想要一个儿子，我想要一个像你一样的儿子。"

查尔斯带着一种复杂又奇怪的感情看着她。他被感动了，但是他仍然还有一丝用幽默调和这个离眼泪不远的场景的超能力。玛拉总是有能力以这种方式感动她的观众。他加入她的舞台剧，扮演着他在这场演出中的角色，但是他有能力赋予这个角色真正的情感，正如他所说：

"亲爱的，谢谢你。你很聪明，知道我会报答你的。"

她的眼睛闪闪发光，迅速地说：

"现在，我们要开始认真考虑事实真相了。周三晚上，路易斯被害的前一晚，他给我们每个人都展示了那些该死的收藏。我已经看过很多次了，因此我对看珠宝的人更感兴趣。以你为例，我看到你一直在盯着那个叫梅达的女孩看，你的眼睛里就没有别人。"

查尔斯大笑。

"她值得一看。"

玛拉扬起头。

"我同意你的看法，她确实很有魅力，足够吸引一切人的眼球。"

"说得非常正确！"

玛拉皱起眉头。

"你正看着她，其他人正看着珠宝，而我正看着你的莉莲斯·格雷。"

他眯起眼睛。

"那么，你看到了什么？"

"我看到当你看着梅达的时候，她在看着你。那个时候，她相当恨你。"

"梅达和我没有任何关系。"

她咯咯地笑了起来。

"你喜欢看着她。"

他大笑道：

"谁不喜欢！"

"你的莉莲斯一点儿都不喜欢。她把目光转向了钻石。然后梅达戴上福利斯特项链，去镜子前炫耀自己，稍后，当她返回的时候，我们都起身准备四处走动一下。正是那个时候，我看到莉莲斯手里捏着那枚胸针。"

查尔斯僵住了。椅子背部的手臂用力地挤压着这些坚硬的木头。他挑起眉毛说：

"你介意再说一遍吗？"

玛拉在椅子里挣扎着动了动。

"你住口！先听我说。你的莉莲斯·格雷捏着的那枚胸针正是路易斯称之为玛利亚的胸针。胸针上面有五颗大钻石，那个女孩正是戴着它被她的丈夫刺死的。"

"你知道吗，如果你不接着说'你的莉莲斯·格雷'，我会更乐意听下去的。她是我的姐姐。"

"好的，好的，你不要生气！你是叫她祖母、老处女姑母还是女朋友，这都与我无关。不管怎样，我看到她偷偷拿起玛利亚胸针，然后把它塞进自己的包里了。"

查尔斯面色苍白。他严厉地说：

"你当时怎么不说出来？"

她哼笑道：

"你真的希望我那样做吗，你肯定不希望！大家都在出演一台舞台剧，莉莲斯·格雷小姐小偷的真面目被成功揭露！整个舞台剧迅速落幕！"她又轻蔑地笑了起来，"不管你信不信，如果我想的话，我可以表现得像个淑女。所以，当所有人离开后，我才悄悄地告诉路易斯。"

这一刻，空气安静得可怕。查尔斯现在什么都不敢想，但是人毕竟不能像切断无线电视信号一样切断思想。片刻后，他说：

"你告诉路易斯了？"

玛拉伸出手。

"当然要告诉他。如果我不告诉他，那我就成了你口中所谓的从犯，不是吗？"

"他听后什么反应？"

"哦，平静，相当平静，"她轻声笑道，"他说他一点儿儿都不惊讶，他还说我不用管了，他自己会处理的。"

没错，听起来就像路易斯。查尔斯甚至能听到他说话的语气——干涩，干涩得如砂砾一般，摩擦你的皮肤，进入你的双眼，刺入你的痛处。路易斯说过他会处理的。他处理好了吗？怎么处理的？这些查尔斯都不知道。他只知道有人已经把他处理了。

"你认为他是如何计划的？"

"我没有想过，我真的已经受够了。我告诉你，我一直都不喜欢莉莲斯，而且以后也不会，但是我真的很后悔把这件事告诉路易斯，我真的对她感到抱歉。我的意思是我应该自己给她一个口头的训诫。路易斯很险恶，我想你应该明白我的意思，我认为我没有站在她的立场上为她考虑。"

"他说他接下来要怎么做吗？"

"他没说。但是很明显他已经做了。他打电话给她，让她周五下午3点来一趟，并且让她带着那枚胸针。所以她就照做了。"玛拉凝视着他，"她3点的时候来到俱乐部。我不知道她是否带着那枚胸针。假如她是带着别的东西来，结果会是怎样呢？她说她离开的时候，他还活着。假如她没有说实话，结果又会是怎样呢？"

"我认为我们还是不要那样假设。"

"警察会那样假设的。你认为我会绝口不提这件事，让他们把谋杀的罪名安在詹姆斯或者你身上吗？绝不可能！她也有动机，不是吗？她拿走了那枚胸针，他会故意刁难她的。没错，他肯定会刁难她的，我了解路易斯。假如他说他要依法提起诉讼，结果会是怎样呢？就算路易斯没有那样说，她心里会不会有那种担心呢？假如她认为路易斯会那样做，结果又会是怎样呢？"

查尔斯说：

"遗嘱被烧毁了。她没有任何烧毁遗嘱的动机。"

她笑着摇摇头。

"她会喜欢看到那个叫梅达的女孩得到一大笔钱吗？她不会！那不是梅达的错，她并没有向所有人炫耀说路易斯将把毕生的财产留给她，遗嘱就在桌子上，莉莲斯看到了。如果她不给它配上一根火柴，那她真的是一个大蠢蛋。你可以得到那笔钱，所以她当然会给梅达一击的，不是吗？"

查尔斯说：

"这些只是假设，并没有证据。我认为我已经受够了，不想再听下去了。"他站起来，"马奇和克里斯普随时都可能给我打电话。"

她的脸色大变。

"逮捕你？"

"不是。只是一起去盐碱滩进行一项调查。"

她凝视着他。

"调查什么？"

"另一把左轮手枪。我不知道它是否还在那里。不知道它是否会成为控告我的最有力证据。"

"我不懂你在说什么。"

"很简单。我有两把左轮手枪。我给路易斯的那一把做了标记。所有人都知道他把它保存在他的抽屉里。当发现他被杀死的时候，所有人都认为他是被那把左轮手枪射死的。但是，事实并非如此。他是被另一把射死的——就是我保存的那一把。多亏我们可爱的多思，警察才会发现这件事。所以马奇和克里斯普要去盐碱滩寻找另一把左轮手枪——就是本应该在路易斯抽屉里的那一把。"

玛拉扶着椅子站了起来。她艰难地向前迈了一大步，抓住了他。

"查尔斯，你不会因为那个一文不值的贱人而被冤枉。"

他说："亲爱的……"

"你是想说'闭嘴'吧。但是我不会！她不值得，你不要认为我会站在你旁边，眼睁睁地看着你被冤枉，不可能！你这个该死的笨蛋！你正在警察的眼皮底下收集对自己不利的证据。那个女孩一直都不是一个正直的人。一个人品性如何，我看一眼就知道，那个叫莉莲斯的女孩就是一个坏蛋，她不可信。对于你的婚姻破裂，我不应该感到惊讶，我认为……"

他在尽力把她拉回到她的椅子上。

"玛拉，我必须要走了。"

她紧紧抓住他。

"史黛西是一个很好的女孩——一个完全没有污点的史黛西。她是那种很容易被坏蛋欺骗的女孩。你很爱她，不是吗？"

他说："一般吧。"

她大声笑了起来，然后又坐回她的椅子。

"我就和你一起做个骗子吧！好了，我是认真的，你可以走了。

227

记住我刚刚说的那些话。"

他走到门口，伸出手把门打开了，但是突然转过身，"玛拉，看在上帝的面子上，你最好还是管住你的嘴！"

她给他一个飞吻，说：

"Too-ra-loo。"

第二十八章
搜索盐碱滩公寓

扫码听本章节
英文原版朗读音频

兰道尔·马奇已经从雷德灵顿返回，克里斯普此时正坐在他的旁边，膝盖上还放着一个小箱子。兰道尔·马奇总是把他比作小猎犬。相似之处就在眼前：金属丝般的头发，竖起的耳朵，警惕的表情。从某一方面说，作为小猎犬是有优势的，因为他不受阶级意识的折磨。然而，作为探长，他始终坚信他身边的一部分同事在觊觎他的位置，如果他不严密地监视他们，他可能就会被取代。这时候，查尔斯·福利斯特不慌不忙地从沃恩屋走出来。一看到查尔斯，他的头发就立起来了。他说："还真是一个沉着的家伙。"他的声音中有一点一点儿怒气。他说话的语气一直都是那样。郡警察局局长点点头，说：

"没错。"

查尔斯坐到汽车的后座上，然后他们就离开了。

盐碱滩矗立在太阳下。他们从车上下来，向查尔斯的公寓走去。

"卧室、客厅、厨房、浴室这几个房间分别被用作台球室、食品储藏室和办公室。对建筑师来说，这并不是一件坏事。亚当斯是一个聪明的家伙。他说，这些都属于你——你可以用它们做任何你喜欢的事。"

马奇感觉设计得不是很巧妙。有时候就是如此，警察的直觉会和普通人背道而驰。他皱着眉头说：

"那把左轮手枪放在什么地方？"

他们现在在客厅。查尔斯指向一个胡桃木的办公桌。办公桌侧翼下垂，显露出许多存放文件的小格。办公桌后面是菱形的窗格，窗格上方有一些架子，上面摆放着许多色彩鲜艳的鸟类和人物瓷器——有鹦鹉、金丝雀、金翅鸟、躺在瓷椅上的懒汉等。克里斯普绝不会因此而夸奖查尔斯·福利斯特，他认为它们华而不实。

"在哪一个抽屉里？"他问。

正中央的文件格两侧各有一块锻造精美的挡板。查尔斯把手伸进那个文件格，从一侧的挡板拉出了一个窄小的抽屉。

"它之前就在这儿。"他说。

克里斯普匆忙地从他手里拿过抽屉。

"现在里面什么都没有。"他咆哮道。

查尔斯亲切地微笑道：

"如你所说。"

"把另一侧的抽屉也打开。"

查尔斯打开了它。里面有一些文件和一串钥匙。没有左轮手枪。

"它不在那里。"

查尔斯说："是的。你期望它在那儿吗？"

"你不期望吗？"

"不，我做事很有条理，我一直都把它保存在另一侧的抽屉里。"

"子弹呢？"

"我没有。"

"怎么会呢？"

"二战过后，我就再也没用过那把枪。"

"枪里有子弹吗？"

他沉默了片刻，然后说：

"我不知道。"

克里斯普急躁地走了两步，然后不耐烦地说：

"说实话，查尔斯·福利斯特！"

"我真的不知道。可能有子弹。我因伤从法国提前回来。当我出院的时候，战争已经结束了，我的装备就被送到了这儿。我随手把那两把左轮手枪放到了挡板后的抽屉里，从那之后，我就再也没碰过它们。直到我要把其中一把送给路易斯，我才又一次拿出它们。这就是我能告诉你的一切。"

"你把其中一把送给了布雷丁先生，你保留了另一把。另一把在哪儿？"

"我和你知道的一样多。"

查尔斯黑色的眼睛里有一道微弱的闪光。兰道尔·马奇捕捉到了。他说：

"你最后一次看到它是什么时候？"

查尔斯皱起眉头。

"我不能确定。"

克里斯普说："在发现布雷丁先生的尸体的时候，你有没有见到它？"

"你的意思是他是被我的那把左轮手枪击中的？你希望我怎么回答？"

"根据你的供词，当你进入实验室，发现布雷丁先生死亡的时候，武器就在他身旁的地板上。我问你，你是否认出了那件武器？"

查尔斯笑了笑。

"你认为我会傻到去摸它吗？如果我真的触摸了它，你们会怎么说？我当时还有别的事要做。我想，在那种情况下，每个人都会理所应当地认为那就是他自己的左轮手枪，他自己开枪打死了自己。"

克里斯普尖锐地反驳道：

"你说你认为他是自杀？"

"我想，那是我的第一印象。"

"你的意思是你已经改变想法了？"

"当我听到警方关于指纹的证据时，我改变了我的想法。它符合我对我表兄的了解。他是不可能自杀的。"

那个办公桌里还有三个长抽屉。在他们对话的同时，克里斯普打开了最上面的抽屉，他正在检查里面的物品。他非常熟练地拿出所有东西，然后又把它们放回原处。这时，他打开了第二个抽屉，检查到一半的时候他说：

"杀死布雷丁先生的那把手枪上没有姓名首字母缩写。"

"我知道。"

"但是它有一个特点——比姓名首字母还要显著的特点。你遗失的那一把有没有什么特点？可以告诉我吗？"

"枪柄上有一个刮痕。我不知道这算不算你所说的特点。"

"怎么弄的？"

"德国的子弹。"

"死里逃生？"

"我的父亲死里逃生。在第一次世界大战的时候。那对左轮手枪是他的。"

"如果我说布雷丁先生尸体旁的那把左轮手枪上正好有一道相似的刮痕，你会不会感到惊讶？"

"也就是说路易斯是被我的那把左轮手枪击中的？"

"福利斯特少校，它对你来说真的是个新闻吗？如果你看到了他旁边的那把左轮手枪，你就肯定会注意到那道刮痕的，不是吗？"

"不一定。那取决于那把枪摆放的方式。"

"那道刮痕就朝着上面——我当时立刻就看到了。但是，直到我们得到布雷丁首字母缩写的消息，它才变得重要。你现在应该承认了吧，你给他的那把左轮手枪上有首字母缩写，你自己保留的那把上面有刮痕。"

"根本不存在承认的问题。两者都是事实，我之前都已经陈述过了。"

克里斯普检查完第二个抽屉，把它推了回去。兰道尔·马奇说：

"你的左轮手枪为何会出现在此次案件中？你有什么线索吗？"

"丝毫没有。"

克里斯普已经打开了第三个抽屉。马奇说：

"你平时会锁那个抽屉吗？"

"不会。"

"公寓呢？我注意到你进来的时候没有使用钥匙。你通常不锁门吗？"

"我进进出出的时候是不锁门的。但是，如果我要待在外面一整天或者天黑后外出，我会锁门的。这周，由于我的一个朋友康斯特布尔少校和我住在一起，所以门开着的次数要比往常多。实际上，我让他住在楼上的一套闲置公寓里，因为这里只有一间卧室。但是他有时候也会跑到这里来，我自然也就没有锁门。"

"我明白。"

克里斯普发出一声惊叹。他从最下面的抽屉里拿出了一团皱巴巴的纸。他拿着它，很重，很硬。他打开外面的纸，一把左轮手枪掉到了地板上。他们的目光都被它所吸引。

那张纸很薄，克里斯普就把它折起来，然后小心翼翼地包住枪口，从地上捡起那把左轮手枪。他看了看枪柄，然后把它递给了警察局局长。

"长官，上面有 L.B 的标记。我想，福利斯特少校必须要解释一下，这把左轮手枪为何会出现在他的抽屉里."

马奇说："福利斯特，你可以解释一下吗？我必须提醒你，接下来你说的任何一句话都有可能成为证据。"

预逮捕已经到来了。此刻，他竟然有一种解脱感。如果他们逮捕他，他就不必去讯问莉莲斯了，那种解脱感很大程度上来源于此。他将会有时间思考，有时间见证案情下一步的发展。

他看着马奇，说：

"它确实是那把我送给我表兄的左轮手枪，但是我不知道它为什么会在这里，不是我放在那儿的。"

克里斯普跪在地上，打开了随身携带的箱子。他拿出一个指纹显示器，把粉末吹到那把左轮手枪上。查尔斯饶有兴趣地看着这一切。粉末在空气中弥漫，然后缓缓落在那把枪的金属表面上，形成一层平整的薄膜。克里斯普把表面的粉末吹开，表面上没有留下任何痕迹。然后他转动手枪，再一次重复整个过程，同样的结果再次发生。他厌恶地说：

"擦得还真是干净！"

马奇说："枪里面有子弹吗？"

克里斯普答道：

"长官，每个装填室都是满的。福利斯特少校，你能解释一下吗？"

查尔斯摇摇头。

"那是我表兄的枪。我想，他应该会装满子弹的。"

这时，电话铃响起。查尔斯耸耸肩，转身拿起了电话筒，他首先听到一声轻微的咳嗽声。

"我是希娃小姐。你是福利斯特少校吗？"

他说："我是。"

"警察局局长在那儿吗？"

"他在。"

"我可以跟他讲话吗？"

他手里拿着电话听筒，转向马奇。

"是希娃小姐。她想和你讲话。"

第二十九章
会见玛拉

虽然查尔斯·福利斯特命令玛拉·康斯坦丁闭嘴，但是她并没有打算那么做。查尔斯一离开，她就给办公室打电话，让办公室人员通知希娃小姐，告知她康斯坦丁夫人要见她。由于玛拉·康斯坦丁被告知希娃小姐出去散步了，所以事情就有些耽搁，但是并没有耽搁太久。

收到这个消息后，希娃小姐回复说她很乐意。然后，她就挎着针织袋，向玛拉·康斯坦丁的客厅走去。

"康斯坦丁夫人，你太善良了。"

玛拉正坐在她的大椅子上，眼里充满战意。她冷酷地说：

"查尔斯·福利斯特可不那样想。他告诉我让我闭嘴，但是我他妈的才不会那么干呢！"

希娃小姐故意咳嗽了一声，她很反感这种粗鄙的措辞。如果她对这次谈话没有足够的兴趣，她肯定会更加清晰地表达出自己的不满。

玛拉点了点头。

"如果你看到有人准备自杀，你会尽力阻止他们吗？如果你不阻止，那就等同于谋杀。查尔斯让自己陷入困境，以此来掩盖事情的真相，他所做的这一切都只是为了一个女孩，一个一文不值的女孩。"

"你很想让我关注这件事。"

玛拉用力地点点头。

"我认为我应该这样做！在我看来，是时候应该有人站出来阻止查尔斯·福利斯特犯傻了。对了，那个曾经骑着一匹瘦马，试图用一支长矛把风车推倒的家伙是谁？"

希娃小姐边从包里拿出织了一半的针织品，边回答康斯坦丁夫人：

"你说的可能是堂吉诃德先生。"

"就是他！可怜的吉米·唐斯画过一幅他手持长矛的画像。他是我很多年前的一个朋友——我是指吉米，不是那个叫堂吉诃德的男人。他是个很有意思的家伙。令人遗憾的是，他因酗酒身亡。我对他的那些画并不关注，但是他总喜欢谈论起它们。那个堂吉诃德先生，他以前也经常讲起。或许他就是查尔斯，只不过他年龄更大，更加穷困潦倒——我是指那个叫堂吉诃德的男人，不是吉米。"他停下来，笑着挥了挥手，"我说得有点儿乱，但是吉米告诉我那个家伙跌跌撞撞地做着一件又一件自认为是行侠仗义的事情，到最后，他才发现自己是如此不自量力。我一点儿都不支持那个叫堂吉诃德的男人，我不会让查尔斯也那么做的。如果人们犯了错误，他们就必须站出来承担责任。我并不是说莉莲斯·格雷是杀人凶手，我要说的是周三晚上路易斯给我们展示他的收藏的时候，她偷走了一件钻石胸针。我亲眼看到的。她把它捏在手里，偷偷地塞进了她的包里。当我私下里告诉路易斯的时候，他说这件事就交给他吧，他会处理好的。"

希娃小姐惊叹道："天啊！"

很显然，玛拉的话语已经引起了她的注意，她手里的织物甚至都没有动过。说完"天啊"之后，她吸了一口气，继续说：

"一枚非常漂亮的胸针，上面有五颗大钻石排成一排。"

玛拉瞪大眼睛。

"天啊，你怎么会知道？"

希娃小姐把右手中的织针插入一根淡粉色的毛线线脚中，然后开始织了起来。

"警察告诉我，布雷丁先生桌子的一个抽屉是开着的，里面正好有一枚胸针。我认为，它就是著名的玛利亚胸针。"

"那就是说她把它带回来了。"玛拉紧握着拳头，敲了一下椅子，"海斯特说莫伯利听到他给她打电话了。"

"什么时候？"

"他们在书房谈过话之后。那是周五的午饭前——路易斯就是那天被杀的。"

希娃小姐点点头。

"没错。布雷丁先生进入附属建筑通了两个电话。莫伯利先生说为了解决他们的争端，他跟着布雷丁先生进去了。布雷丁先生正在他的卧室打电话，他就在走廊尽头等他。他听到一个电话结束后，路易斯先生又拨通了另一个电话。我现在想要和莫伯利先生谈谈这两通电话。在我看来，它们很重要，或许他还能再告诉我一些新的线索。那时候布雷丁先生的语气很愤怒，而且他还听到'你最好'这个词。"

玛拉又用力地敲了一下椅子。

"那就对了。他一定在和莉莲斯通话，他让她午饭后带上那枚胸针过来见他。'你最好'！"她大声笑了起来，"我想说这很符合他！他肯定会为难她的——在我告诉他她拿走了那枚胸针时，我就猜到了。你知道吗？他当时一点儿都不惊讶，但是很明显，他是不会饶过她的，他是个险恶的人。我认识路易斯很久了。我比他大很多，但是如果我想和他结婚的话，我20年前还是会嫁给他的。虽然他很有钱，但是我并没有同意嫁给他。他生性残忍，令人讨厌。我不知道多思为什么和她分手，但是她确实幸运地躲过一劫。我可以向你保证，任何人都会离开路易斯·布雷丁的，没有人想和他生活在一起。他冷酷无情，我坚信他一定会百般刁难莉莲斯·格雷。"

希娃小姐正熟练地织着她的针织品。她手里的针在吧嗒吧嗒地响。她说：

"残忍孕育残忍。"

玛拉看着她，把声音压得非常低：

"路易斯是被查尔斯的那把枪击中的，对吗？不是查尔斯给他的那一把，是查尔斯自己保存的那一把。"

"康斯坦丁夫人，谁告诉你的？"

"查尔斯，他刚刚才告诉我的。他说警察要带他去盐碱滩，他们要去看看那把带有路易斯首字母缩写的左轮手枪是否在那儿。"

希娃小姐不满地咳了一声。

"你不应该再次复述它。"

玛拉抖了一下厚重的肩膀。

"谁复述它了？你知道，我也知道，我认为我们两个人可以私下里讨论它。我想帮助查尔斯，我猜你也是，否则你就不会在这儿了，不是吗？"

希娃小姐严肃地盯着她。

"我接手这个案子不是为了帮助这个人或者那个人。我是来寻找事实真相的，我只希望正义可以得到伸张，这将会帮助无辜的人洗刷冤屈。"

玛拉愤怒地笑了笑。

"你认为查尔斯·福利斯特不是无辜的？你他妈的什么都不知道！"

"康斯坦丁夫人！"

"好吧，好吧！你不应该成为我发泄的对象。因为查尔斯害怕自己被从遗嘱里剔除，所以大家都认为他会杀死他的表兄。真是都太愚蠢了，他们不去寻找真相和正义，一天到晚只会胡乱猜测。"

希娃小姐突然露出迷人的微笑，她凭借这种微笑获取了无数顾客的信任。

"康斯坦丁夫人，你是一个很好的朋友。"

玛拉轻声一笑，说：

"我没有那么坏。我把莉莲斯的事告诉了查尔斯，但是他绝对不会说出去的。这就是我为什么要告诉你。莉莲斯·格雷偷走了那枚胸针，路易斯打电话告诉她把它带回来。假如那不是他跟她说的全部，假如他还说他要提起诉讼，那结果会怎样呢？他可能不会真的那么做，但是他可以因此威胁她——如果你了解路易斯，你就会明白我为什么会这么说。他想让她感到惊慌，让她感到不安。她会不会在来之前就已经感到了不安呢？假如她带着查尔斯的左轮手枪出现在路易斯的桌子前，结果会是怎样呢？如果她当时手里已经捏着那枚胸针，如果她再故意把它弄掉，那么他就会弯腰去捡。这样她就可以轻易地把他杀死。然后她再把她手上的那把枪放到他手里，她希望所有人都认为他是自杀。接下来，由于她不想让那个叫梅达的女孩得到路易斯的钱，所以她就把那份遗嘱烧毁了。最后，她就带着路易斯保存的那把左轮手枪匆匆离开了。后来，警方询问的时候，她就说她离开的时候他还活着。你能听明白我的意思吗？"

希娃小姐一边织一边思考。

"你解释得非常清楚。"

玛拉烦躁地动了动。

"如果把这些告诉警察，他们还会逮捕查尔斯·福利斯特吗？"

"我认为不会，他们会做进一步的调查。"

她捡起淡粉色的毛线球，把针插进去，然后把她的针织品放进了包里。这期间，她一句话都没有再说。

玛拉感到很生气。她说：

"你打算怎么处理？"

"如果我可以借用你的电话，我会给福利斯特少校打个电话，问问他警察局局长是否和他在一起。"

她拨完号码，拘谨地站在那里等着，她的身旁有一个写字桌，桌面杂乱无章，上面堆放着许多杂志、图书，除此之外，桌面上还摆放着一株天竺葵和两个装满插花的花瓶。她听到了查尔斯轻松的回答，现在她正在和兰道尔·马奇通话。

"我是希娃小姐，很高兴你还没有离开。"

"我正准备要走。"

"看来我很幸运。我希望你还没有做出任何明确的决定。我了解到一些重要的事情。我认为在做决定前，我们应该先立刻商讨一下这件事。"

他沉默一会儿说：

"那好吧，我顺便去见你。"

希娃小姐说：

"我想，你不会失望的。"说完后，她就挂断了电话。

第三十章
再次约见马奇

    兰道尔·马奇有些恼怒地盯着希娃小姐。从学生时代，他就一直很敬重她。这些年，他们作为专业人士，时常会在一起合作，他对她的高尚品格的尊敬，以及对她机敏的头脑的欣赏逐步增加。但是有时候，她会突然给一个案件带来戏剧性的转折，这确实令人非常生气。当然，他并不想通过忽略一个事实来圆满结束一个案件，但是希娃小姐挖掘这些被忽视的事实的能力太可怕了，有时候你会感到她挖掘得过深了，你会因此感到厌烦，你觉得她是在浪费时间。

    他满心不安地走出玛拉·康斯坦丁的客房。现在，他们在路易斯·布雷丁的书房，他盯着希娃小姐说：

    "这些都可靠吗？"

    希娃小姐平静地织着她的针织品。这件小粉红背心是为她侄子——艾舍尔·博克特的哥哥的第二个孩子准备的。在经过 10 年无子的婚姻后，他们去年有了一个小男孩，现在，他们正希望得到一个女孩。她温柔地责备道：

"我亲爱的兰道尔！"

"你永远都不会了解这些站在舞台上的人。他们会情不自禁地把自己和别人都戏剧化。如果玛拉·康斯坦丁在周四晚上看到格雷小姐拿走了那枚胸针，她为什么这三天一直都闭口不提，然后恰好在她的女婿被当作主要嫌疑人之一的时候才说出来？这整件事情听起来极其像一条红鲱鱼，不是吗？"

希娃小姐很反感这个比喻。

"康斯坦丁夫人的讲话确实很生动，引人入胜，但是我认为她正在准确地重现她在周四晚上看到的事件。她的思维过程快速而又有力，这一定得益于她准确的观察。一个事件只有被准确地观察，它才有可能被准确地描述。至于她为什么之前没有提及这件事，我想说的是她确实谈到了这件事，只不过她只告诉了她认为应该得知这件事的人。她在周四晚上告诉布雷丁先生，格雷小姐把玛利亚胸针偷走了。"

马奇抬起一只手。

"她说她告诉了他！"

"我认为她说的是实话。为什么格雷小姐会在周五下午去见他？我询问过一些人，我发现她之前从来没有以这样的方式拜访过他。她经常来俱乐部，她和罗宾逊夫人以及福利斯特少校也经常在这里吃饭。在周四晚上布雷丁先生展示他的收藏的时候，格雷小姐是和大家一起去参观附属建筑的，但是从未有人见到过她独自一个人拜访布雷丁先生。布雷丁在那天午饭前通了两个电话，莫伯利先生在他的声明中说布雷丁先生说话的语气很愤怒，他听到了'你最好'这几个字。因此，我们可以推测布雷丁先生正在告诉格雷小姐他已经知道了她的偷窃行为，希望她能归还那枚胸针。无论是在当时还是之后，布雷丁先生的言语中都有可能透露出了威胁性。但是，从推测返回到事实中，我们都知道格雷小姐在炎热的周五下午从盐碱滩过来拜访布雷丁先生，她独自一人和他待在一起超过10分钟，她说他在3点10分离开的时候他还活着，而且接下来你们在他的写字桌的抽屉里发现了玛利亚胸针。你不认为这些事实可以有力地证明康斯坦丁夫人的声明吗？"

"好，她告诉布雷丁先生，格雷小姐拿走了那枚胸针。布雷丁打电话让她归还。她把它还回来，然后离开了。没有任何证据可以证明是她杀了布雷丁先生。她为什么要杀他呢？那只是一件家庭内部的小事而已，他不会威胁她的。"

希娃小姐说：

"我不太确定。他是一个冷酷无情的男人，他的报复心很重。如果你能想起他是如何对待莫伯利先生的，那么你就会同意这个评价。你刚才有没有听到，当康斯坦丁夫人把格雷小姐拿走那枚胸针的事告诉他的时候，她说她认为布雷丁先生一点儿都不惊讶？她在向你讲述的时候，我特别注意到了这一点。"

他感到一丝惊讶。

"你认为它很重要？"

"是的，我亲爱的兰道尔。如果布雷丁先生没有感到惊讶，那就是因为他已经知道格雷小姐有这种恶习。我认为，当康斯坦丁夫人把这件事告诉福利斯特少校的时候，他也没有表现出任何惊讶。"

"她什么时候告诉他的？"

"就在她告诉我之前。他既不生气又不惊讶，但是他非常担心这个故事被复述。"

"你从中推测出了什么？"

"格雷小姐不是第一次干这种事，只不过之前一直都被掩盖了。或许这一次布雷丁先生故意让格雷小姐以为他不准备掩盖那枚胸针的偷窃。她或许也感到自己被逼到了绝境。我并不是说她一定就是凶手。我只是想说她可以带来福利斯特少校放在盐碱滩的左轮手枪，然后用它杀死布雷丁先生。"

"你的意思是说，这是有可能发生的。"

"她应该知道那把武器被放在哪里。你说过福利斯特少校的公寓没有锁。她可以拿到它。她可以把布雷丁先生自己的左轮手枪带走，然后把它放在你们发现它的地方——办公桌底端的那个抽屉。"

"没错——这一切她都可以做到。"

她说：

"还有一点。它也是我十分关注的一个问题。路易斯先生已经指控了格雷小姐的偷窃行为。她也被招来归还偷盗的物品。她不是陌生人，而是布雷丁先生的家庭圈子的一员。这次面谈必定极其不快。你认为这次会面会仅仅只持续 10 分钟吗？我十分相信布雷丁先生不会轻易地放过她。你也听到她说她一直都不喜欢格雷小姐，但是当时布雷丁先生的表情和态度让她对格雷小姐感到抱歉。我确信布雷丁先生很想让格雷小姐垂头丧气，而且我可以肯定地说他打算花费的时间绝不止 10 分钟。"

"没有证据。"

"确实没有，兰道尔。但是我认为它应该足以引起我们的重视，我们应该努力收集这方面的证据。我们需要进一步审问格雷小姐，而且我认为我们还要对莫伯利先生施加压力，问问他那两个电话谈话的内容。你和电话局磋商过这件事吗？"

"我去问过了。那是繁忙时段，没人记得。"他笑了笑，"你知道吗，克里斯普肯定会不高兴的，他认为他已经把这个案子搞定了。"

"你们还没有逮捕福利斯特少校吧？"

"没有。他和克里斯普待在等候室。除非我们得到其他线索，否则我一定会拘留他的。现在我们是亲自前往格雷小姐的住处，还是派人把她带到这里来？"

"我亲爱的兰道尔，你会做出最好的选择。但是如果你问我的话……"

"我就是在征求你的意见。你了解女性的心理活动。"

她说：

"你不能根据性别来划分心理。每个人都有自己的问题。但是既然你问我了，我认为最好还是派人去把格雷小姐带过来，比如说，派克里斯普警探去，而且最好把她带到实验室进行询问。如果你要求她演示她在周五下午都做过什么——比如说，她做过什么动作，她坐在哪里或者站在哪里，我想，在现场会有利于你判断她说的是否是真话。"

马奇起身说：

"好的，我们试一下。"

"你要派克里斯普探长去？"

"克里斯普现在和福利斯特在一起。你给他打电话的时候，我们正要带他去法庭，准备控告他。除非证明他真的无罪，否则，我没有理由让他远离我的视线。"

"但是当你去雷德灵顿接探长的时候，你把他留在了这里。"

"我一直让杰克逊守在俱乐部外。如果福利斯特试图抢先我们一步到达盐碱滩，他会被立刻阻止。我可以派杰克逊去把格雷小姐带过来。"

希娃小姐正收起她的针织品。

"我想我见过他，一个外表和蔼的年轻人。我更倾向于派克里斯普探长去。"

"没有人会用和蔼来形容一个年轻人！你这样很残忍，不是吗？"

她捡起淡粉色的毛线球。

"兰道尔，我想要知道真相。"

第三十一章
闯入

有时候，时间仿佛突然停止了。史黛西看到了警察局局长带着查尔斯驶向盐碱滩。她看到了希娃小姐受到玛拉·康斯坦丁的召唤，前往她的客厅。时间的坐标无止尽，沿着刻度往下延伸，她看到了警察局局长的汽车返回，车停了，三个人从车上走下来，马奇直接上楼加入了玛拉和希娃小姐。查尔斯和克里斯普探长是从汽车的后座下来的。她的心猛地一跳。他们离开的时候，只有查尔斯坐在后座，克里斯普探长是坐在警察局局长旁边的，但是返回的时候，克里斯普的位置变了。她知道这意味着什么。他们不会再让查尔斯独自一人坐着。他们已经逮捕了他，或者说他们准备逮捕他。克里斯普坐在他身旁监视着他，他们担心他逃跑。

她看到他们一起走进沃恩屋，沿着楼梯往下看，她看到他们通过大厅，向等候室走去，然后消失在了视野中。

她一直在自己的卧室和楼梯之间来回走动。由于要拓宽走廊，楼梯顶口对面的化妆室已经被废除。沿着走廊上那个狭长的窗户向远方望去，你可以看到波光粼粼的海面。当史黛西站在这个窗边时，她可以看到进出沃恩屋的人。如果她走到楼梯顶口，她可以靠着楼梯扶手看到通过大厅的人。如果她走到走廊的末端，她可以看到玻璃通道的房顶，可以听到从玛拉的会客厅门后传出来的声音，但是她听不到他们说了什么。

有一次，当她沿着走廊往回走的时候，海斯特·康斯坦丁正站在客厅门前。她宛如一个从坟墓里爬出来的死人，她弯着身子，一只手放在门窗侧壁，努力地捕捉着从对面房间传出来的声音。她们相互看着对方。然后，海斯特抬起那只空闲的手，扶着她肩膀说：

"谁在里面？"

"警察局局长。"

"他来干吗？"

"查尔斯……"

海斯特长喘一口气，然后退了回来。查尔斯·福利斯特是否会被绞死跟她无关。她回到自己的房间，关上了门。

史黛西返回走廊的窗边。她开始考虑是否要去楼下的等候室。如果她去，她就会再次见到查尔斯。她不知道他们会以何种理由阻止她。即使他已经被逮捕，她仍然可以跟他讲话，就算不被允许，她至少还可以再次见到他。这已经变得比世界上任何一件事都重要了。

当玛拉的客厅门打开时，希娃小姐和警察局局长出现在她眼前，她内心传来一阵剧痛，因为她认为她已经错失了机会。她呆呆地站在那里，听到希娃小姐说：

"是否可以给我一点儿时间，我们可以去书房谈，没人会打扰我们的。"

她靠着栏杆，看着他们消失在了视野中，然后她自己匆匆跑下了楼。她跑进了等候室，脸颊微红，呼吸急促。

查尔斯站在壁炉边，背对着她，很明显，他在注视着下端壁炉墙上阴郁的战争画面。他想到了一段圣经里的名言："战士的每一次战斗……"他正在思考它是否适用于此处。当他听到门打开的声音时，他转身看到了史黛西。她关上身后的门，向他走去。她呼吸急促，眼睛大睁。她惊呼道：

"查尔斯！"

克里斯普一直坐在门和窗户中间，他注视着一切。史黛西甚至都没有注意到他，现在她仍然没有注意他。她的手紧紧抓住查尔斯，她的眼里只有查尔斯一人。

克里斯普走上前说："梅因沃林小姐，希望你可以原谅……"

史黛西没有看他。她低声说：

"放他走。"

如果查尔斯回答她的时候声音不够平稳，那肯定是因为他已经被她紧张的情绪所感染。他说：

"恐怕他不会同意。"

"梅因沃林小姐……"

史黛西继续无视他。她绝望地抓着查尔斯。

"他们还……还没有逮捕你吧？"

他越过她的头顶看向克里斯普，他看到了一只因抓不到眼前的老鼠而愤怒的小猎犬。

"严格来说还没有。但是我嫌疑最大。克里斯普，你们是怎么称呼我现在这种处境的？我在报纸上读到过一种表达'拘留进一步审讯'。或者说我已经在前往法庭的路上了？"

他的语气丝毫没有打动克里斯普。他用官方的语气说：

"我必须要让梅因沃林小姐离开。"

查尔斯说："她迟早都要离开。如果我还没有被正式逮捕，我认为我仍然还有一些权利。"他低下头，对着史黛西耳语道，"你最好还是离开。"

她的手握得更紧。

"他们打算逮捕你吗？"

"我们正在路上。我想，一条红鲱鱼也已经上路了，它或许可以让我们转向，也或许不可以。"

"梅因沃林小姐……"

史黛西仍然无视他。

"如果……如果他们逮捕了你，他们会……会让我去探访你吗？"

"你想吗？"

"查尔斯！"

"你知道吗，那是一件非常令人讨厌的事。我坐在桌子的一端，你坐在另一端，一个狱警站在旁边监听，想想都令人厌恶。"

"福利斯特少校，你可以劝梅因沃林小姐离开吗？我有责任强迫她离开。"

"我认为还没有到达强迫的地步，不是吗？"他再次降低声音说，"史黛西，你还是赶快走吧。你在这里只能起反作用，你不觉得吗？"

她说："我马上就走。"她的脸色已经恢复正常。她突然松开手，筋疲力尽地说，"再见……"然后，她就转身走出了房间。

她走后，克里斯普用力地把门关上。他并没有撞击门，但是它确实产生了撞击的效果。史黛西进来时没有看他，她走的时候仍然没有看他。在她眼里，他或许根本就不存在。

当他从门口走回来时，查尔斯·福利斯特已经再次看向壁炉墙上的战争画面，但是这一次，他是否真的看到了它，是值得怀疑的。

第三十二章
审问格雷小姐

　　莉莲斯·格雷拉开了客厅的窗帘。现在太阳已经落山了，开始有阵阵微风从海上吹来。今天真的很热，但是在接下来的一两个小时内，会有凉风吹来。为了让整个房间更好地通风，她走到门口，打开房门。她公寓的客厅是直接从走廊上开出来的，进门后没有任何缓冲，她对此很不满。楼下查尔斯的公寓设计则不同，他的公寓入口处有一个小门厅，她也想要一个。当然，她的公寓的这种设计也有优点，比如，在这样一个炎热的天气里，它通风更好。

　　她从门口返回，再次站到窗边。今天是如此漫长的一天，查尔斯今天没有来看她，她感到愤怒和不满。之前，她在大厅看到了他的身影，他和康斯特布尔少校正要一块儿出去吃午饭，仅此而已。如果她没有听到康斯特布尔少校下楼的声音并且偷偷跟上他，她就不会见到他。当时一听到下楼的声音，她就立刻猜出查尔斯要带他出去吃午饭。查尔斯没有邀请她一起去，她为此感到不满。当然，就算查尔斯邀请她，她也会拒绝的。路易斯刚死不久，如果有人看到她和他们俩一起出去吃饭，他们会觉得奇怪（当时的社会，男人要比女人自由得多）。对她来说，在路易斯的葬礼结束前，出现在宾馆或者餐厅是不明智的。当然，她一定会去参加葬礼的。不管天气多热，她都必须要穿那套黑色的套裙，因为她没有其他适合那个场合的衣服了。幸运的是，它并不厚，但是它是毛织品——而且在这个季节！但是她必须要穿——而且她接受审讯时也要穿着它。

这些想法在她脑海里始终挥之不去，她感到警察离她越来越近。她马上就要接受审讯，宣读誓言，交出她的证据，当她想到这一刻的时候，她浑身开始颤抖，脑海里的一切都开始变得混乱，这就是她对审讯的恐惧。她会站在一个有窗台的小房间里，宣读他们印在卡片上的誓言，并且交出她的证据。那个房间肯定会挤满人，每个人都会看着她。那套黑色的衣裙跟她很相配。她也可以戴上那顶小黑帽，它完全遮不住她的秀发。她站在那里，自己美丽的身影让她感到一些安慰。那苗条的身材，美丽的秀发，带给了她极大的勇气。这时，恐惧和颤抖突然再次袭来。如果这种恐惧感在她正在交出她的证据时出现怎么办？在她感到困惑，不知道该如何回答的时候怎么办？这一切都是如此可怕。没有人会出现在她身边。查尔斯也不会出现在她身边。

她凝视着窗外。天空万里无云，海面上风平浪静。

有一个人正在沿着楼梯向上爬——是一个男人。会是查尔斯吗？是康斯特布尔少校吗？一阵脚步声通过敞开的房门传了进来。她转过身，走到门口，她看到克里斯普探长正好走到楼梯平台。

当克里斯普把她带来的时候，附属建筑里的舞台已经布置完毕。玻璃通道就像一个火炉，和那个糟糕的周五下午一模一样。从高温和火光中脱离，他们进入了路易斯·布雷丁存放收藏品的房间，这个房间异常阴凉，要比外面低 10 度。房间昏暗，只有一盏灯在头顶上发散着微弱的光芒。莉莲斯屏住了呼吸。他们受到阻碍，停了下来。片刻后，她感觉到克里斯普碰了一下她的手臂，他说："这边，格雷小姐。"然后，他们又继续前行，进入了远处明亮的走廊。

实验室的门半开半掩。克里斯普推开它，然后站在一边，让她进去。实验室里所有的灯都是亮着的，整个房间亮得刺眼。它的墙壁是白色的，天花板也是白色的，而且空气中还充斥着一股寒意，像极了医院的病房。

莉莲斯一进来就转向了右边。她看到了警察局局长，他正面对她，坐在 12 英尺远的路易斯的写字桌旁。在他的左边，有一个邋遢的女人，膝盖上放着淡粉色的针织品。她应该就是查尔斯的私人侦探。不知何故，在她看来，坐在那里的那个女人就是一个女家庭老师，这让她松了一口气。刚才那种寒冷和颤抖的感觉一直让她感到相当难受，现在它开始慢慢消退。在一个炎热的夜晚被拖到这里是令人十分厌烦的，而且仅仅就是因为警察想要核对供词。她现在一点儿都不感到恐惧。她的神经只是和她开了个玩笑，在短暂的震惊之后，一切都不足为奇了。这只是例行公事而已，就和坐在那里的那个邋遢女家庭教师一样普通。

马奇说："格雷小姐，请进。我必须要问你几个问题。克里斯普，你准备好做笔记了吗？"

颤抖的感觉再次涌上心头。她的神经真是太愚蠢了。兰道尔·马奇长得很英俊，在成为市警察局局长之前，他是雷德灵顿的警司。

探长已经坐下，拿出了一个笔记本。正是这些形式让人感到紧张。她完全没必要看到它们。为什么马奇先生不能去她的休息室拜访她呢？那里要舒服很多。他说话很礼貌，但是却又很官方。

"格雷小姐，现在，我拿着你的供词。很抱歉打扰你，但是我希望你可以再叙述一遍整件事情，这会对我们有很大的帮助。顺便问一下，你是否见过希娃小姐？她是一名私人侦探。布雷丁先生最初找过她，她现在代表福利斯特少校。如果你没有异议，我希望她能出席。"

"没有……当然没有。我一点儿都不介意。查尔斯跟我说过。"

"那么格雷小姐，如果你不介意的话，我希望你可以退回到门口，然后再重新进来一次。我想让你把我想象成布雷丁先生，然后重复一遍周五下午你做过什么，说过什么。"

她刚才进来的时候，希娃小姐注意到她的脸色非常苍白。现在，你可以看出她的脸色更加苍白。

"我不能……我认为我真的……"

"格雷小姐，我想让你试一下。既然你在陈诉中所说的话是正确的，我不明白你为什么还要反对。"

她把手帕放到了嘴唇上。隔着这块亚麻布，她抿湿了她的嘴唇。

"我会尽我所能……"

她走到门口，手里仍然握着那块手帕。当她转身准备再次进来时，马奇阻止了她。

"你当时手里就有一块手帕吗？"

"没有，没有。"

"我们要尽可能地精准，所以希望你可以收起它。你当时带着那个包吗？"

"是的。"

"你就用左手拎着吗？"

"在我的左臂上挎着。"

"好，接下来，你走进来，做了什么？"

她在尽力想她在陈诉中都说了什么。那些话语就写在上面，但是她回忆它们的时候，她的脑海里出现了一幅一直萦绕在她心头的画面，而这幅画面并没有被包含在她的供词里。她的嘴唇非常干，她必须再次弄湿它。她不知道要说什么——但是她必须要说一些东西，否则，他们会认为……他们会认为……

她向桌边走去，走到一半的时候，她结结巴巴地说：

"我不知道——你们让我非常紧张。我想我当时说了'你好'。"

"布雷丁先生怎么说？"

"我想他也是那么说的。"

"然后呢？你做了什么？"

"我不可能记得每一件事。"

"你只需要尽全力就行，告诉我你接下来做了什么。"

她接着向桌边走去，她看着马奇，眼神里透露着紧张和犹豫。当她走到桌边的时候，她站在了那儿。她伸出一只手，慢慢向桌子的边缘靠拢。

克里斯普不解地看着她，他一直认为这一切都很愚蠢，但是现在，他不是那么肯定了。他记忆力很好，他记得她的供词。上面说她进来后，直接坐在桌边，和布雷丁先生谈论一些商业上的事，如果她真的有一些商业上的事要谈，她确实会那样做的。现在，她重新演示的时候，她没有观察周围是否有椅子，她直接就走到桌边，紧紧地抓住了它。

警察局局长说：

"你当时就是这样摸着桌子吗？"

她匆忙地拿开。

"不，不是。不是这样的。"

"那好，试着回忆你周五做过的事情。你当时也是站在这里吗？"

她内心产生一种恐慌感。她努力地回想她都说什么……她想起了一些和路易斯有关的内容——坐下和他谈话。她尽可能快地说了出来：

"不，不是，我坐下来了。"

"坐在哪里？"

曾经有一把椅子。每次她闭上双眼的时候，她总能看到那把椅子，那张桌子，和路易斯。那里曾经有一把椅子——在她现在位置的右边一点儿。她抬起一只手，说：

"那里。"

克里斯普看了一眼警察局局长，然后他在她指的位置放了一把椅子。她真的很高兴能坐下来。

马奇说：

"然后呢？"

"我们开始讨论商业上的事。我来是想要问他一些投资的问题。"

她在供词中就是这样说的。现在她做得很好。如果她坚持下去，他们的圈套就不能得逞。她只需要说抵押贷款下降，她想让路易斯给她一些再投资的建议。她开始说了。

当她说到一半的时候，她看到希娃小姐正看着她。她的表情很奇怪。不苛刻，也不是很严厉。更像是她在为某些事感到抱歉。她的声音开始结巴。

"他说……把它……投到政府……有价证券中……"

"然后呢？"

"就……就这些。我是说，我们……稍微……谈了一下它。"

"你怎么说的？"

"哦，就是……我问他怎么投资……最好？"

"他怎么回答？"

"把钱……钱投到政府有价证券……"

"他就只说了这些吗？"

她突然如释重负，他们终于要结束了，她已经通过了。她说：

"是的。"

"他没有提到玛利亚胸针吗？"

她睁大眼睛注视着他。她的舌头悄悄地爬到了嘴唇上。

"我不知道……不知道你是什么意思……"

"格雷小姐，你真的不知道吗？"

她摇摇头。

希娃小姐放下针织品，向她走去。她手里端着一杯水，递到她面前，说：

"格雷小姐，我觉得你最好还是先喝一杯水。"

她接过水，喝了一口，有一些从嘴角流了出来。她又喝了一口。希娃小姐把玻璃杯放在桌子上，然后用一种亲切又坚定的声音说：

"现在你必须要认真听警察局局长说。"

马奇说：

"在周四晚上，路易斯·布雷丁在附属建筑里展示了他的收藏，你和其他一些人一起出席了他的展览会。玛利亚胸针是展览品之一。它上面镶嵌了五颗大钻石，价值连城。康斯坦丁夫人说她看到你把它放到了你的包里。关于此事，你没有什么话要说吗？"

"不……这不是真的。"她伸手拿到那杯水，喝了一口，然后又把它放到了桌子上，她的手有些颤抖，差点儿把它打翻。

马奇继续平静地说：

"康斯坦丁夫人说等到所有人都离开后，她把她所看到的一幕告诉了布雷丁。格雷小姐，她说他并没有感到惊讶，但是他声称他自己会处理的。他在周五的午饭前给你打了电话，不是吗？"

她用近似哽咽的声音说：

"他打电话让我来一趟，他……他要告诉我投资的事。"

"格雷小姐，接下来，如果你不愿意回答，你可以不用回答。我不得不告诉你，你所说的每句话都有可能被记下作为证据。而且我必须还要告诉你，康斯坦丁夫人的供词和你自己的态度已经使你受到强烈的怀疑。布雷丁先生完全有理由认为你偷了一枚价值连城的胸针。为了处理这件事，他叫你来。于是，你来了，你见到了他。你归还了那枚胸针，因为我们在这个抽屉里发现了它，而且抽屉当时还是敞开的。如果他以曝光这件事来威胁你，你就有强烈的动机杀死他。杀死他的那把武器是你从盐碱滩带来的。在他抽屉里的那把武器被你带回了盐碱滩……"

她大声喊道："停——停！"她紧紧抓住希娃小姐的胳膊，

"请你别让他说了！让他停下来！我没有！"

希娃小姐用一种友善但坚定的方式把那双执著的手拿开。对于兰道尔·马奇而言，尽管有时候他希望她离开，但是此刻他确实对她的存在感到由衷高兴。歇斯底里的女人都是魔鬼。

希娃小姐的声音中透露出一种权威。

"格雷小姐，希望你尽快冷静下来。"

"但是我没有……我没有碰他……也没有碰那把左轮手枪！我不敢！那样的事情会把我吓死的！你们不应该认为是我杀了他！马奇先生，你不能……你不能认为是我杀了他。"

他没有做出任何回应。希娃小姐说：

"格雷小姐，你必须要控制一下自己的情绪。如果你真的是无辜的，你就没有什么好害怕的。如果你想解释……"

"他不会听我说的！没人会听！你们都不会相信我！你能不能让他听我说！"她哭泣着，恐惧又无助。

希娃小姐把一只手放在她肩膀上。

"你说的任何话我们都会认真听的。任何人都不会强迫你那样说或者那样做，你可以完全自由地做出陈述。克里斯普探长会记下你说的话。事后，它会被读给你听，如果你愿意的话，你可以在上面签名。我们不会对你施加任何形式的压力。现在，你再喝一口水，然后把你想说的都告诉我们。"

莉莲斯伸出一只手，端起那杯水，杯子一直在颤抖，她慢慢地把它递到嘴边，喝了一口，然后又把它放到了桌子上。有一些水溅了出来，正顺着她的下巴往下流。她用手帕擦了一下，说：

"马奇先生，我没有杀他。我来的时候他就已经死了。"

除了莉莲斯以外，整个房间里的人都充满了震惊。希娃小姐说："天啊！"她正站在格雷小姐身旁，她仔细地观察着她的表情。她的情绪平静了下来，她不再崩溃，也不再紧张。好像她刚才的话语产生的冲击感已经让她稳定了下来。尽管她仍然还有点儿颤抖，但是她已经停止了哭泣。

兰道尔·马奇说：

"你想进一步解释一下吗？"

"当然，我当然要。我必须要解释。我不能让别人认为——哦，这太可怕了！"

"你在周五下午来的时候，布雷丁先生已经死了？"

她的声音充满了能量。

"是的！你还不明白吗，那就是我为什么不能告诉你他说了什么，我说了什么。他死了。这是我见过的最可怕的事情。我刚进入房间，就发现他死了。"

希娃小姐悄悄地回到了座位上，她又拿起了她的针织品。格雷小姐现在的情绪非常平稳。她不再歇斯底里了。她已经把最令人震惊的事说出来了，其余的都会变得很容易。她引用一句谚语对自己说："万事开头难。"

兰道尔·马奇正在重新审查到达附属建筑的时间表。

"格雷小姐，你怎么进来的？"

"门是半开着的。"她说。

"你当时对此感到惊讶吗？"

"是的——不——我认为是路易斯给我留的门。"

"里面的灯亮着吗？"

"亮着，和今天一样。"

"只有一盏灯亮着？"

她打了个寒噤。

"是的。"

"走廊里的灯也亮着吗？"

"是的，和今天一样。"

"实验室呢？"

她又打了个寒噤。

"也亮着，相当亮。"

"准确地告诉我你进来的时候都看到了什么。"

克里斯普探长正把一切都写下来，但是她并不在意。她才刚刚开始，不可能一下全部倾泻出来。

"我进门时，看到他倒在桌子上，我还以为他睡着了。当我走近的时候，我发现他被枪杀了。"

"你为何没有报警？"

她极其缓慢地说：

"我……不知道。我……感到十分震惊。我站在那里，不知所措……我感觉……自己好像无法移动。"

"震惊过后，你移动了吗？"

她说："我动了，我想看看他是否真的死了。"

"你可以向我演示他是怎么躺着的吗？"

"他的头——刚好在吸墨板的边缘。"

马奇将椅子往后推，站了起来。

"我想让你过来，演示一下他的身体是怎样躺着的。"

她走到桌旁，向他准确地演示了路易斯·布雷丁被发现时的身体姿势。

"谢谢。"

她回到自己的位置，他也回到了他的位置。

"他的右手下垂，对吗？"

"对。"

"你看到那把武器了吗？"

"它就在地板上……仿佛是从他自己手里掉下去的。我认为他是自杀的。"

"他为什么要自杀？你知道一些可能的原因吗？"

"我不知道。"

"但是你认为他是自杀的。"

"是的，我确实是那么认为的。"

"好，接下来，我问你，你为什么没有报警？"

"我……我……"

"格雷小姐，在震惊过后，你已经开始推理了。你的头脑非常清醒，你认为布雷丁先生是自杀的，那么接下来，你自然应该是跑回沃恩屋报警。你为什么没有那么做？"

"我害怕。"

"你怕什么？"

"我怕他们会认为……"她卡住了。

"你害怕他们认为是你杀了他。"

她屏住呼吸。

"你就是那么认为的，不是吗？"

"因为一个非常强烈的动机浮现了。"

希娃小姐彬彬有礼地对警察局局长说：

"请原谅我，我可以问格雷小姐一个问题吗？"

"当然可以。"

她说：

"你有没有想过这个动机是怎么出现的？当布雷丁先生和你通电话的时候，他有没有告诉你，康斯坦丁夫人看到了你拿那枚玛利亚胸针？"

这一刻，马奇非常担心歇斯底里的哭泣再次出现。但是它并没有再次发生。莉莲斯愤怒地说：

"玛拉·康斯坦丁是一个粗俗的爱管闲事的老女人。她认为每个人都和她一样思想低俗。路易斯总是听她的。他十分刻薄，也完全没有正义感。"她正在努力地为自己争取尊严，"我只是暂时借来那枚胸针，因为我对它很感兴趣，我想画一幅它的素描。我正考虑写一些关于珠宝的文章。我没有问路易斯，是因为他肯定会刁难我。我就想借用一晚，第二天就还给他。然后，他就打电话给我，他表现出了极度的不满。当然，我了解玛拉，如果她知道这件事，一定会搬弄是非。所以，当我发现路易斯死后，我认为我最好还是偷偷溜走，什么都不说。"

正是此时，马奇开始真的相信她说的是实话。他认为她很自然，那是她真实的内心活动。他必须要再次努力集中自己的注意力。

"你当时就下定决心悄悄离开，什么都不说吗？"

她轻松地说：

"我认为那是最好的选择。"

"格雷小姐，你在这里待了大约 10 分钟。在你下定决心什么都不说后，你都做了什么？"

"我把胸针放进了第二个抽屉里。它是开着的。"

"那个抽屉里有左轮手枪吗？"

"没有，它在地板上。"

"你在这里有没有看到第二把左轮手枪？"

她看起来很惊讶。

"没有。我确信他只有一把左轮手枪。"

"你把那枚胸针放到抽屉里之后呢，还做了什么？"

她脸上闪过一丝惊讶。它是那么轻微，那么短暂，只有希娃小姐注意到了。

"我不明白你的意思。"

"你停留了 10 分钟。你必须要解释清楚，你把那枚胸针放到抽屉里之后做了什么？"

这次，他意识到她有些慌乱。她说：

"我直接就离开了。"

马奇摇摇头。

"不，你没有立刻离开，你还干了别的事。或许我可以给你一些提醒。你有没有看到桌子上有一个金属灰盘？"

"我……我不知道……我可能看到了吧。"

"不要装了，格雷小姐，你一定看到了。它当时放在哪个位置？"

"在……在那里。"她指向他左手边的一片空白区域。

"它是空的吗？"

"是……是的。"

马奇说："那你看到布雷丁的遗嘱了吗？"

她突然惊呼一声："啊！"

"格雷小姐，你看到它了吗？"

她无助地看着他，突然大哭起来。

希娃小姐放下手中的针织品，非常坚定地说：

"格雷小姐，如果你不说实话，你肯定会陷入巨大的麻烦中。我认为你看到了布雷丁先生的遗嘱。我想它就在桌子上放着。你看到了它，而且你读了其中的内容。你得知罗宾逊夫人会得到他所有的钱，你感到非常生气。如果那份遗嘱被烧毁，福利斯特少校就会得到那笔钱，如果福利斯特少校得到那笔钱，他也肯定会分给你一部分。还要我告诉你，你做了什么吗？那份遗嘱表格不是很大。你拿出手帕，把金属灰盘移到桌子的最右边。你很冷静，你还记得避免留下指纹。你把遗嘱表格放到金属盘里，划了根火柴——因为你抽烟，你包里很可能带有火柴。"

"你怎么知道我抽烟？"

希娃小姐说：

"我问过康斯坦丁夫人。你划了一根火柴，点燃了遗嘱表格，看着它燃烧殆尽。这就是你所做的，对吗？"

莉莲斯伸出了双手。手帕掉到了地板上。

"是，是，是！"她哭着大声说，"你是怎么知道的？"

第三十三章
再次审问莫伯利

"你对目前的案情怎么看？"

马奇现在和希娃小姐单独在一起。他们在实验室里。在希娃小姐的建议下，莉莲斯·格雷已经去路易斯·布雷丁的房间休息了，那里有一个非常舒服的长沙发。他们在她身边安排了一个年老的女佣。格雷小姐没有反对。她流了很多眼泪，眼睛非常干涩，希娃小姐就建议她先去布雷丁先生的房间喝一杯茶。当她离开后，克里斯普也离开了，只剩下马奇和希娃小姐。她正在思索怎么把其中的真相从这个半真半假的谎言中剥离出来，她认为这是一件非常困难的事。她想起了自己的偶像丁尼生勋爵的诗句，在他的诗句中，他完美地解决了这种问题。她坐在一个低扶手的椅子上，继续编织。她反过来问马奇：

"你有什么看法？"

他抬了抬手，

"一切都取决于她是否在说实话。"

"我也是这么认为的，兰道尔。"

他冷嘲热讽地说：

"她说她就是想借用一下那枚胸针，给它画一幅素描？真是胡扯。"

她的针吧嗒吧嗒地响。

"确实。它就是一个烟幕弹。她是那类犯了错误永远不会承认的人。就像在商场盗窃一样，他们被发现后，一定会给自己找个很好的借口，他们想保住自尊。这是一种愚昧的思维，它会腐蚀整个人的性格。格雷小姐很好地论证了它。她确实偷了布雷丁先生的胸针，但是她并没有杀他，我十分确信。"

他点头表示赞同，说：

"你的理由呢？"

她边织边说：

"我亲爱的兰道尔，这个案件是经过精心策划的，设计得非常巧妙。凶手很聪明，大脑非常灵敏，他可以迅速扭转对自己不利的形势。你认为格雷小姐的大脑有这么灵活吗？接下来你考虑一下她目前的处境。她偷走了路易斯先生的胸针，但是被他发现了。她知道康斯坦丁夫人知道了她的偷窃行为。布雷丁先生打电话警告她，让她必须归还胸针。她照做了。她会因此就带把枪，来这儿把他杀了吗？我认为在她的生活中，她从没有摸过枪。她善于自我欺骗，她应该不会相信布雷丁先生会真的把她的事情曝光。她预料到了场面会很不愉快，但是她并非会走极端。他已经让她深信她处于真正的危险中，她肯定会求助，但是她求助的对象不会是福利斯特的左轮手枪，而是福利斯特少校他本人。她会眼泪汪汪地告诉他，布雷丁先生的态度是多么残酷无情。兰道尔，我可以向你保证，尽管原因不同，但是她跟我一样，完全没有开枪杀人的能力。一看到布雷丁先生的尸体，她就被吓坏了，这很符合她的性格，她唯一的想法就是假装什么都没发生。她不聪明，思维也不清晰，处于那种震惊中，她的大脑肯定是一片空白，她所有的行为都是出于本能和习惯。她之前说当她离开时布雷丁先生还活着，我敢确定这不是她自己真实的想法，她绝对不会把嫌疑转移到福利斯特少校身上。"

马奇冷淡地说：

"但是她却能想到烧毁遗嘱。"

希娃小姐摇摇头，态度很坚决。

"不，兰道尔，那也是她的本能。她的整个行为都表明她有一颗贪婪之心。她读了遗嘱，看到布雷丁先生把所有东西都留给了罗宾逊夫人。她就是划了一根火柴而已，想要以此来抵消自己内心的不公。你刚刚也看到她了，她认为自己那样做情有可原。"

"确实如此。"

过了一会儿，他说：

"如果你拿到她给出的证词，查尔斯·福利斯特就无罪了。那就是你出现在这里的原因，不是吗？"

希娃小姐没有生气。她震惊地说：

"我来到这里是为了发现真相，维护正义。你非常了解我，你绝对不会相信我有其他的动机。"

他笑了笑。

"你为自己提出了一个强有力的辩护。"

她的咳嗽声传达出责备。

"你征求我的意见，我已经给你了。"

他坐在那里，手托着下巴，观察了她一会儿。

"你有没有想过可能会有另一种解释？"

充满智慧的表情再次出现在她的脸上。

"是什么？"

"她是福利斯特领养的姐姐，她理应忠于他。在她供述的时候，她说，她下午 3 点 10 分离开布雷丁先生的时候他还活着，但是你说过，她的思维不是很清晰，所以她当时或许根本没有意识到这句话会把嫌疑转移到福利斯特身上。当她意识到的时候，她非常担心，所以，当她发现福利斯特处于被逮捕的边缘时，她就撒谎说，她在 3 点到达这里的时候，布雷丁就已经死了。"

希娃小姐亲切地微笑着。

"兰道尔，你的设想很有创意，但是它不会发生的。首先，我认为她并不知道福利斯特少校处于被逮捕的边缘。其次，她说她进门的时候，发现布雷丁先生已经死了，我认为她说的是真的。她是无意中承认的。第三，我真的认为，在紧急情况下，格雷小姐除了自己外，不会考虑到其他任何人的利益。"

"你认为她是无意中承认的？"

"当然。从她进门的时候，我就密切地注视着她。你没有看到吗？她进来的时候一看到这个写字桌，就下意识地停住了脚步。她受阻了。她睁大眼睛，惊恐地注视着你。她很难再继续前行。我很确定，当时她眼前浮现的是死去的布雷丁先生。而且她还准确地演示了布雷丁先生死去时的姿势，每一个细节都很准确，不是吗？"

他点点头。

"可能是福利斯特告诉她的。"

"不太可能。你也看到了，她的情绪很容易失控，我想他应该不会向这样一个人描述如此痛苦的场面。"

"关于这一点，我同意你的看法。我现在不太确定福利斯特是不是凶手了。"他笑了笑，接着说，"你是一个非常高效的辩护人。"

淡粉色的背心在转动，她说：

"福利斯特少校不需要任何辩护人。事实会证明一切。兰道尔，你有没有想过，其实左轮手枪的替换恰恰证明了他是无辜的？"

"我亲爱的希娃小姐！"

"如果你没有想过，那就听我讲吧。周五下午，布雷丁的访客都来自盐碱滩。他们中的任何一个都有可能拿到福利斯特少校保存的那把左轮手枪，把它和布雷丁先生保存的那一把进行调换。大家都知道，布雷丁先生的手枪就在他的抽屉里，那么为什么凶手不直接用它杀死他呢？凶手试图把布雷丁先生的死伪造成自杀，他或她理应使用布雷丁先生自己的手枪，但是凶手并没有使用，为什么？因为凶手无法从抽屉里把那把手枪拿出来，在非常近的地方开枪杀死布雷丁先生。因此，凶手就带来另一把左轮手枪。但是，在这四个访客中，唯独福利斯特少校没有必要带另外一把枪。他可以站到他表兄的身边，谈论起他送给他的那把左轮手枪，找一些借口打开抽屉，把它拿出来。一切都很简单自然。福利斯特少校可以轻易地杀死他的表兄，不会引起任何怀疑。他不需要使用自己的左轮手枪，而且他很聪明，他可不会傻到用它杀死布雷丁先生。"

马奇非常专注地看着她。

"有人使用它了。你认为会是谁？"

"首先，那个人一定认为自己不可能碰到布雷丁先生的左轮手枪。其次，那个人认真地设计了整件事情，但是他或她伪造布雷丁先生指纹的过程却极其匆忙，以至于指纹滑动，变得模糊不清。第三，因为布雷丁先生的手枪装满了子弹，所以如果那个人想要留下布雷丁先生自己的手枪来伪造自杀假象的话，那么他或她就一定要空发一枪，但是在这个房间里，根本没地方可以空发一枪，因此那个人被迫才带走布雷丁先生的那把左轮手枪。"

"我亲爱的希娃小姐！"

她给他一个亲切的微笑。

"事实就是这样，不是吗？在你思考的同时，我想请你把莫伯利先生叫来。"

他皱起眉头。

"莫伯利？"

她说：

"我想问他一两个问题。你把他带来，我要在你面前问他。"

他再次沉思着重复了一遍："莫伯利……"然后，他接着说道，"好吧，我不介意亲自见一下莫伯利先生。他现在肯定很紧张，我们或许可以从他嘴里得到一些新的线索。"

他拿起内部电话，开始对着它讲话。

挂断电话后，他转过身，微笑着说：

"我已经派人去叫他了。你想问他什么？"

她说：

"周五那天第二批邮件中的信。"

"什么信？"

"你还记得偶然间听到莫伯利先生和布雷丁先生对话的那个服务员吧。他说他要把布雷丁先生的信交给他。"

他略微惊讶地看着她。

"和案件有关吗？"

"我认为有。"她正在熟练地织着背心，"其中一封信来自罗宾逊夫人。"

"你怎么知道？"

"我问过那个服务员。"

马奇皱着眉头说：

"他能确认她的笔迹吗？"

"能，他似乎对她的笔迹相当熟悉。她经常来这里。她也经常在这里写信，然后把它们交给他，让他投到大门口的邮箱里。"

"但是……"

她点点头说：

"兰道尔，我知道。周四晚上，罗宾逊夫人在这里待到很晚才回去。她参加了布雷丁先生的藏品展。结束后，她就和福利斯特少校一起沿着那条陡峭的小路走回家了。因此，那封信一定是在她到达盐碱滩后才写的。这就是我对它感兴趣的原因。我发现，从盐碱滩出来，大约一英里远处有一个邮箱。在下午 5 点后投递的所有信件都会在第二天上午被收集，然后在第二次邮递时间中被递送。这就是本地的递送方式。这些细节都是赛格小姐告诉我的。周五那些信被送来的时候，她对它们进行了分类。她证实了欧文的话，她说其中一封信确实是罗宾逊夫人写给布雷丁先生的。我想，我们可以得到结论，那封信是她在返回盐碱滩后写的。"

他说："他们已经订婚了，相互之间有书信来往很正常。"

她严肃地说：

"我认为那封信里面有更多的东西。罗宾逊夫人是和福利斯特少校一块儿走回家的。他说，罗宾逊夫人告诉他，布雷丁先生让她嫁给他，而且他还重新立了一份受益人是她的遗嘱。你仔细听她的沟通方式——他让她嫁给他。我认为，那时她很可能还没有给出明确的答复。"

"如果她没有同意的话，他是不可能在新遗嘱上签字的。"

"或许那时她仍然还在犹豫。我必须告诉你，敏锐的康斯坦丁夫人和喜欢八卦的戴尔小姐，她们两个都告诉过我罗宾逊夫人已经被福利斯特少校深深地吸引。"

马奇大声笑了起来。

"你相信你听到的一切？"

她拘谨地说："我并不觉得那很难以置信。福利斯特确实是一个非常有魅力的男人。"

"好吧，你从中得到了什么结论？"

"目前什么结论都没得到。但是我希望莫伯利先生可以帮到我们。她和福利斯特少校一起步行回家，然后，她写了一封信，并把它寄给了布雷丁先生。他收到信后，很愤怒地通了两个电话。我们知道一个是打给格雷小姐的。但是我们不知道另一个是打给谁的，是打给罗宾逊的吗？我认为她在信中应该给出了自己的答复，要么是拒绝，要么就是同意。但是，这两种情况都不能解释接下来发生的事情。"

马奇点点头。

"听我说，我认为在见莫伯利之前，我们应该先见一下福利斯特。"

他又拿起了内部电话，说：

"先让莫伯利先生回去吧，我再次打电话的时候你再让他过来。现在，你让福利斯特少校过来一趟。"

查尔斯满心好奇地走进了实验室，他不知道接下来会发生什么。不久前，克里斯普离开了，但是他却仍然被要求待在等候室里，他只好服从。窗外一些来来往往的脚步声传到了他的耳畔。他打开门，看到一个警察正通过内部电话讲话。史黛西已经不见了。他再次关上门，独自一人沉浸在自己的思绪中，直到被传唤到实验室。他走进房间，希娃小姐微笑着表示欢迎，同时，警察局局长轻松地说："福利斯特，过来坐下。"

他最不希望的就是被带回到与梅达尴尬的同行中，但是很快，他就走出来了，他们的对话并没有超出他的供述。她告诉他，路易斯·布雷丁让她嫁给他，而且路易斯重新立了一份受益人是她的遗嘱，第二天就会在上面签字。他和梅达讨论了整件事情。他告诉她，他的表兄是一个很难一起生活的人，但是她打算接受他，这给他留下了深刻的印象。这时，马奇说："你不认为她已经这么做了吗？"他回答道："确实。"

正在这时，希娃小姐提出了她的第一个问题：

"你知道她那天晚上打算给他写信吗？"

他说：

"她确实给他写了一封信。"

马奇惊呼道："你知道？"

"那封信是我帮她投的。"

"你可以告诉我们发生了什么吗？"

查尔斯看着他，说：

"什么都没有发生。我们到盐碱滩后，我自己写了一封信，打算把它寄出去。我刚出门，就看到梅达手里拿着两封信站在楼梯上。于是，我就主动帮她把它们寄了。就这样。"

"你们没有交谈吗？"

他认为复述她的那些话无碍。于是，他就告诉了他们。

"她把信给我的时候，说，'我马上就要成为你的表亲了。'我说，'这样也很不错。'"

"你确定她是那样说的？"

"确定。"

"那也就是说，她在那封信中同意了布雷丁先生的求婚？"

"当然。"

马奇心想："所以，并不是她的信惹布雷丁生气的。我们找错目标了。"

希娃小姐轻轻咳嗽了一声，然后问道：

"福利斯特少校，不是有两封信吗？"

"是的，有两封。"

"你有没有注意到第二封是寄给谁的？"

"我注意到了。它恰好在上面，我忍不住看了一眼。"

"寄给谁的？"

马奇无论如何都不能明白她为何要问起它。他听到查尔斯说：

"寄给她的一个朋友，叫亨特夫人。"

"你注意到地址了吗？"

"她是一个伦敦人。她来过一两次。我无法告诉你确切的地址。如果你想知道，你可以问梅达。"

希娃小姐又咳嗽了一声，继续问道：

"亨特夫人和罗宾逊夫人是很亲密的朋友吗？"

查尔斯笑了笑。

"我想应该是。亨特夫人非常热情友好，任何人见到她都会想和她成为知心朋友。"

马奇认为这个问题应该到此结束。

"好了，我认为我们想要知道的就是这些。我想我最好还是告诉你案情有些进展。目前，我必须要让你待在俱乐部，但是除此之外，我不会再约束你的其他行为，你可以像往常一样，在俱乐部里自由活动。"

查尔斯直直地看着他。

"你的意思是你们不打算逮捕我了？"

"我的意思我刚刚已经说过了。"

"你知道吗，我想要一个解释。"

马奇皱着眉头说：

"格雷小姐已经做出了供述。"

他看到他的脸色阴沉下来。

"她说了什么？"

"她到这儿的时候，布雷丁已经死了。"

毫无疑问，查尔斯极其震惊。他说：

"什么？"

"她就是那样说的。如果她是可信的，你自然就清白了。"

"当她到这儿的时候，路易斯就死了……"

马奇说："你出去慢慢想。"

查尔斯站了起来。

"她现在在哪儿？"

希娃小姐回答道：

"她在躺着。一个女服务员正在照顾她。她非常沮丧。"

他皱着眉头，走出了房间。

第三十四章
莫伯利的供述

　　詹姆斯·莫伯利走进了实验室，他已经准备好了迎接灾难。平时，他站立时稍显驼背，然而，现在，他却挺直了身子。当他进来的时候，希娃小姐对他微微一笑。她邀请他坐下的语气让马奇想起了在学堂的日子。马奇的目光从她身上扫向了莫伯利，他想知道她把他视为一个什么样的人——一个因害羞而张口结舌的男孩？为紧急情况编造好谎言的机灵男孩？不擅长功课的笨学生？游手好闲的懒学生？或者反抗权威的调皮鬼？下一刻，他想起了莫伯利的来历，于是，他把他定义为弄脏自己练习簿的男孩。

　　希娃小姐说：

　　"莫伯利先生，请坐。我可以肯定，你一定比我们更急于把这件事情平息下来。我认为，你或许有能力帮助我们，而且警察局局长也允许我在他面前问你一些问题。"

詹姆斯·莫伯利什么都没有说。在桌子的另一边有一把椅子。他就坐在那里。他没有放松紧绷的肌肉，他看起来依然非常紧张。希娃小姐轻轻地咳了一声，说：

"莫伯利先生，你要把你的思绪带回到周五上午。布雷丁先生那天上午出去了一趟，然后他在中午 12 点之前返回，直接去了书房，你们在里面进行了一次谈话。"

他用僵硬的声音说：

"我已经对那次谈话做出过详细说明，没有什么可以补充的了。"

她给了他一个亲切的微笑，然后说：

"我没有打算让你那么做。我记得你和布雷丁先生的谈话被敲门声打断了，一个叫欧文的服务员进来，把布雷丁先生的信交给了他。我想知道，你有没有注意到那些是什么信？"

"当时没有，我当时是背对着他的。"

"你后来注意到了？"

"是的。布雷丁先生一直坐在桌旁。服务员走后，我转过身来，坐到了他对面。那些信就放在他的桌子上。总共两封。一封是本地票据，另一封来自罗宾逊夫人。"他的话简短而又仓促。

马奇说："你确定吗？你认识她的笔迹？"

"认识，她的笔迹很独特。"

"你有没有看到布雷丁先生拆开那些信件？"

"没有看到。他接着谈起了我们一直在谈论的关于我想离开的话题。他说，'我不想再听到它了，这件事情就到此为止。'

然后，他拿起罗宾逊夫人的信，进入了附属建筑。"

希娃小姐说：

"你也跟着他进去了，对吧？你过了多长时间才跟着他进去的？"

"5 到 10 分钟之间吧。我无法接受他所说的话。我不能接受这件事情到此结束。我跟上他，想要把这些话告诉他。"

"你最终有没有告诉他这些事情？"

他犹豫了起来。他脸上的不安更加明显。最终，他说：

"我没有机会说。"

"你在你的供述中说，当你进入附属建筑的时候，他正在他的卧室打电话。你说为了避免听到他讲话，你退回到了走廊末端的实验室门口。既然你不想偷听他讲话，你为什么不直接进入实验室等他？"

莫伯利的目光从她身上扫过，说：

"我不知道。"

她放下她的针织，手放在淡粉色的毛线上，靠向他。

"莫伯利先生，我希望你可以坦白。你在你的供述中说，布雷丁先生打了两个电话，他的语气很愤怒，而且你还听到了一个词，它是'你最好'。现在，请你好好考虑一下，你是否要把你真正听到的告诉我们。"

"希娃小姐……"他发出呻吟般的声音。

她给了他一个鼓励的微笑。

"莫伯利先生，真相永远是最好的东西。我知道，你听到的绝不止那一个词。"

他仍然用呻吟般的声音说："你说得没错。"然后，他又接着说，"我能怎么办？我知道他把我的经历都告诉了你们，我在你们眼里自然有很大的嫌疑。他经常对我说，我最好祈祷他长命百岁，因为他的死会毁了我。我心想，'我说得越少，对我就越有利。而且我还可以把嫌疑转移到别人身上。'所有人都知道我非常不喜欢她。"

马奇说："格雷小姐？"

詹姆斯·莫伯利摇摇头。

"不。第二个电话才是打给她的。当我第一次进去的时候，他正在和罗宾逊夫人通话。"

"你怎么知道？"

"他说了她的名字。"他声音中的紧张感已经消失，只留下了疲劳和单调。

"继续说。"

"我听到的第一句话是——'我亲爱的梅达！'然后我就离开，去了走廊。我本来不想偷听，但是他说话的语气让我停下了脚步。他正在跟罗宾逊夫人讲话，但是他说话的语气……"

他刚刚一直身体前倾，弓着肩背，双手位于膝盖之上。现在，他稍微坐直了一点儿，看着他们。那是一个痛苦的回忆。他又重复了一遍最后半句话。

"他说话的语气……让我停下了脚步。他跟她讲话的语气竟然和跟我讲话的语气一样。他每次想打击我的时候，就会用那种语气对我讲话。我在书房告诉他我想离开的时候，他说话的语气就是如此。"这时，一阵战栗从他身上碾过，他的眼神一片恐惧。他小声地说，"他知道如何伤害我。"

希娃小姐说：

"没错，他总是残忍地对待别人。"

他带着惊讶的表情转向她。

"他喜欢伤害别人，尤其喜欢伤害我。那会让他感觉到自己拥有强大的权力。不过，他爱上了罗宾逊夫人。当我听到他用那种语气对她讲话的时候，我很害怕。我想知道发生了什么。于是，我就在一边听，我知道这种做法不对，但是正如我所说，我想知道发生了什么。"

马奇说："你听到了什么？"

"他用那种伤人的语气说，'我亲爱的梅达！'然后，中间有一段暂停——应该是罗宾逊夫人在讲话。接着，他说，'这是最有趣的事情。你认为我会相信吗？你今天下午可以到这儿再说一遍。那时，你自己就能判断它到底起多大作用。'然后他大声笑了起来。他接着说道，'我亲爱的梅达！你把那两封信放错信封了，你说再多也没有用！你的'亲爱的波佩'可能会对你写给我的这封信感兴趣，但是我对你写给她的那封信毫无兴趣。或许你已经忘记了你是如何形容我的，但是没关系，下午我把信还给你的时候，你的记忆就会被唤醒。我会向你展示一下今天上午我签过字的遗嘱。我也会让你看到它的葬礼。到嘴边的肉也会溜走，不是吗？'然后，他就挂断电话，接着打给了格雷小姐。我不想听他对格雷小姐说的话——我不是一个偷听者。于是，我就走得更远了。我只听到他愤怒地说'你最好'。这些就是我听到的全部。"

马奇说："你准备把你所说的都写下来，并在上面签字吗？"

他点点头。

"我都已经写好了。我周五晚上就写下来了。我把它交给了我的妻子，以免……"

"你当时就想到这是重要的证据吗？"

他摇摇头。

"我不知道。我不想指控任何人。我只想保护自己。我担心布雷丁先生是死于他和罗宾逊夫人见面的时候，所以我就写下来了。但是格雷小姐却说当她3点10分离开的时候，他还活着。"

马奇严肃地看着他。

"她现在改口了。她说她去的时候，布雷丁已经死了。"

詹姆斯·莫伯利凝视了他片刻。然后他叹息一声，把头埋进了手里。

马奇说："莫伯利，我想拿到那份供述。"

当他离开后，马奇转向了希娃小姐。她依然坐在那里织着背心，第二件已经快完成了。她似乎把全部的心思都用在了即将出生的婴儿和他的衣服上。他正注视着跳动的织针，忙碌的小手，以及她毫不慌张的举止。或许他正在回忆她在毒毛虫一案中编织针织品时的方法，在那个案件中，她挽救了他的生命。或许她只是在思考手中的案件。他说：

"看来你的这一步棋成功了。我们必须要审讯康斯特布尔和罗宾逊夫人。如果是她干的，他也一定脱不了干系。"

"没错，兰道尔。这次犯罪一定是认真计划过的。"

"你认为是梅达·罗宾逊开的枪？"

"没错。我认为她来这里的目的就是杀布雷丁先生。他打算先向她展示他签过字的遗嘱，然后在她面前亲手把它烧毁。她来这里是为了阻止他那样做。她把福利斯特少校的左轮手枪藏在了装有泳衣的那个白色的包里。布雷丁先生打算惩罚她。在摧毁遗嘱前，他想让她先看到它的内容。于是，她就顺理成章地出现在他身旁，倾着身子看遗嘱的内容。他不会怀疑什么。他一心只想着惩罚和羞辱她。她拿出枪，开枪杀死他，然后她把枪放在地板上，拿出抽屉里布雷丁先生自己的那把左轮手枪，把它放在她的包里，离开了。她的部分就这样完成了。当她返回大厅的时候，她故意惊叫道，她把她的包落在了里面，于是她就让康斯特布尔少校回去取。兰道尔，我跟你说过凶手很匆忙。康斯特布尔也不得不非常迅速。你一定记得他在突击队受过训练。他计划好了一切，安排好了时间，但是他必须要以闪电般的速度完成一切。我确信，他不相信罗宾逊夫人可以清除她自己的指纹，把布雷丁先生的指纹印在那把左轮手枪上。正是他的匆忙出卖了他——那些指纹不太对。他必须确认罗宾逊夫人没有留下任何可以危害她的痕迹。他要擦掉抽屉上和左轮手枪上的指纹，他还要把布雷丁先生的指纹留在那把左轮手枪上。而且，在中间，罗宾逊夫人还从办公室打了一个电话过去，他必须要回答她，他需要提供一个男人的声音，因为那可以让赛格小姐误认为那是布雷丁先生的声音。你应该还记得，她一句话都没听清，只听到一个男人的声音。我敢肯定，那个场景一定是精心安排好的。这里的电话听筒很可能被手帕包裹着——听筒上必须只能有布雷丁先生的指纹，不能有别人的。他必须在有限的时间里做完这一切，取包是不需要花费太长时间的。每一秒的耽搁都会让他的嫌疑增加一分。这是一次大胆而有预谋的犯罪。"

马奇说："一次极其冷血的犯罪。"

她说："因钱而实施的犯罪通常是无情的。一时冲动而导致的犯罪不会存在一丝精心策划的成分。"

他说："但是，康斯特布尔……为什么要参与呢？他们只是好朋友而已。"

希娃小姐说：

"你真的相信吗？我可不那么认为。你应该知道，我还没有见过他们任何一个人，但是从收集到的信息来看，他们两个人之间似乎——我也不知道该怎么解释，或许可以说是性的关系。福利斯特少校告诉我他的朋友已经迷恋上了罗宾逊夫人。史黛西·梅因沃林说他们看起来像老朋友。康斯坦丁夫人坦白地认为他们有暧昧关系。我想你会发现有一些关联。这种事情很难被掩饰，而且我们必须要记住，掩饰的必要性已经突然出现了。自从布雷丁死后，他们就再也没有一起出现过。"

马奇说："我忘了你还没有见过他们。她非常漂亮。真是难以相信……"

她带着一丝遗憾，微笑地看着他。

"哦，我亲爱的兰道尔！"她说。

第三十五章
懊恼的史黛西

　　当查尔斯前往附属建筑的时候，史黛西正坐在大厅最远处的一个角落里。自从她从等候室出来，就一直坐在那里。她不敢待在楼上，或者任何一个房间里，她害怕……她的思绪在那里戛然而止，她不敢再想下去了，那太可怕了。

　　她手里拿着一张报纸，她希望来来往往的人会认为她正在读报纸。她看到了查尔斯经过。令她欣慰的是，查尔斯是一个人，没有任何人跟着他。

　　过了一会儿，她起身向前走去，她停在了可以看见台球室和书房之间走廊的地方，通往玻璃通道的门位于走廊的另一端。她看到查尔斯的身影刚好消失在玻璃通道的远端。那意味着他们再次传唤了他。如果书房没有人，她可以在那里等他回来，问他发生了什么事。从书房的窗户可以看到整个玻璃通道，因此，她可以知道他什么时候返回，而且如果他是一个人，她可以问他发生了什么。

她快步向书房走去。她打开门，整个房间空无一人，写字桌的桌面上干净整洁，椅子摆放整齐，旁边的窗户大开，迎接着夏夜的阵阵微风。她站在窗边，望着外面，等待查尔斯回来。时间一点一滴地流逝，似乎它缓慢的脚步永远走不到尽头。

终于，他出现了，他仍然是一个人，他眉头紧蹙，似乎在思考着什么。她跑到门口，打开了门。他马上就要走出玻璃通道了，她喊道：

"查尔斯！"

她的声音似乎没有任何作用。她认为他没有听到，但是他看到了她，他看到她穿着白色的裙子，正靠在门的侧壁上。他叫了一声她的名字，然后就把她带回书房，关上了门。

她不安地问道：

"出什么事了？"

他搂着她的肩膀，说：

"我暂时不用戴手铐了，没有人会像一个小时前那样想要逮捕我了。甚至克里斯普都转移注意力了。但是，也许这种情况不会持久，可能他们会再次把注意力转移到我身上。我们要好好利用这个机会去吃点东西，不过，必须要在傍晚7点以后才行。"

史黛西没有理会他。她转过身面向他，拉着他的外套说：

"你还没有告诉我出什么事了。我必须要知道。"

他站在那里，皱起了眉头。他把一只手放在她的肩膀上，说：

"莉莲斯做了一个供述。她说她下午 3 点到那儿的时候，他已经死了。"

史黛西的脸色瞬间充满了活力。

"那样你就没事了！"

"前提是他们要相信她。"

"他们不相信吗？"

"我不指望他们会相信。我都不知道自己是否相信她。她总是喜欢撒谎。"

"真的吗？"

他勉强可以听见她的声音。

"她从小就爱撒谎。你不知道吗？"

她脸上的活力瞬间退去。她的手从他的外套上放了下来。她说：

"不知道……你从来没有告诉过我。"

他正密切地注视着她。

"我为什么要告诉你？"

她没有回答。她黑色的眼睛中弥漫着惊吓。

他又说："我为什么要告诉你？就算我告诉过你，事情会有什么不同吗？"

"查尔斯……"

"好吧，我现在就告诉你。这种事发生在任何人身上，他们都不会想谈起它的。我不知道这件事有多少人已经猜到，或者已经知道。我们一直都在逃避现实，认为结果总会是好的。我母亲的所有朋友都爱她，他们都支持她，站在她的立场上思考问题。

有些人确实会体谅他们的——朋友。"

他说的这些话就像一把刀子一样，穿过了她的心脏。他在告诉她，她没有体谅他。她感到恐慌，她想要逃离这里。这一刻，无论她说什么或者做什么，他都会铭记于心。因此，她什么都没有说。

他接着说道：

"你知道，莉莲斯是被领养的。我父母结婚后一段时间，一直都没有孩子，他们想要一个。莉莲斯是一个很漂亮的小孩，他们一见到她就喜欢上了她。然而，三年后我出生了。我认为这是谎言滋生的开端。她之前一直都是父母关注的中心，突然之间，她不是了。她只是被领养的孩子，我才是亲生的。我的母亲对她的态度并没有改变。但是情况却变了。第一个孩子不再是唯一的孩子，父母的爱一定会被分享。那就是一直困扰我和莉莲斯的问题，她想要站在舞台的中央，她想要引人注目，她不知道如何分享。当她得不到她想要的东西的时候，她就试图紧紧抓住它。为了引起注意，她开始炫耀——许多孩子都会这样做。我的母亲试图纠正她，但是事情却变得更糟。她开始说谎，开始偷东西。她经历了一个平凡的阶段，她没有得到关注。然后，在她青少年时期，她又变得非常漂亮，她停止了撒谎。我们认为一切都已经变好了。然后，她经历了一个又一个失败的婚约，一切又重新开始了。我想，正是她的这些行为加速了我母亲的死亡。然后，战争爆发。莉莲斯因伤住进了雷德灵顿的医院，然后又转到用于军官的康复之家。这段时间，她把一切行为都放大了，而且始终都没有结束。就在三年前，战争结束了，一切都再次平静下来。当我结婚的时候……但是，事实并非如此。"

他的手一直在她的肩膀上放着。现在，他紧紧地控制着她，她无法动弹。他就那样牢牢地控制着她，严厉地说：

"她到底告诉了你关于我的什么谎言？"

"莉莲斯？"

"是的，就是莉莲斯。你很快就相信了她，不是吗？现在，我们必须要摊牌。她跟你说了什么让你毫不犹豫地离开了我？仿佛我得了瘟疫一样。"

史黛西从来没有想过把莉莲斯说的话告诉他。在她看来，那是她的耻辱，她想要把他们两个都杀死，或许不是杀死他们的肉体，而是扼杀他们内心所有重要的东西。但是现在，她内心所有的障碍都倒塌了。她感觉她的舌头似乎不再属于她——它说什么都没关系。她低声说：

"莉莲斯说你拿了一些东西——钱，或者其他能带来钱的东西。她说你一直那样做。她和你的母亲必须要把东西还回去，把事情平息下来。"

"你相信她了——你相信我就是她说的那样？"

"我不知道。自从我们……在一起后，她就一直在暗示我。我们结婚还不到一个月。我不太了解别人，我也不太了解你。我不知道是否应该相信她。我害怕，我生气，我猜忌。我不知道我该相信什么。你当时已经去城镇见律师，和人们谈论盐碱滩的事情。我知道你想要保留它，但是我想不出你能有什么办法可以留下它。

莉莲斯想让我向她承诺，我不会把她说的告诉你。我没有向她承诺。我说我头疼，我要上床睡觉了。事情就是这样，你知道吗，它让我极其痛苦。我并没有打算睡觉，我想等你回来告诉你，但是我却睡着了。我做了一个梦，然后我就醒了。你更衣室的门半开着，一丝阳光照了进去。我起床去找你……"

"是吗？什么阻止了你？"

她无力地说："什么都没有……"那幅画面如此清晰——明亮的房间里，查尔斯坐在办公桌旁，手里拿着那条项链。

他的手紧紧抓住她的肩膀。他说：

"到底发生了什么？"

她的呼吸有些颤抖，说道：

"我向里面看去，你正坐在办公桌旁。你手里拿着达莫里斯·福利斯特的项链。路易斯向我们展示过它。我看到它在你的手里。"

他痛苦地笑了起来。

"因此你没有进去，又返回床上假装睡觉，然后你在第二天早上，收拾东西，远走高飞了！你从来没有想过给我一个解释的机会吗？"

她痛苦地看着他，说：

"你不知道它对我的打击有多么沉重。我完全不敢想起它。我只想远离……把自己藏起来。"她看向一边，她的脸红到了头发根。

"我……我感到……非常耻辱。"

他说："我明白，你看不起我，对吗？"

"不是这样的。查尔斯，你放手，我要走了！"

"等一会儿。我们必须把这件事说清楚。"

他把另一只手也压到了她的肩膀上。她整个人动弹不得，她说：

"查尔斯……"

"看着我！我们必须要把这件事说清楚。"

她抬起了头。

"不要转移你的目光，你就这样一直看着我，告诉我真相！你之所以离开我，是因为你认为我是一个贼，你认为是我偷了那条安妮女皇项链。你现在还这样认为吗？"

她确实在看着他。她说：

"不。"

"为什么？"

"我不再是三年前那个幼稚又愚蠢的自己了。"

"你认为莉莲斯在骗你？"

"没错！"

"那条项链怎么解释？"

"我不知道。但是我相信你没有偷东西。"

"你确信吗？"

现在，她的声音平稳而又沉着，她说：

"相当确信。"

他把手从她的肩膀上拿开，向后退了一步。

"好了，现在我告诉你真相。那条项链是福利斯特家族祖传的，它根本不属于路易斯。他的母亲是福利斯特家族的人，因此我让他制作了一个复制品用来收藏。当他向我们展示他全部收藏的时候，你看到的只是它的复制品。那条真正的项链当时正在一个金匠手中，我想把它彻底清洗一遍，然后送给你。我取回来后，坐在办公桌旁，拿出来看了一眼。我想等你睡醒后就把它送给你。是我的错！你离开后我就以 8000 英镑的价格把它卖给了路易斯。他一直想要它。我用那笔钱重新改造了盐碱滩。要是可以的话，我绝对不会卖给他的。就这样，真是一笔愚蠢的交易，你不觉得吗？好了，我们去吃点东西吧。"

她脸色煞白，愣在了那里。

"查尔斯……"

"怎么了？"

"你会……原谅我吗？"

他露出了最迷人的微笑，只不过带有一丝怨恨的色彩。

"当然，亲爱的。这些都是宝贵的经验，多经历一些事情没有什么坏处。"

她知道这绝不是一件好事。你永远不能再次拥有你抛弃过的东西，即使它再次回到你的眼前。她自作自受，不能怪任何人。她转身准备向门口走去，这时，她感受到查尔斯轻触她的手臂。

他说："希望食物还是冰凉的。"

第三十六章
意外之客

扫码听本章节
英文原版朗读音频

　　大约半个小时后，克里斯普探长带着罗宾逊夫人和康斯特布尔少校返回俱乐部。司机是另一个警察，康斯特布尔少校就坐在他旁边。罗宾逊夫人坐在后座上，克里斯普探长坐在她旁边，密切地监视着她。克里斯普探长只说了一句："警察局局长想要在沃恩屋见你们。"之后，他就再也没有说过话。迄今为止，他们两个人都没有表现出不情愿，他们似乎很乐意来，尤其是罗宾逊夫人，她一直面露喜色。"我认为他不会和我们谈很久的，那样的话，我们就有足够的时间可以吃一顿大餐，而且我们是被传唤来的，没有人会说什么，不是吗？"克里斯普认为没必要回答她的反问。他心想："真是两个厚颜无耻的家伙，我必须要严密地监视他们。"

　　克里斯普遵照命令把他们带到了书房。警察局局长和希娃小姐刚刚在这里吃饭。他们现在已经吃完了，当克里斯普进入走廊的时候，服务员刚离开。他打开门，站在一旁，罗宾逊夫人和康斯特布尔少校走了进来。克里斯普看了一眼警察局局长，然后自己也走进来，关上房门。

马奇正坐在写字桌边。他让他们坐下来。房间背面的窗户大开着，微风吹进来，让人倍感凉爽。梅达穿了一件黑色的裙子，在它的衬托下，她的胳膊显得格外的白。她没有化妆，因为她根本不需要。当她坐下的时候，她打开随身携带的蜥蜴皮包，掏出了一盒香烟。她打开烟盒，拿出一支烟，转向杰克·康斯特布尔让他帮忙点燃，一切都显得非常刻意，她仿佛正在完成戏剧中设定好的场景。马奇正在观察她，他不知道他的这种感觉是否正确。她翘起下巴，抽着香烟，吐出的烟雾在空气中弥漫。

"马奇先生，"她说，"你找我们来有什么事吗？我希望你不要拖太长时间，因为我现在很饿。我已经两天没有吃过像样的饭了。我没有厨具，我也不想出去吃饭，引起别人的震惊——尽管我不能理解待在室内闷闷不乐到底有什么意义。"

她坐在椅子上，一只胳膊在椅背后放着，整个人很放松。她的头发在夕阳的照耀下，闪闪发光。

希娃小姐正看着杰克·康斯特布尔。他也很放松地在椅子上坐着，但是他并没有抽烟。他穿着开领衬衫和法兰绒长裤，他的气色红润，皮肤有些晒斑，看上去就是一名普通的直率的士兵。和其他参加过战争的年轻人比起来，他身上没有任何与众不同之处。

仿佛感受到了她的目光，他转过身看向她，眼里充满冷漠。

她手中跳动的织针突然停了下来。她修正了她对康斯特布尔的初步评价。那个眼神出卖了他——明亮的蓝眼睛中透露着坚定，在它们背后，隐藏着一个敏捷、能干、残忍的大脑。这种印象瞬间产生，难以磨灭。如果之前她有一丝怀疑，那么现在它完全被消除了。她拉着淡粉色的毛线球，继续织了起来。

马奇说：

"我们刚刚拿到了两份新的供述，它们对布雷丁先生的死提出了新的看法，因此我让你来这里。"

梅达挺起了肩膀。

"我想，你必须要继续讲下去。然而，有什么用呢，他已经死了。但是，我是最关心案情的人，我失去了丈夫……也失去了一笔财富。听着，我想问一个问题，或许你可以回答我。他立了一份新的遗嘱，受益人是我，他还在上面签了字。如果我提起诉讼，我有没有机会得到他打算留给我的东西？杰克说没有机会，但是我不知道……我认为……"

杰克·康斯特布尔说：

"我并没有说你没有机会。我只是说你必须要咨询律师。她有机会的，对吗？"他转向马奇。马奇说：

"我希望我们可以说正题。格雷小姐在她的供述中说她到达附属建筑的时候，布雷丁先生已经死了。既然你们在 10 分钟前还跟他在一起，那么你们应该明白你们目前的处境很不妙。"

梅达吐出一团烟。

"莉莲斯什么话都会说，"她慢吞吞地说，"她是世界上最大的骗子。你们不知道吗？我想你们应该调查过。她想成为大家关注的焦点，她喜欢出风头。"

马奇仿佛完全没有听到她的话，他继续说道：

"你的处境很不利。我必须要告诉你，你说的一切都有可能成为呈堂证供。"

克里斯普坐在门口边，拿出了笔记本和钢笔。杰克·康斯特布尔盯着马奇，说：

"但是，这太荒谬了。你不会想说你认为梅达……不可能，她出来之后我还见过他。"

"这些话是说给你和罗宾逊夫人两个人的。"

杰克·康斯特布尔继续盯着他说：

"这听起来太疯狂了！我就是返回去取梅达的包，一切都完全正常。我在里面的时候，她还和他通了一个电话。"

"是和某个人通了一个电话。是你和罗宾逊夫人说他是布雷丁先生。赛格小姐只听到一个男人的声音。警方分析它有可能是你的声音。"

康斯特布尔缓慢地说：

"警方分析？你们有证据吗？"他抬起头，笑了笑，"我想，你们必须还要非常努力地寻找证据！请你告诉我，我们杀他的动机是什么。梅达刚刚和他订婚，他立了一个新遗嘱，受益人是她。听着，我并不知道遗嘱的事，我是后来才听说的。她没有理由干掉他，并且还烧毁那份遗嘱。我必须说，你们分析得真好！我说得很有道理，不是吗？"

马奇平静地看着他。

"康斯特布尔，你说得非常有道理。是格雷小姐烧毁了遗嘱。"

梅达拿出口中的香烟，她说：

"莉莲斯就是个疯子，我在很久前就这么认为。我想她才应该是杀人凶手。"

"她为什么会杀他？"

"我不知道。我为什么会杀他？我完全没有理由这样做。"

"是吗，罗宾逊夫人？如果你想听的话，我们就谈谈你到底有没有杀他的理由。你在周四晚上写了两封信……"

拿着香烟的那只手再次移向嘴唇。

"就算我写了，那又怎样？"

"其中一封是写给布雷丁的。"

她吸了一口烟，然后再次缓慢地吐了出来。

"你知道的，我和他订婚了。一个人给自己的未婚夫写信很正常。"

"你写给布雷丁的那封信是福利斯特帮忙寄出去的，对吗？"

"没错。"

"还有一封信……是写给一个叫亨特太太的人。"

"这就是控诉我的罪证吗！"

马奇说："恐怕是这样的。你明白，你把两封信弄混了，你放错了信封。"

她睁大眼睛看着他。

"什么？"

他不慌不忙地说：

"你把写给亨特夫人的信放进了写着布雷丁地址的信封。他在周五收到了这封信，随后他就去附属建筑给你打了一个电话。莫伯利无意中听到了他的讲话。你最了解那封信的内容。莫伯利听到布雷丁说，'你把这两封信放错了信封，你说再多都没用了。或许你忘记了你在信中是如何描述我的，不过没关系，今天下午我把这封信还给你的时候，你就会想起来了。'然后，他还说他想让那封他早上签过字的遗嘱在你眼前被摧毁，他要让你功亏一篑。"

杰克·康斯特布尔正看着她。她轻蔑地说：

"莫伯利！他的话一点儿都不可信！他自己都深陷于泥潭之中，他自然想要把嫌疑转移到别人身上。"香烟再次移向她的嘴边。

正在这时，电话铃响了起来。马奇接了电话。一个男中音传向了房间里其他人的耳中。是詹姆斯警官。他通知马奇，大厅里有一位女士正在迫切地寻找罗宾逊夫人。

"长官，她叫亨特——亨特夫人。"

马奇不置可否地说：

"她想要干什么？"

詹姆斯警官清了清嗓子。他认为那位女士所需要的就是回家好好睡一觉，但是他并不想对警察局局长说。他说：

"长官，她正在点饮料，她说她要见罗宾逊夫人，她要和她谈一下信的事。有两个男人和她在一起。"

马奇说："知道了。"然后就挂了电话。他把这个消息潦草地写在了一张纸上，然后把它递给了希娃小姐。

　　她看完后，把它和她的针以及淡粉色的毛织品一起放进了她的包里，离开了房间。整个过程花的时间非常短。

　　克里斯普已经写完了，他停下手中的笔，抬起了头。杰克·康斯特布尔似乎有些话要说，但是他并没有开口。梅达一直在抽烟。当马奇再次向她开口时，希娃小姐已经出现在了大厅。警察局局长的便条已经让她知道亨特夫人会出现在那里，她可以毫不费力地认出她。事实上，她的存在极其引人注目。她穿着色彩鲜艳的雪纺衫，胸前挂着几排人造珍珠，整个人显得光鲜亮丽。她的头发乌黑浓密，一双黑溜溜的大圆眼睛流露着真诚。很明显，她有点儿喝醉了。可惜的是，马奇没有看到希娃小姐和她的会面，但是查尔斯和史黛西却看到了，他们刚从餐厅出来。

　　希娃小姐咳嗽了一声，对这个热情洋溢的女士说：

　　"我想，你就是亨特夫人。"

　　她大声地笑了起来。

　　"就是我，波佩·亨特。叫我波佩就行了，所有人都这样叫我。你是这里的女经理吗？如果你是的话，我要向你投诉，这里的服务真是糟糕透了。我在这儿等了5分钟了，我点的饮料还没有送来。我们三个热得舌头都耷拉出来了！你们要满足我的朋友，满足我的丈夫。我们都想要饮料。"

　　她的朋友身材干瘦，眼神忧郁，看起来很憔悴。他靠着办公室的柜台，眼睛里布满忧伤，仿佛在期待着死亡的到来。

　　相反，亨特先生一点儿都没醉。他流露出担忧又无奈的表情，就像一只找不到巢穴的蚂蚁一样。他凝视着他的妻子，小声说道：

"亲爱的，或许少许苏打水就可以了。"

希娃小姐坚定地说：

"亨特夫人，来，我们先坐下。我想，你正在找罗宾逊夫人。"

波佩猛地一下坐了下来。

"没错，"她说，"我想要一杯饮料，我想要见梅达，但是，我都没得到。总之，这个地方就是一个垃圾场。"她的语气并没有带任何敌意。无论是醉酒还是清醒，波佩心里没有任何恶意。

希娃小姐说：

"你的订单会被处理的。是罗宾逊夫人让你来找她的吗？"

"她完全不知道！我想给她一个惊喜，给她的玩笑一个惊喜——那绝对会是你听过的最有趣的玩笑。这里，你看，她给我写的信，我当时不在。信到了我的家里，但是我不在，于是我的丈夫今天早上来接我的时候，就把它带给了我。我以及我的这位朋友，我们在我的妹妹家里。她住在莱德伯里，很漂亮的小地方。朋友们都聚在那里一起喝酒。阿尔把信带给了我，当我打开梅达的这封信时，你猜信中写了什么？"她把胳膊肘放在旁边橙色的桌子上，下巴被戴满戒指的双手支撑起来，"真是太好笑了！你猜她做了什么？她把信放错信封了！信封上写着'阿尔·亨特夫人'，信中写着'亲爱的路易斯'，她说她愿意嫁给他！真是笑死我了。"

她笑得前俯后仰，坐着的椅子嘎吱作响。

"她把信弄错了。我得到了'亲爱的路易斯'，他得到了'亲爱的波佩'。上帝知道那个不近人情的家伙会怎样，但是还好，她可以解释清楚！因此，我对我的丈夫说，'没关系。这里离盐碱滩非常近。我们可以在返回的途中把这封信还给她。'可是，她不在那里。我说，'别灰心。她应该在俱乐部，她喜欢去那里。我们就去那里，顺便还可以喝杯饮料'。所以，我们就出现在了这里！"

她又缓慢地重复了一遍最后一句话。然后，她再次笑了起来。

"很好笑，不是吗？我认为很好笑！既然她已经把他的信寄给了我，那么把我的信寄给他又有什么关系呢？"她盯着希娃小姐，猛地站了起来，"我不知道她在信里说了什么，但是如果信的内容和之前相似，她可能需要做出进一步的解释。我不怪她，她做的一切都是为了帮他。钱固然重要，但是一个女孩必须要照料好她自己。希望她说的不超过之前的一半。"她停顿一下，然后瞪着眼睛说，"我告诉你，一半真是太多了。"

希娃小姐说："你看今天的报纸了吗？"

波佩看着她。说：

"不看报纸。这里——是不是饮料来了？"

希娃小姐以一种非常坚定的态度说：

"你没有看今天的报纸，那你有没有看昨天的？"

波佩·亨特又坐下来，她把一只手放在椅子的扶手上。他们没有给她送来饮料。生气之余，她不免遗憾地说：

"从来——不看——报纸。内容太无聊。对了，梅达在哪儿？"

希娃小姐站起身，说：

"我会带你去见她。你提到的那封信在哪儿？"

她在那个白色的钻石包里仔细地翻找了起来。包里的东西溢出。先是一支口红滚落，紧接着又一支口红滚落。亨特先生一直在四处徘徊，她弯下腰把它们捡了起来。她的那位朋友还在办公室的柜台上靠着。他仍然满脸愁容，沿着通往死亡的道路一直前进。

希娃小姐弯下腰，捡起一个蓝色的信封，说：

"来。亨特夫人，我带你去见罗宾逊夫人。"

第三十七章
真相大白

　　书房中，警察局局长正在原地踏步，他没有取得任何进展。他把这个困难的局面留给了希娃小姐。他已经问了康斯特布尔少校一系列的问题，他也成功挑起查尔斯·福利斯特的左轮手枪的话题。但是他的回答都非常坦率，这似乎剥夺了这些问题的重要性。

　　"当然，我知道他有一把左轮手枪。他以前经常讲起它，那是他父亲的枪，它救过那个老头的命。你问我，我是否知道它保存在哪里？你问对人了。我认为它应该在办公桌的抽屉里，但是我不想向你保证。它就是一件你认为理所当然的事情，如果有人问你为什么会如此肯定，你就会被难住，你说不出理由。"

　　没有什么大胆的回答比这更直白了。

　　梅达·罗宾逊把烟头朝废纸筐扔去。它撞到了边缘，又掉落在地毯上。她看都没看一眼，又点了一根。

马奇问杰克·康斯特布尔：

"你和罗宾逊夫人认识多久了？"

他笑了笑：

"梅达，多久了？"

香烟的尖端在发热。她举起它，说：

"在战争期间认识的，我们在一起跳过几次舞，喝过几次酒。"

"你们彼此了解多少？"

"就像我刚才说的那样。"

"仅此而已？"

杰克·康斯特布尔看向马奇。

"你这样问是否有些冒犯？"

"除非你那样认为。"

梅达挥手驱散了他们之间的烟气。

"那你到底是什么意思？就因为我和杰克时而碰巧遇见对方，我们就有杀害路易斯的重大嫌疑？真是荒谬的情节！马奇先生，请你动动脑子！我和许多男人都跳过舞，喝过酒。我还和其中一个男人结婚了，但是我的婚姻并不幸福，于是，我离婚了，我打算和路易斯结婚。我不是假装爱上了他，就算是，它也对你没有任何帮助。我很喜欢他，他并没有那么不近人情。他为我痴迷，从他立的新遗嘱就可以看出来。我怎么可能会把这一切快乐都丢掉呢？"她笑着抽了一口烟，"那些信都是无稽之谈，都是莫伯利为了免遭罪责而编造的谎言。每个人都知道路易斯是如何欺凌他这个凄惨的家伙的。我经常告诉路易斯，他总有一天会把他逼急的。但是，假如莫伯利说的这一切都是真的，他对我非常生气——事实上，他不会对我发火，但是我们就假设他会。"她又低声笑了笑，"我在5分钟之内就可以说服他，平息他的怒火，我根本不需要向他开枪。你真的很傻。"

马奇说：

"那要看你在写给亨特夫人的信中说了什么。"

她说："根本就没有信……"正在这时，门忽然被推开，波佩·亨特出现在大家眼前。

是波佩自己把门推开的。酒精的气味依然笼罩着她。她穿着红裙子，摇摇晃晃地站在门口。山丘的阴影已经完全铺了下来，整个房间显得极其昏暗，她站在那里，感受到一丝阴郁的气息。梅达吐出的烟仍然在空气中盘旋着。在酒精的作用下，她的大脑一片混乱。她眼中的一切都有一丝模糊。有人坐在那里——一个男人坐在桌边——另一个男人——是一个警察——但是仍然没有饮料——

希娃小姐从她身边走过，把那个蓝色的信封放在马奇手里。它就是寄给亨特夫人的那封信，信封已经被打开。

他拿出信，展开开始读。他刚读到"我亲爱的路易斯"，波佩就看到了梅达——首先映入她眼帘的是梅达明亮的头发，然后是手中的香烟，纤瘦的黑裙子，最后是一双眼睛。

那双眼睛正盯着她。那个女孩脸色苍白，眼里充满恐惧。细想一下，她以前从来没有见过梅达脸色如此苍白——她面色一直非常红润，从不需要化妆。

兰道尔手里拿着蓝色的信纸，身子前倾的时候，一切都变了。

"亨特夫人把你放错信封的信还回来了。"

正是这句话触发了一切。波佩站在门口，扶着门柱，看到了事情发生的整个过程。有人大声喊道："窗户！"有人扔了一把椅子。这是一幅大打出手的场景，梅达正跳出窗户，惊慌逃窜，一个男人在她身后紧追不舍。她开始发出刺耳的尖叫声。

扔椅子的人正是杰克·康斯特布尔，大声喊叫的人也是他。他把椅子扔向克里斯普，抓住他的脚，把他掀翻在地。马奇看到第二把椅子朝自己飞来，他匆忙闪躲，但是它仍然砸到了他的肩膀，阻止了他的追击。当他到达窗边的时候，梅达已经消失不见了，杰克·康斯特布尔正向房子的拐角处跑去。

马奇跳出窗户，向他们追去，与此同时，克里斯普重新站了起来，鲜血沿着他的脸正在向下流，他完全不顾自己的伤势，迅速地冲向走廊，通过了大厅。

这时，他们已经来到了门廊。克里斯普看到他自己的警车正在车道上滑行。鲜血染红了他的双眼，整个人显得极其残暴。他们想要开着警车逃跑！现在，除了警察局局长的沃克斯毫尔汽车，没有什么可以追上他们的工具，但是他的车方向不对，车需要掉头。他们当然逃不了，但是，恐怕他们之间要来一场竞赛了。

他坐上了警察局局长的车。当马奇转向的时候，他用愤怒的双手抹去眼睛上的血，并且向杰克逊警官发出指令。

"让詹姆斯通知所有部门！把车牌号告诉他们！务必拦住那辆车，拘捕车上的人员！休伊特，你也上车，坐到车的后面！"

然后，汽车的发动机响起，他们驱车迅速追去。当他们驶进沃恩村的时候，那辆警车出现在他们的视野中，它正在山坡上缓慢地爬行。他们正向莱顿跑去。如果他们顺利到达莱顿，之后的事情就会很棘手。

马奇侧眼看去，说："克里斯普，你还好吗？"

"没事，长官，就是一个小伤口而已。"

"你现在看起来像另一个凶手。休伊特，你拿一块手帕系在他头上，别让血再滴到他的眼睛上。你在后面可以顺利完成。"

那辆警车已经消失不见，他们已经越过那座小山，正在向莱顿飞速驶去。马奇说：

"没有在那里被拦下，他们的开端不错。他们下一步会怎么做？应该不会冒险进入雷德灵顿，那里所有的街道都很狭窄，而且到处都有警察。我认为他们会从莱顿转向内陆，然后沿着以前的走私之路，途经凯瑟琳之轮，通过悬崖村，那是一条四英里的直道，中途不会有任何转弯，直到通过悬崖村再次进入内陆。他们认为自己可以在直道上甩掉我们，然后放弃汽车，进入乡间小道。要是我的话，我就会那样做。"

"他们跑不掉的。"克里斯普斩钉截铁地说。他的头正在被绑起来，休伊特警官正极其笨拙地完成这项工作。他天生就拥有一对笨拙的拇指，世界上再好的急救课程也无法为他重新创造手指。克里斯普愤怒地说："行了，可以了！"他宛如一头失去猎物的小猎犬，愤怒地摇了摇头。

他们以闪电般的速度驶过莱顿。当他们从警局旁经过时，一名警察向他们挥手，指引他们驶向雷德灵顿大道，那辆警车刚从那条路上开过。几英里外就是那条走私之路，两旁的树木将它完全遮住，一直蔓延至悬崖村的海边，从那之后，旁边的树木就消失了，它沿着海岸线，完全暴露在视野之中。

在途经那艘颇负盛名的走私之路——凯瑟琳之轮的时候，他们再次看到了那辆警车。马奇说："我们必须要追上他们。"克里斯普说："还不够拦下他们。"

之后他们都没有再说话。汽车的指针已经指向了65，它颤抖着，慢慢地逼近70。在他们前面的黑色汽车从山坡上滑下，不见了踪影。在海平面上，将会有三条不同的岔道，他们有三分之二的概率会跟丢他们。

他们也来到山坡的顶端，映入眼帘的是一条长长的斜坡，它沿着悬崖，冲向被大树和灌木篱墙包围的村子。他们已经追上了那辆被偷的汽车，但是正如克里斯普所说，还不够拦下它。那辆车才刚刚走完了这个斜坡的三分之一，如果他们及时转弯，或许可以消失在马奇他们的视野中，偷偷地溜进三条小道中的一条。他们以为这条路畅通无阻。

但是，不幸的是，这条路并不畅通，一辆大卡车迎面向他们驶来。克里斯普立刻侧出身子，伸出一只手臂，展示他的制服。马奇开始刹车。卡车司机犹豫地看着冲向他的两辆汽车，他想要把车停到路边，但是他看到了克里斯普疯狂的信号以及警察制服，他放弃了这个打算。伴随着杰克·康斯特布尔公牛般的咆哮，大卡车停在了路中间。他不喜欢别人向他吼叫。他把车停下后，就准备向外跳。

但是完全没有必要。杰克·康斯特布尔目测了一下道路的间隙。他想要寻求穿过去的机会，但是并没有任何机会。伴随着他的大笑声以及梅达的尖叫声，他们冲向了悬崖。

第三十八章
尘埃落定

扫码听本章节
英文原版朗读音频

将近晚上9点的时候，查尔斯·福利斯特被叫去接了一个电话。各种各样的谣言在沃恩屋里已经传开。警察匆忙地离开了。有人说康斯特布尔少校和罗宾逊夫人已经死了。有人说他们的汽车冲下悬崖，撞在了下面的岩石上。有人说它与一辆卡车撞在了一起。也有人说它与警察局局长的汽车撞在了一起。还有人说他们是自杀。

在漫天的谣言中，查尔斯不得不倾听莉莲斯的倾诉，她需要向别人解释她的动机有多么纯洁，像警察局局长那样没有同情心的人对她的理解有多么少。正在那时，他听到有人打电话找他，他甚感欣慰，他终于可以摆脱莉莲斯了，于是他就快步去书房，接听了电话。

"我是马奇。我现在正在雷德灵顿医院。你可以马上来一趟吗？我想你现在应该已经知道是谁杀了布雷丁。他们想凭借一辆警车奋力一搏，但是他们被堵在了通往悬崖村的路上。康斯特布尔开着那辆车冲向了悬崖，他已经死了。但是梅达·罗宾逊没有死。我们想要一份供述。但是她说如果你不在那儿，她绝不会供述。所以，你尽快来，恐怕没有多少时间了。"

马奇正在医院等他。

"她的脊椎骨断裂，但是头脑完全清楚。她没有任何疼痛感。医生说她活不过今晚，或许不久就会死去。我们必须要得到她的供述，你不在这儿，她是不会开口的。"

梅达鲜亮的头发散落在枕头上。她的脸上没有伤痕。她的眼睛正看向远处。查尔斯走了进来，她的目光落到了他的身上。

床边有一把椅子。他坐了下来。

她说："查尔斯。"

她的手微微动了一下。他拿起了它，它没有一丝温度，十分冰冷。她说：

"他们想让我供述。"

"是的，你愿意吗？"

"如果你不来，我是不会开口的。我不信任他们。你告诉我，杰克有没有死？"

"他当场就死去了。"

"我也快死了吧？"

"是的。"

"你确定这不是一个圈套？"

"他们说你确实活不多久了。"

她的眼睛闭了一会儿。

"好吧。"

一名警察记录员迅速坐到床的另一边，拿出笔记本。梅达睁开眼睛，说：

"路易斯是我杀的。如果他没有说他要做什么，我是不会杀他的。知道信弄错之后，我们就计划要杀死他，但是我不知道我真的会杀死他……真的……不到紧要关头，我是不会那样做的……我不知道。他说了一些话，我非常生气……我包里有一把左轮手枪，于是我就靠近他，开枪打死了他。遗嘱就在桌子上放着，他以为我过去看遗嘱，但是我开枪打死了他。"

她的声音低沉而平稳，但是她的呼吸不够稳定，只能断断续续地讲话。她紧紧地抓着他的手。过了一会儿她说：

"他们正在记录吗？"

"是的。"

"我不在意……现在也不重要了。从一开始……就是杰克的计划。我们很久前就开始策划得到他的收藏。为了他的收藏……我先……和路易斯交往。我们的第一个想法……是偷走那些东西。然后，路易斯竟然……彻底……爱上了我。我告诉杰克……我可以嫁给他……这会是一个更好的办法。起初……他心里并不乐意……但是他还是同意了。他自己也非常喜欢我。"她又闭上了双眼。她冰冷的手指在他温暖的手掌中动了动。然后她睁开眼睛，"喜欢是恶魔，正是喜欢搞砸了整场演出。我不是指杰克，我说的是我。你出现了……我喜欢上了你。如果你也已经喜欢上我……

我们俩或许……可以试一试。我会让杰克离开……我会放弃路易斯和他的收藏。在周四晚上……我们一起回家的时候……我暗示过你。但是你没有任何回应。我想，那个女孩……才是……你想娶的……"

查尔斯说："没错。"

她发出微弱的笑声。

"事情……就是这样……发展下去的。现在已经无关紧要了……但是在当时……我快被气疯了。我回到房间……气冲冲地……写了两封信。一封是写给路易斯的，我表示愿意嫁给他。另一封……是写给波佩·亨特的，我就是告诉她我内心的一些真实感觉。我把那两封信放错了信封。我被你气疯了……所以……我在写信前喝了两杯酒。"她动了动头，说"哦，好吧……"

一个护士走上前，摸了摸她的脉搏。梅达说：

"路易斯……在周五……收到了我的信。他……打电话给我。他非常生气。他说……他已经在遗嘱上签过字，我最好还是过去一趟，'出席它的葬礼'。我认为……那并不意味着他会摧毁它，但是当我到那儿的时候……我认为……或许我……可以说服他，但是杰克说不行。于是，他就制订……了这个计划。一切都……都相当……顺利。"

之后，她沉默了很长一段时间。她睁着眼睛，躺在那里，她完全忽视了查尔斯，仿佛他根本就不存在。那个护士又过来了。在查尔斯和护士的见证下，记录员把供述读给了梅达，她在上面做了一个标记。然后护士离开了，记录员也悄悄离开了。时间在慢慢流逝。她把目光再次转移到查尔斯身上。她缓慢地说：

"你接下来……怎么办？"

"我不知道。收拾残局，继续前行吧。"

她的嘴唇在抽动。它像是一个微笑。她说：

"残局……路易斯……杰克。"紧接着，"我想让你为我送别。你的手……非常温暖……"

凌晨 3 点，他从医院出来，独自一人驱车返回盐碱滩。

第三十九章
重归于好

整个案件的调查已经结束。杰克·康斯特布尔和梅达·罗宾逊蓄意谋杀。杰克·康斯特布尔已经自杀，梅达·罗宾逊因事故死亡。查尔斯已经进行了指控，他接见了律师，接见了詹姆斯·莫伯利，接见了希娃小姐。

"我不知道该如何处理莉莲斯。"

希娃小姐友好地看着他。他们在书房里，她正在快速地织着第三件背心。

"她受到了严重的打击。我认为，在未来一段时间内，她会更加谨慎。我已经见过她，和她谈过话。我希望这次案件可以给她留下一个深刻印象。她不仅自己养成了一个掩盖自身错误的恶习，而且她身边的人也是如此。她想要吸引别人的注意，想要把自身的错误转移到别人身上，她一直在寻找自身缺乏的爱与尊重。"

她的话发人深省。他说：

"事情就是这样。但是我们该如何解决呢？"

希娃小姐温和地说：

"她需要更多的兴趣和职业，这能让她以一种合理的方式获得满足感。如果她有什么才能或者能力，你就让她去开发使用它。"

查尔斯绞尽脑汁，他所想到的东西似乎并不足以称之为才能。

"在战争期间，她是一名红十字会的成员，但是这个职业已经慢慢淡出了。在战争前，她经常去参加一种舞蹈课——似乎是乡村的组织，具体情况我也不清楚。"

希娃小姐微笑着对他说：

"这会是一个好的开端。你尽可能去鼓励她。现在，我要去见马奇太太，希望你见谅。她是一个迷人的女人。"

"是的，我见过她，宛如雅典娜一般。"

她正在收起她的针织品。

"很恰当的比喻。正如丁尼生勋爵解释的那样——'众神之女'。"她站起身来，伸出手，说，"我明天就要离开了。我不知道这是否算是告别。"

查尔斯也不知道。他还没见到史黛西。在见她之前，他想先见其他的人，把他们的事情都处理清楚。至于他和史黛西的关系，他现在还不知道如何处理。

希娃小姐以一种感激而又庄重的态度说："非常感谢你慷慨的支票。"回应是必要的，他真诚地说：

"我欠你的远不是这些钱可以偿还的。马奇把整个事情的经过都告诉我了。"

她笑了笑，说：

"他一直都很善良。福利斯特少校，祝你幸福快乐。"

希娃小姐离开后，他按响了呼叫铃。进来的服务员是欧文，就是那个周五来送信的男人，他曾说布雷丁先生的死是由于这个房子闹鬼。查尔斯说：

"你可以找到梅因沃林小姐，问她是否能抽出一些时间来见我吗？"

伴随着他的沉思，房门再次被关上。每一个发生事故的房屋都是鬼屋。但是，每一件可能发生在老房子中的事情已经发生，而且还会反复发生。出生，结婚，死亡，善恶以及男人飘忽不定的想法，一个老房子见证了这一切。路易斯、梅达、希娃小姐、史黛西以及他自己——他们是这代人的部分缩影。接下来还会有一代代的人出现在这里——"所有的河流都汇入大海，但是大海并不会满。"

从他所站的地方，可以看到附属建筑已经淹没在山丘的阴影下。他想在那些空白的墙壁上开出窗户——很大的窗户，让阳光和空气进入附属建筑。俱乐部可以利用那些额外的房间。他想要把那些可怕的收藏驱散，一部分送到博物馆，一部分更好的宝石单独出售。对于一个男人来说，思想中心一直都是根除罪犯，重提他们的罪恶、爱好以及痛苦，实在是一件极其可恶的事情。他要摆脱这一切，让阳光照进来。他开始计划把窗户开在哪里。

史黛西走了进来。白色的裙子让她看起来有一丝苍白，但是，或许不是裙子的原因——

他正站在窗边。她靠近他，站在那里，等着他说话。他们两个的内心平静又悲伤。最后，他说：

"一切都结束了。"

"是的，希娃小姐都告诉我了。"

他继续以一种心不在焉的声音说：

"我想警察不会对那份遗嘱做任何事情。即使梅达还活着，而且没有人怀疑她和路易斯的死有关，除了她自己，也没有任何人真的读过它。她很难提出任何财产上的索赔。事实上，也没有人可以索赔，没人会因犯罪而获益。尽管莉莲斯已经承认她烧毁了那份遗嘱，但是她并没有签字确认，如果有一些诉讼的问题，她只需要否认整件事情就行了。每个人都知道她烧毁了遗嘱，但是如果她要说警察恐吓她，让她情绪失控，不知道自己当时在说什么……有许多证据可以证明她情绪失控，这对警察来说是一把双刃剑，他们处理起来很棘手。法律顾问至少可以有充足的理由认为是路易斯或者我烧毁了那份遗嘱。他们不会理会那份遗嘱的事了。他们什么都不会做，仅仅会让它随风而去。"

之后，他们沉默了很久。然后史黛西说：

"查尔斯，你看起来很疲劳。"

"我昨晚睡得非常晚。"

"在陪她吗？"

"是的。你怎么知道？"

"埃德娜·赛格的姐姐是那所医院的护士。"

"我明白了。"

那么，她就会知道他一直坐在那里握着梅达的手。他明白，他马上就会知道他们是否可以重新一起生活。他们之间现在没有感情——只有疲劳、悲伤以及黑暗中的摸索。如果她能明白他，黑暗中的两双手将会相遇。如果她不明白，他们就会擦肩而过。

她说："你……喜欢她？"

"不是你想的那样。"

她大方地接受了它。她说：

"她喜欢你。我很高兴你能在那里。"

相互摸索的双手已经停止。一切都变得清晰了。他说：

"她什么都没有感觉到。我握着她的手……"

史黛西说："我很高兴。"

他搂过她的肩膀，站在那里，站了很久。生活开始恢复活力和知觉。这就像血液流回麻木的四肢。最后他说：

"你为什么一直都不见我？"

"我感到羞耻。"

"对什么感到羞耻？"

"我……非常介意……"

"很奇怪的理由，不是吗？"

他的胳膊从她的肩膀上滑落。他握住了她的手。他可以感觉到她正在颤抖。她并没有看他，他也没有看她。他们都在看着附属建筑的空白墙壁。然而，他们并没有看到这些东西。他们看到了浪费的 3 年时光，看到了他们本可以在一起的 3 年时光。史黛西颤抖地说：

"如果当时我见到你——如果你当时牵起我的手——我应该就不会介意你是否偷了项链。这才是我感到羞耻的原因。"

他紧紧地抓着她的手，以至于她感到有一丝疼痛。

"好吧，那现在呢？你还感到羞耻吗？我们已经浪费了太多的时间，不是吗？如果莉莲斯再次把她的想象力释放在我身上，你还会独自吞下一切，让我们再离一次婚吗？"他松开手，再次搂住她的肩膀。

"查尔斯……"

"是的，我是查尔斯，你是史黛西。问题是，你是史黛西·梅因沃林还是史黛西·福利斯特？我每次听到别人叫你梅因沃林小姐，我就想上前去打他们的头。"

史黛西停止了颤抖。听到查尔斯这么说，她感到极其振奋。然后，她眼前出现了一幅查尔斯用餐碟打服务员头的画面，她开始笑了起来。她说："哦，查尔斯！"她笑着笑着，眼泪顺着她的脸颊流了下来。他们紧紧抱在一起，开始接吻。

空虚的岁月已经过去。

《女神探希娃》系列悬疑推理小说全集（32册）

　　帕特丽夏的系列侦探推理小说以各种谋杀案为叙事主题，设置悬念，故事情节惊险曲折，引人入胜，构思令人拍案叫绝，赢得了英国民众喜爱，在英国媒体《每日电讯》和犯罪文学协会举办的公众评选投票中名列前茅。不仅如此，该系列小说在美国、德国、法国、荷兰、意大利、葡萄牙等国广为流传，并跻身各国畅销书排行榜前列。

　　主人公希娃小姐是帕特丽夏塑造得最为成功的一个人物。读者把希娃小姐与柯南道尔塑造的福尔摩斯、阿加莎·克里斯蒂塑造的波洛相提并论。福尔摩斯善于推理，于种种细节中抽丝剥茧，得出案件的真相；波洛其貌不扬，有特殊的洁癖，却有着敏锐的观察和判断能力；而希娃小姐则善于伪装，深入到受害者家中，与各位嫌疑人对话。三人探案风格可谓大相径庭，带给读者别样的阅读体验！

女神探希娃01：灰色面具　　　　女神探希娃02：遗嘱之更
女神探希娃03：惴惴独行　　　　女神探希娃04：新婚杀机
女神探希娃05：燃烧的披肩　　　女神探希娃06：夜访古宅
女神探希娃07：怡水别墅谋杀案　女神探希娃08：教堂谋杀案
女神探希娃09：分身诡计　　　　女神探希娃10：凶宅梦魇
女神探希娃11：拉特老宅　　　　女神探希娃12：格兰奇庄园谋杀案
女神探希娃13：两个重婚者　　　女神探希娃14：遗珠血案
女神探希娃15：悬崖旅馆　　　　女神探希娃16：染血的外套
女神探希娃17：致命贪念　　　　女神探希娃18：象牙匕首
女神探希娃19：穿墙之谜　　　　女神探希娃20：消失的安娜
女神探希娃21：古村疑溪　　　　女神探希娃22：情迷布里克
女神探希娃23：逃离往事　　　　女神探希娃24：谎中谎
女神探希娃25：失踪迷雾　　　　女神探希娃26：暗道惊魂
女神探希娃27：红事白事　　　　女神探希娃28：眼观其声
女神探希娃29：匿名信　　　　　女神探希娃30：消失的指纹
女神探希娃31：2号继承人　　　女神探希娃32：地窖残影